Adrian Baumgartner

Damian

Der Schrei nach Leben

Adrian Baumgartner

Damian

Der Schrei nach Leben

Roman

Bibliografische Information der Deutschen Nationalbibliothek:
Die Deutsche Nationalbibliothek verzeichnet diese Publikation in
der Deutschen Nationalbibliografie; detaillierte bibliografische
Daten sind im Internet über http://dnb.dnb.de abrufbar.
© 2021 Adrian Baumgartner
Lektorat: Andras Herzog
Korrektorat: Andreas Herzog, David Müller

Herstellung und Verlag: BoD – Books on Demand, Norderstedt
ISBN: 9783754333990

Der Schuldirektor schob die Akte zur Seite und schaute Damian aufmerksam über seinen Schreibtisch hinweg an.

«Du glaubst dieser Akte?»

«Wieso nicht. Das ist mein bisheriges Leben.» Damian war nicht besonders beeindruckt von diesem plumpen Versuch seines Gegenübers, sein Vertrauen zu gewinnen.

Der Direktor tat so, als hätte Damian nichts gesagt. Stand auf und begab sich zur Kaffeemaschine, die auf einer Anrichte stand.

«Willst du auch einen?»

Der Direktor wedelte mit einem Pappbecher über seiner Schulter Damian zu.

«Gerne.»

«Mit Sahne und Zucker?»

«Schwarz.»

Die Maschine gab ihre quälenden, jammernden Geräusche von sich. Im Zimmer machte sich ein leicht muffeliger Kaffeegeruch breit. Gross war das Zimmer nicht, in dem der Direktor sein Büro hatte. Wäre Damian in seiner Position, er hätte sich sicher ein grösseres Zimmer für sein Büro ausgesucht. Gott behüte, dass ich in diese Situation komme, dachte Damian bei sich.

Der Direktor reichte ihm den schwabbeligen Kaffeebecher hin.

«Sie macht nicht mehr den besten Kaffee, ist schon etwas alt. Er ist aber immer noch besser als der

Filterkaffee, den die Lehrer für sich machen»,
bemerkte der Direktor und setzte sich wieder an
seinem Schreibtisch.

«Nun zu den Regeln», startete der Direktor das
Gespräch wieder.

Damian nahm einen Schluck, verzog das Gesicht.
Der Kaffee war viel zu bitter.

«Es wird nicht geraucht. Ich weiss, dass du
rauchst. Ich werde es auf dem Schulgelände jedoch
nicht dulden. Auch wenn du bereits sechzehn bis,
gelten für dich genau die gleichen Regeln wie für
alle anderen auch. Du wirst die achte und neunte
Klasse wiederholen müssen. Wenn du dich
anstrengst, gelingt es dir, bis in zwei Jahre einen
beruflichen Abschluss zu erreichen. Du kannst es
bei uns lustig haben oder auch nicht. Das liegt bei
dir. Einmal in der Woche werde ich dich zum
Schulpsychologen schicken. Der wird dich nicht
analysieren oder aburteilen. Er wird dir helfen,
dich wieder in der Gesellschaft einzuleben und
bestmöglich zu integrieren.»

Damian rutschte noch tiefer in seinen Stuhl. Er
hatte absolut keine Lust mehr, sich diesen Scheiss
anzuhören. Er kannte dieses Blabla schon zur
Genüge. Alles leere Worte von noch leereren
Erwachsenen.

«Wie du bereits in den Vorbereitungsgesprächen
gehört hast, wirst du einen persönlichen Betreuer

erhalten, der sich ausschliesslich um dich kümmert.»

«Einen Vormund also», bemerkte Damian trocken.

«Nein. Er ist mehr als nur Vormund. Er soll dir Sicherheit geben. Und eine Ansprechperson sein.» Der Direktor stand auf, ging zur Tür, öffnete sie und gab Damian zu bedeuten, dass er gehen darf. Er reichte Damian die Hand und hielt ihn fest, als dieser an ihm vorbei wollte.

«Ich warne dich nur einmal!»

Der Direktor schaute ihm in die Augen.

«Wenn du es einmal zu weit treibst oder du über die Stränge schlagen willst, dann werde ich dich eigenhändig wieder dahin zurückbringen, wo du hergekommen bist. Haben wir uns verstanden?» Damian schaute ihm direkt in die Augen und machte keine Bewegung. Der Direktor fixierte ihn mit einem durchdringenden Blick, bis Damian seinem Blick nicht mehr standhalten konnte und sich an ihm vorbeidrückte und im Flur verschwand.

*

«Du bist also mein neuer Betreuer», stellte Damian trocken fest als er die Tür seiner Wohnung geöffnet hatte.

Damian war schon vor zwei Tagen hier eingezogen. Alles ging sehr schnell, weshalb schon vor meinem Wirken zwei Bewährungshelfer des Gefängnisses sich um Damians Belange kümmerten. Sie halfen ihm bei der Einrichtung seiner Wohnung, um ihm ein Gefühl für sein Zuhause geben zu können. In der fertig möblierten Wohnung war ich also das erste Mal.

«Ja, mein Name ist Bruno.»

Er bat mich etwas widerwillig rein. Im Eingangsbereich standen ein Kleiderständer und ein Schuhregal, so platziert, dass der Einblick in die restlichen Räume verwehrt blieb. Wir gingen in sein Wohnzimmer, es war der dominierende Teil der Wohnung.

Drinnen war es spartanisch eingerichtet. Abgesehen von einem Fernseher, der auf dem Boden stand, einer Polstergruppe und einem Esstisch waren nur wenig Möbel vorhanden. Damian ging in die angrenzende Küche und fragte mich, ob ich einen Kaffee wolle. Vom Wohnzimmer aus beobachtete ich ihn, wie er in der Küche unsere Kaffees zubereitete. Seine schwarzen, schulterlangen Haare waren fett und strähnig, das schwarze

T-Shirt hing ihm von den schmächtigen Schultern herunter, die schwarzen Jeans, die er trug, waren fleckig und abgegriffen.

Als er die Tassen von der Kaffeemaschine hob, sich umdrehte und mit dem dampfenden Kaffee aus der Küche kam, musterte er mich kritisch. Vorgestellt hatte ich mich noch nicht einmal richtig, empfand jedoch, wie er sich sein Urteil über mich schon gebildet zu haben schien. Seine melancholischen Augen machten den Eindruck, dass ihnen nichts entgehe.

«Was bist du von Beruf? Oder besser gefragt, was hast du gemacht, bevor du zu den Sozis kamst?»

«Ich habe Betriebswirtschaft studiert und war danach im Ausland.»

«Hast du auch mal gearbeitet? Oder dich nur auf dem Fauteuil der Stipendien und der sozialen Hand ausgeruht?»

Diese Bemerkung ging mir unter die Haut. Es war jedoch besser, sich ruhig mit ihm und dieser Befragung auseinanderzusetzen als den Erzieher rauszuhängen. Unsere Beziehung entstand erst und von Amtes wegen gibt es keine Liebe auf den ersten Blick.

«Ich arbeitete. Im Ausland.»

«Aha», bemerkte Damian nur.

«Und du? Was hast du schon alles erreicht?»

«Das hast du doch sicher aus meinen Akten entnommen.»

«Ich will es aber von dir hören!»

«Kannst du denn nicht lesen?»

«Das habe ich nicht gesagt.»

«Aber ich.»

«Du bist also nicht in der Lage, mir den Scheiss zu schildern, den du in deiner Vergangenheit geleistet hast?!»

Damian setzte sich und zündete eine Zigarette an.

«Mit zehn hatte ich mein Raucherdebüt, mit vierzehn suspendierte mich die Schule und mit fünfzehn kam ich in eine Pflegefamilie. Der Ziehvater missbrauchte mich mehrmals, nachdem er seine Frau verprügelt hatte und seine Tochter im Kleiderschrank einsperrte. Nach einem halben Jahr habe ich ihn mit einem glühenden Lötkolben, den ich ihm in die Brust steckte, fast umgebracht. Danach war ich für drei Monate hinter Gittern und kam darauf in dieses Wiedereingliederungsprogramm. Genug der Auskünfte? Und sonst erfährst du den Rest ja eh früher oder später.»

Es stand unentschieden. Diese Runde hatte ich schon mal nicht schlecht überstanden.

«Um einander besser kennenzulernen, lade ich dich heute zum Mittagessen ein und komme dich um zwölf Uhr abholen. Meine Frau ist schon gespannt, deine Bekanntschaft zu machen.»

Damian nickte zur Bejahung und begleitete mich zur Tür. Sein Händedruck war stark. Ich hatte das Gefühl, er habe mir sämtliche Knochen gebrochen.

«Ich bin auch schon auf deine Familie gespannt», erwiderte er mir.

«Woher weisst du, dass ich eine Familie habe?», fragte ich verblüfft.

«Das haben alle Sozis», antwortete er mir auf der Türschwelle gelassen und knallte daraufhin die Türe zu.

*

Endlich ist er weg, dieser Familienmensch! Solche Penner konnte ich noch nie ausstehen. Die mit sechzehn meinten, bereits die grösste Revolution angezettelt zu haben, wenn sie sich länger als achtundvierzig Stunden nicht bei ihren Eltern gemeldet hatten.

Und doch schien mir, dass ich mich mit ihm gut vertragen könnte.

Aber ich entschloss mich, ihn trotzdem nicht näher an mich herankommen zu lassen, als es gerade nötig sein sollte.

Ich setzte mich in die Küche und schaute auf die Uhr am Backofen. Es war jetzt neun Uhr, also noch genug Zeit, mich aufs Ohr zu legen und etwas zu schlafen.

Kurz vor Mittag begann ich, mich parat zu machen, kämmte extra noch mein Haar durch und versuchte, mich so gesittet wie möglich zu kleiden. Um etwa Viertel vor zwölf kam er mich auch abholen. Sein Name war mir schon wieder entfallen, machte auch nichts. Antipathie kam wieder in mir hoch als ich seinen Mercedes sah, der breit und protzig auf dem Parkfeld stand, so als wollte er die Herrschaft über dieses Quartier ergreifen.

«Was muss man eigentlich für Minderwertig-keitskomplexe haben», fragte ich beim Einsteigen, «um einen solchen Wagen fahren zu müssen?»

Bruno lachte auf.

«Das musst du meinen Chef fragen. Der hat mir diesen Wagen gegeben. Wir haben keinen Familienwagen, der Zug macht es auch und ist erst noch bequemer.»

»Heuchler», dachte ich, während wir sein Zuhause erreichten.

Sein Einfamilienhaus stand im Grünen und strahlte etwas Mediterranes aus. Ich hatte den Eindruck, mich in einer beschissenen Sitcom wiederzufinden. Das einzige, was diese Idylle störte, war ein kakofonisches Schlagzeuggewitter, das man schon von der Strasse herhörte.

«Jason. Mein Sohn», bemerkte Bruno etwas entschuldigend.

«Er spielt für sein Leben gern Schlagzeug. »

Er öffnete mir die Tür und gab mir ein Paar Gästehausschuhe.

Bruno hatte eine Frau, die offensichtlich ihr Leben nach dem Vorbild einer Musterhausfrau richtete. Sie begrüsste jeden mit Herzlichkeit, der sich auf ihre Türschwelle stellte. Ob diese Freundlichkeit nun gespielt war oder nicht, war unerheblich. Sie betrachtete mich von der Wohnküche aus als mich Bruno hereinführte.

«Schatz! Das ist Damian. Damian, das ist Lydia, meine Frau.»

Sie winkte mir zu.

«Schön, dich kennenzulernen. »

«Wir wollen dich nicht beim Kochen stören. Ist Jason auf seinem Zimmer?», wollte Bruno wissen.

«Hast du es nicht gehört?», bemerkte Lydia.

Bruno musste schmunzeln. Ich kam mir etwas deplatziert vor in all der Herzlichkeit und Idylle.

«Jason!», schrie seine Mutter. Mir schauderte ab der schrillen Stimme.

«Jason», schoss es mir durch den Kopf, was für ein Wunschname soll das denn sein...? Gut, zum Glück ist es kein Kevin aus einem Film …!

*

Das Schlagzeug im oberen Stockwerk des Hauses verstummte und eine Türe wurde zugeknallt.

Jason erschien ein wenig später und lehnte sich mit demonstrativem Desinteresse an den Türrahmen, der vom Flur in die geräumige Wohnküche führte. Mir wurde schlagartig schummrig als ich ihn betrachtete. Mit weichen Knie drehte ich mich zu ihm um. Wie aus der Ferne hörte ich Bruno uns vorstellen. Ganz geistesabwesend gab ich ihm die Hand. Obwohl er mit Schlagzeugstöcken hantierte, bemerkte ich beim Händeschütteln die eher zierliche Hand. Die im krassen Gegenteil zu seinem ganzen Erscheinungsbild lag. Er trug lange, schlaksige Hosen, auf deren Beinen er barfuss herumstand. Von seinen zu breit geratenen Schultern hing ein offenes, schwarz-weiss kariertes Hemd, das den Blick auf ein viel zu grosses grünes T-Shirt freigab von einer teuren Sportmarke. Seine Haare versteckte er unter einer schwarzen Mütze. Die nur einige Strähnen an der Stirne freigab.

Ich blieb fasziniert an seinem gelangweilten Blick hängen.

Ich kam mir wie der letzte Idiot vor.

Jason seinerseits schien offensichtlich keine Notiz von mir zu nehmen. Er verlagerte sein Gewicht von einem auf das andere Bein und wartete die Befehle von seinen Eltern ab. «Zeig doch Damian mal das Haus bis das Essen fertig ist», forderte Lydia ihren Sohn auf.

Jason führte mich zuerst durchs Erdgeschoss und deutete mit schlaksigen Bewegungen und knapper Wortwahl in die verschiedenen Räume. Kaum sah uns Lydia nicht mehr, hörte ich sie zu ihrem Mann sagen: «Aus diesem Jungen werde ich nicht schlau, Bruno.»

«Weshalb denn?», fragte er.

«In seinem Zimmer hängt eine Friedensfahne, doch mit seinem Hölleninstrument macht er eher Radau als Musik.»

Während wir in den ersten Stock stiegen folgte ich ihm und bemerkte trotz seiner Körperlänge etwas Graziles in seinem Gang.

Wir gingen in sein Zimmer, so gross wie mein Wohnzimmer. Die Einrichtung war auch dementsprechend. In einer Ecke standen sein Bett und vis-à-vis ein Schreibtisch, der mit Büchern, Blättern, Kleidern und Schreibzeug übersät war. Einzig die Tastatur, der Bildschirm und die Maus waren freigeräumt.

Am Fenster befanden sich ein Fernseher und eine Polstergruppe und mitten im Zimmer hing von der Decke die besagte Fahne runter, welche als erstes beim Eintreten die Aufmerksamkeit forderte. Das Wort «Pace» fehlte.

«Das ist mein Petit-Chez-Moi», verkündete Jason.

«Dein was?», war meine Frage voller Unverständnis. «Mein kleines Reich».

Er schloss die Tür hinter sich, ging zum Schreibtisch, ramschte zwei Bierdosen hervor und warf
mir eine zu. «Sag meinen Alten bloss nichts
davon, die würden sonst durchstarten.»
Wir öffneten unsere Dosen und prosteten einander
zu. Ich nahm einen Schluck, lehnte mich an die
Wand und schaute mich dabei in seinem Zimmer
um, wobei meine Augen wiederholt an der Fahne
und an deren unterstem, purpurnen Streifen kurz
hängenblieben
«Gehst du noch zur Schule?», wollte Jason wissen.
Ich nickte.
«Was willst du später mal von Beruf werden?»
«Keine Ahnung, das sehe ich dann und du?»
«Ich will einmal Künstler werden.»
«Musik?»
«Nein Zeichnen.»
«Was zeichnest du denn so?», wollte ich wissen.
Jason zog eine Zeichnung unter dem Bett hervor.
Sie zeigte einen Mann mit Schwert am Rücken,
der auf einer Felsklippe am Meer stand. In der
Gischt erkannte man das nasse, flatternde Haar und
sein Blick war in das wilde, an einen
Weltuntergang erinnerndes Wassergewühl
gerichtet.
«Gefällts dir?»
«Nicht schlecht», bemerkte ich anerkennend und
lehrte in einem Zug das schale, viel zu warme Bier
herunter.

«Schenke ich dir, wenn du es willst.»

Dankend nahm ich dieses Bild an mich.

Der Kleine gefiel mir. Er war ein richtiger Rebell, was ich ihm gar nicht zugetraut hatte.

Am Mittagstisch ging es zuerst um die Perspektiven der heutigen Jugend und wie man ihre Lage verbessern könnte.

«Ich finde, dass es nicht nur an unserem System liegt, sondern vielmehr auch an den Jungen selbst», sagte Lydia.

Ich verdrehte innerlich die Augen. So, wie ich sie daherreden hörte, empfand ich sie als eine reiche, verwöhnte Pute, dumm wie Bohnenstroh.

«Lydia», begann ich vorsichtig, «ich glaube nicht, dass die Jugendlichen für alles die Schuld tragen. Sie werden in einem System gross, das sie zu dem macht, was sie sind.» Ich war schon fast stolz auf diesen Satz.

«Obwohl ich dir in gewisser Hinsicht Recht gebe. Das Problem liegt im System, in dem die Auslese schon im Kindergarten anfängt und somit einen Keil in die Gesellschaft treibt. Meiner Meinung nach sollte man mit diesem ewigen Selektionieren aufhören und immer gemischte Klassen haben. Die Stärkeren können den Schwächeren helfen, was mehrere Vorteile hat. So wird der erlernte Stoff vertieft, die Jugendlichen lernen, aufeinander Rücksicht zu nehmen», fuhr ich fort.

«Das mag schon sein. Denke bei deiner Theorie aber an diejenigen, die aufgrund ihrer sozialen Lage und ihrer damit verbundenen Entwicklung gar keine Lust haben, anderen zu helfen», faselte Bruno ins Gespräch.

«Das mag vielleicht auf einen kleinen Prozentsatz der Jugendlichen zutreffen. Aber ich behaupte, wenn in der Erziehung bei den Kindern mehr Wert auf soziale Aspekte gelegt würde, sähe das wieder ganz anders aus», ergänzte ich.

Auch schon in der Schule müsste den Kindern mehr Gestaltungsfreiraum gegeben werden», beharrte ich auf meinem Standpunkt.

Bruno und Lydia schauten sich verwundert an. Sie hatten offensichtlich mir nicht so viel Objektivität zugetraut. Meiner Belesenheit sei Dank. Aber das müssen die beiden ja nicht wissen.

So waren die beiden mit ihren eigenen Waffen zu schlagen.

Damian hielt sich für den Rest des Mittagessens zurück und verfolgte aufmerksam das weitere Verhalten der beiden. Sie liessen sich in seiner Gegenwart nicht weiter auf die Äste hinaus und lenkten das Gespräch auf ihren Sohn und dessen schulischen Leistungen. Was Damian eindeutig zu verstehen gab, dass die beiden nun ihrerseits versuchten, in einem Gebiet aufzutrumpfen, in welchem er überhaupt keinen Anspruch erheben konnte. Damian nahm das als Kriegserklärung auf und beabsichtigte, auch diese Bastion von Bruno zu stürmen und ihn herauszufordern. Er wusste, das Latein eines «Sozis» würde kaum ausreichen, um ihn aus der Reserve zu locken.

Damian schielte immer wieder verstohlen zu Jason. Er sass gegenüber von ihm, neben seiner Mutter. Er liess sich nicht anmerken, dass ihn auch nur das Geringste interessierte, was gerade am Tisch geschah. Auch nicht, als das Gespräch auf ihn kam. Er war es wohl gewohnt, dass in seiner Gegenwart über ihn gesprochen wurde. Nach dem üppigen Essen und dem Dessert brachte Bruno Damian zurück in seine Wohnung.

«Ich hoffe, du hast dich nicht zu fest von Jasons Desinteresse irritieren lassen», begann Bruno auf der Rückfahrt.

«Aber du weisst ja, wie Jungs in dem Alter sind.» Damian nickte nur gedankenabwesend. Vom Bild, das er in der Jackentasche bei sich hatte, sagte er nichts.

Jason – aus irgendeinem Grund ging ihm dieser Junge nicht mehr aus dem Kopf.

Bruno lud ihn vor dem «Block» ab und machte sich gleich wieder aus dem Staub.

Den Rest des Tages verbrachte Damian damit, in einem Lokal der Stadt zu sitzen und die Leute zu beobachten. Und wieder waren seine Gedanken bei Jason. Er war verwirrt. Noch nie hatte sich ein

Mensch so in sein Gedächtnis gebrannt. Diese zierlichen Hände, der leicht melancholische Blick. Damian holte die Zeichnung hervor und betrachtete sie. Er hatte wieder sein Gesicht vor Augen, so als würde Jason vor ihm sitzen.

Damian packte die Zeichnung wieder in die Tasche seiner Jacke, trank aus und ging in seine neue Wohnung.

*

Ich vereinbarte mit Damian, ihn mindesten einmal täglich zu besuchen und ihm bei den Hausaufgaben zu helfen, konnte mich jedoch des Verdachts nicht erwehren, von ihm als Vormund nicht akzeptiert zu werden. Mein Beschluss war gefasst: Ich musste ihm klarmachen, dass alles von ihm abhing und nicht von mir, wollte er es in diesem Projekt zu etwas bringen. Ich hatte schon mit vielen Jugendlichen zu tun, aber noch nie mit einem so schwierigen Fall.

Als ich mich am nächsten Tag auf den Weg machen wollte, hielt mich noch ein Telefonanruf auf.

Bis heute ist mir rätselhaft, was in dieser halben Stunde meiner Verspätung in Damians Wohnung vorgefallen war.

Als ich in die Strasse einbiegen wollte, war alles mit Schaulustigen verstellt.

Ich musste also mein Wagen etwas abseits parkieren und mir zu Fuss Zutritt zur Strasse verschaffen. In der Strasse lagen überall Trümmer herum und Personen liefen aufgeregt umher. Sie riefen nach Rettungsgeräten. Ich ignorierte sie und beeilte mich, um in die Wohnung hinaufzukommen.

Es sah aus, als sei ein Orkan mitten durch die Wohnung gefegt, derart verwüstet fand ich sie vor. Fassungslos trat ich ans zerschlagene Fenster und sah erst jetzt das Ausmass der Verwüstung.

Der Block, der vis-à-vis stand, war dem Erdboden gleichgemacht. Mit Unglauben betrachtete ich für einige Sekunden das Treiben unten auf der Strasse. Polizei, Feuerwehr und Ambulanz sind eingetroffen und waren dabei, im Schuttberg nach Überlebenden zu suchen. Mir wurde erst nach einigen Minuten bewusst, dass Damian weg war. Ich rannte das Treppenhaus runter auf die Strasse. Dort herrschte ein babylonisches Sprachengewirr, keiner nahm Notiz von mir. Von Damian war keine Spur.

Ich hielt einen Polizisten am Ärmel fest und fragte ihn, was hier vorgefallen sei. Er wollte mir keine Auskunft geben und verwies auf das Pressezelt, das eben aufgebaut wurde.

«Sie verstehen mich nicht, ich suche einen Jungen!»

«In dem Fall gehen sie zu diesem Posten.»

Er deutete auf einige Männer, die von einer Menschentraube umgeben waren.

«Die werden ihnen sicher weiterhelfen.»

Es hatte so keinen Sinn, also versuchte ich, Damian auf seinem Mobiltelefon zu erreichen. Durchs Telefon tönte es so, als ob er sich ziemlich angetrunken in irgendeiner Spelunke der Stadt aufhielt.

Mir blieb nichts anderes übrig, als alle acht infrage kommenden Bars abzusuchen und die Besitzer nach Damian auszufragen. Nach fast mehr als neun Jahren, in denen ich Jugendliche in ihr Berufsleben begleitete, waren mir die Lokale, in denen sie sich am liebsten aufhielten, bestens bekannt.

In der ersten Bar schon hatte ich Glück und fand ihn total besoffen, wie er unter einem Tisch im Dreck lag und irgendetwas vor sich hin lallte. Sein Gesicht war mit feinen Schnitten übersät. Ich lud Damian auf meine Schultern, bugsierte ihn auf den Rücksitz meines Wagens und machte mich auf den Weg ins Spital.

«I ... ch habe wohl den Coolen zu Mark gestarkt hihi», lallte Damian halb weinend, halb lachend vor sich hin.

Während der Fahrt ins Spital versuchte ich herauszufinden, was vorgefallen war.

«Wie kommst du zu diesen Verletzungen?», wollte ich wissen.

«Elexxungen? Elllche?», lallte es zurück.

So wie er drauf war, machte es wenig Sinn, ihn nur irgendetwas fragen zu wollen und liess es vorerst bleiben. Vor der Notaufnahme des Spitals parkte ich, informierte den Schalterbeamten der Anmeldung, worum es ging, schnappte mir eine Rollbahre und zog Damian aus dem Auto direkt auf den Schragen.

Mit der Hand und dem Hemdsärmel wischte ich mir den Schweiss aus meinem Gesicht und sagte den beiden herbeigeeilten Pflegern, ich warte in der Cafeteria auf Bescheid.

Unser Patient liess sich dankend in ihre Obhut nehmen und kotzte den langen Weg durch die Notaufnahme eine nicht endend wollende Spur auf den Boden.

Nach meinem dritten Kaffee trat endlich ein Arzt an meinen Tisch und räusperte sich.

«Also, wir haben etliche Glassplitter aus seinem Gesicht entfernt, einen Schnitt mussten wir nähen, aber sonst ist nichts Schlimmeres passiert. Bei jedem anderen wäre mindestens ein Auge draufgegangen. Wir werden ihn noch drei Tage hierbehalten, um zu sehen, ob alles in Ordnung ist.»

Auf dem Gang gab er mir die nötigen Unfalldokumente, auch einen Plastikbeutel mit Damians Portemonnaie, allen Wertgegenständen, Zigaretten und Feuerzeug aus seinen Hosentaschen.

«Sind Sie der Erziehungsberechtigte?», fragte mich der Arzt.

«Die Pfleger haben alles, was nicht in eine OP gehört in diesen Beutel gelegt. Die Geldbörse haben sie jedoch nicht geöffnet, um eine Identitätskarte zu suchen.»

«Ja, er ist mein Mündel» und ich versuchte, in Damians Portemonnaie seine ID zu finden. Mittlerweile war die Identitätskarte aufgetaucht und der Arzt nahm sie entgegen.

Ich war enttäuscht, hatte Damian mich nicht angerufen und war stattdessen einfach losgelaufen, um sich vollzusaufen.

«Wenn Sie wollen, dürfen sie kurz zu ihm», bot mir der Arzt an.

Ich nickte und folgte ihm wortlos durch die Gänge, denn für weitergehende Gespräche fehlte es mir an Energie und meine Wut auf Damian beschäftigte mich ausreichend.

In seinem Zimmer angekommen, sah ich Damian auf dem Rücken liegend in ein weisses Nachthemd gehüllt im Tiefschlaf. Sein Gesicht war zur Hälfte eingebunden, auf der anderen Seite waren kleine Schnitte erkennbar.

«Er wird eine Narbe behalten auf der rechten Seite. Aber die anderen Schnitte sind nicht so tief, um bleibende Spuren zu hinterlassen», führte der Arzt aus.

«Wegen den Beruhigungsmitteln und auch wegen des Alkohols wird er kaum vor morgen früh aufwachen, also müssen Sie sich für ein Gespräch mit ihm noch gedulden. Die Zeit wird auch Ihnen guttun, um wieder in Form zu kommen. Brauchen Sie etwa auch noch etwas, um wieder zu sich kommen zu können?»

«Nein, es wird schon wieder, verbindlichsten Dank.»

*

Eine Krankenschwester strahlte mich an, als ich die Augen öffnete: «Schönen guten Morgen Damian. Hast du gut geschlafen?».

Ich nickte leicht, mein Kopf fühlte sich etwas geschwollen an; im Gesicht von irgendwelchen Verletzungen und dahinter vom Alkohol und den mir unbekannten Medikamenten.

«Dein Vormund hat deine Wertsachen bei sich und wird sie dir sicher bald bringen», sagte sie und zeigte auf meine Identitätskarte.

Auf dem Beistelltisch des Schubladenschränkchens neben meinem Bett stand schon ein leichtes Frühstück bereit. Dort lag auch meine ID. Vermutlich hatte Bruno sie aus dem Portemonnaie genommen fürs Spital. Die Pflegefachfrau brachte mich in eine komfortable Position, indem sie auf dem Bedienungspaneel seitlich am Bettgestell den Rückenteil meiner Matratze anhob. Auch wenn meine Begeisterung fürs Spital sich in Grenzen hielt, war dieses

vielfältig elektrisch bewegbare Bett faszinierend.
Die gute Frau bückte sich kurz und zauberte eine
merkwürdig geformte Flasche hervor.

«Falls du noch urinieren musst.»

Ich schaute sie so entsetzt an, wie es mir möglich
war. Aber jede Bewegung in meinem Gesicht
schmerzte entsetzlich.

Demonstrative versuchte ich aufzustehen. Aber
jegliche heftige Bewegung quittierte mein Kopf
mit einem heftigen Stich. Ich kapitulierte und
nahm ihr die Flasche aus
der Hand.

«Soll ich dir helfen?»

Ein leicht verschmitztes Lächeln huschte über ihr
Gesicht. Hiermit hat sich auch dies erledigt. Zum
Glück hat meine Blase ein grosses Fassungs-
vermögen.

Was gestern Nachmittag geschehen war, entzog
sich meiner Kenntnis. Ich wusste nur noch, dass
ich betrunken unter einem Bartisch lag und Bruno
mich irgendwann ins Spital fuhr.

Ich starrte aus dem Fenster und versuchte, mich zu
erinnern, was zuvor in meiner Wohnung
geschehen war.

Erst machte sich Leere breit, doch plötzlich hörte
ich in der Ferne eine lachende Frauenstimme und
gleich darauf ganz deutlich eine gewaltige
Detonation. Ich erschrak und fuhr aus dem Bett
hoch, warf dabei das Frühstück zu Boden. Es

wurde schwarz vor meinen Augen und ich kippte rückwärts um. Im gleichen Augenblick kamen zwei Polizisten herein.

Sie rannten sofort zu mir, halfen mir auf die Beine und zurück ins Bett.

«Ist bei dir alles in Ordnung?

«Die Explosion! ... Haben Sie die Explosion gehört?»

«Was? Eine Explosion? Wann?», fragte mich der eine Polizist.

«Nein, ich habe nichts gehört.»

«Müssen wir die Krankenschwester holen?», fragte mich der andere Polizist. Ich schüttelte den Kopf.

«Du bist sehr wahrscheinlich noch ein wenig durcheinander», meinte sein Kollege.

«Gestern Nachmittag, da gab es eine Explosion, eine Gasexplosion im Nachbarhaus deiner Wohnung. Wir würden dir dazu gerne einige Fragen stellen.»

Ich runzelte die Stirn.

«Wo? Was? Hääää?»

Die beiden Polizisten schauten sich verwundert an.

«Du willst also sagen, von einer Explosion gestern nichts mitgekriegt zu haben?»

«Tut mir leid. Vorhin eben hörte ich einen Knall, weshalb ich vor Schreck aus dem Bett sprang, sonst ist mir nichts von einer Explosion bekannt», gab ich etwas perplex zurück.

«Nun gut», sagte der eine, «wir sind auch gerade ein bisschen verwirrt, was du uns da erzählst. Aber wir kommen einfach nochmals vorbei, bis dann wirst du dich vielleicht daran erinnern», und legte mir eine Visitenkarte auf den Tisch.

«Wenn dir etwas in den Sinn kommt, ruf mich ungeniert an.»

Sie verabschiedeten sich und verschwanden im Gang. Müde sank ich ins Kissen zurück und starrte verwirrt an die Decke. Was war hier los, was geht ab?

*

Er hatte von gestern einen Filmriss und alle Fragen über sein neues Zuhause oder das Nachbarhaus machten das Ganze immer rätselhafter. Je mehr sein Gehirn darüber brütete umso weniger kam dabei heraus.

Die Schmerzen in seinem Gesicht kamen langsam zurück, was seiner Erinnerung aber wenig weiterhalf.

Am späten Nachmittag kam noch Bruno vorbei und brachte die Wertsachen im Plastikbeutel mit. Auch er fragte ihn über die Explosion aus.

«Was wollt ihr eigentlich von mir?!», entrüstete sich Damian genervt.

«Hier trampelt jeder herein und fragt mich über eine Explosion aus, von der ich weder etwas weiss noch was damit zu tun habe! Was ist das für ein schlechter Scherz!? Schon die Polizei heute Morgen kommt vorbei in einem Tonfall, dem zu entnehmen ist, wie froh sie wären, wenn ich mich an etwas erinnern würde, was ihre Ermittlungs-arbeit als kurz und erfolgreich aussehen lassen würde. Dafür würden sie sich auch gerne aufopfern und wiederholt den beschwerlichen Weg vom Polizeipräsidium ins Spital unter die Räder nehmen. Sollten sie das Gefühl hegen, auf Voranmeldung von mir den richtigen Liftknopf gedrückt zu kriegen, ist das ein gewaltiger Irrtum. Sie werden wohl oder übel ihren Intellekt bemühen müssen.»

Damian schwang sich mit einem finsteren Gesicht aus dem Bett und griff nach der Packung Zigaretten. Es hatte nur noch eine Zigarette drin und er schleuderte verärgert die leere Verpackung in eine Ecke, ging auf den Balkon, um sich die letzte anzuzünden.

Bruno folgte ihm.

«Gestern gab es eine Gasexplosion im Nachbar-block», begann er.

«Das Problem ist nur, dass die Gasleitungen vorgestern umfassend revidiert wurden und die Polizei keine Fahrlässigkeit seitens der städtischen Gaswerkarbeiter feststellen konnte.»

«Und jetzt fragt man einfach einen ehemaligen Knastbruder, der per Zufall gestern in Nähe dieser

Explosion war und sein Gedächtnis verloren hat!
Wie pervers ist das! Seid ihr verdammten Arsch-
löcher nicht einmal dazu imstande, logisch zu
denken?! Weshalb sollte mich erstaunen, dass diese
Gesellschaft bachab geht?»
Damian machte eine Pause und schnippte die
abgebrannte Zigarette erbost weg.
«Ich kann mich beim besten Willen nicht erinnern.
Es ist, als hätte mir jemand das Gedächtnis
geraubt», fügte er wütend hinzu.
«Der Doktor meinte, das sei durch den Schock
sowie durch den Alkoholeinfluss hervorgerufen
worden und es gehe wieder vorbei», sagte Bruno
ruhig.
Damian legte sich wieder ins Bett. Er war müde
und die Schmerzen liessen auch nicht nach. Sein
ganzes Gesicht brannte. Als die Schwester das
Abendessen brachte, regte Damian sich nicht. Er
war am Ende. Die ganze Gesellschaft schien sich
gegen ihn verschworen zu haben und wird erst
wohl Ruhe geben, wenn er endlich unter dem
Boden sein würde. Ihm liefen die Tränen unter den
Verband und brannten in den Wunden. Damian
hatte doch so gehofft, endlich den Einstieg in die
Gesellschaft geschafft zu haben.
«Ist dir nicht gut, soll ich den Arzt holen?»
Damian wehrte höflich ab.
«Nein danke. Der würde mich eh nicht knuddeln.»
Sie schaute ihn etwas verwirrt an.

Ich sollte diese dummen Sprüche lassen, dachte Damian bei sich.

«Es geht schon wieder. Ich bin nur am Ende. Sie wissen vielleicht nicht, wie das ist, wenn nonstop Leute zu Besuch kommen. Nur um Fragen zu stellen, die ich nicht beantworten kann, weil ich das Gedächtnis verloren habe» Die Krankenschwester legte ihm die Hand gutmütterlich auf die Schulter.

«Dein Gedächtnis kommt wieder zurück, daran glaube ich. Jetzt iss erst einmal und dann werden wir weiterschauen. Ist das für dich so in Ordnung?»

Damian brachte ein knappes Lächeln über die Lippen und wischte sich die Tränen aus dem Verbandsausschnitt, der seine Augen und seine Mundpartie freigab.

Die Schwester war so nett und einfühlsam zu ihm, wie er es schon lange nicht mehr gespürt hatte. Sie half ihm auf und stützte seinen Oberkörper, so dass er einigermassen bequem essen konnte.

Etwas später kam Bruno nochmals vorbei und mit seinem Eintreten erloschen Damians Gefühle auch gleich wieder.

«Die Wohnung wurde von der Polizei abgesperrt. Ich durfte nur kurz rein, um dir deine Kleider zu hohlen. Der Schuldirektor ist höchst besorgt wegen der aktuellen Situation und wird sich bei der Polizei und dem Untersuchungsrichter um die

Freigabe deiner Wohnung bemühen. Bis dahin
kannst du in ein Hotelzimmer ziehen.»
Die Krankenschwester kam wieder mit Verbands-
zeug und nahm Damian den Verband ab.
«So, ich denke, morgen kommst du ohne Verband
aus.»
Sie wechselte ihm den Verband und beförderte
Bruno raus. Der protestierte zwar, weil er nicht
mehr die Gelegenheit hatte, mit Damian seine
Wohnbedürfnisse zu besprechen, musste sich aber
der resolut auftretenden Schwester fügen und
verliess das Zimmer. Diese schaute später nochmals rein und löschte das Licht.

*

Ich schloss die Augen. Ich träumte, ich kam von
der Schule nach Hause und trat in meine intakte
Wohnung. Eine mir fremde Frau, mit schwarzem
schulterlangem Haar und einem schwarzen Mantel,
der bis zum Boden reichte, stand am Fenster.
Kaum hatte ich meine erste Wohnung und schon
gab es Eindringlinge!
«Hallo, was soll das? Wer sind Sie und wie
kommen Sie in meine Wohnung. Haben wir einen
Termin?»
Die Frau lachte mich an.
«Ich brauche weder Anmeldung noch Schlüssel, um
in eine Wohnung zu kommen und mein Name

spielt für dich keine Rolle. Ich bin hier, weil du auserwählt bist.»

«Und wofür soll ich auserwählt sein?», fragte ich. Ich stellte meine Schultasche in eine Ecke und ging auf die Frau zu.

«Du bist auserwählt, um eine neue Ära der Menschheit einzuläuten.»

Jetzt war es an mir, zu lachen. «Wow, was für eine Droge hast du denn gehabt? Kann man davon was haben? Und aus welcher Anstalt bist du denn ... », weiter kam ich nicht. Mein Körper wurde auf einmal mit einer solchen Wucht gegen die Wand gedrückt, dass sich der Verputz löste. Niemand hatte mich jedoch berührt. Die Frau stand immer noch in Distanz zu mir, regte sich nicht von der Stelle.

«Sieh dich vor, sonst drücke ich die Luft aus dir, wie aus einem alten Sack!», fauchte sie mich an. Der Druck liess nach und ich sank keuchend zu Boden. Ich brauchte einige Sekunden, um mich wieder auf die Beine zu rappeln.

Schwankend kam ich auf der Armlehne der Polstergruppe zum Sitzen.

«Krass. Ich denke jemand in der Schule hat mir etwas in mein Wasser gekippt», hustete ich.

«Dummer Narr!»

Die Frau baute sich vor mir auf.

«Denkst du deine dummen Sprüche findet jemand witzig?»

«Was muss ich denn machen, um diese Macht auch zu erlangen?», wurde ich neugierig. Endlich ergäbe sich die Möglichkeit, Rache nehmen zu können an dieser Gesellschaft. Auch wenn ich noch immer daran zweifelte, dass das hier wirklich geschieht und ich nicht wieder auf irgendeinem Trip bin.

«Siehst du den Block gegenüber und diese Leute auf der Strasse? Die Frau, die da unten auf der Bank sitzt, ist eben zurückgekommen von ihrem Scheidungstermin; im zweiten Stock wartet ein neunjähriges Mädchen auf ihren Vater ...»

Ich trat ans Fenster neben die Frau.

«Wenn du dazu bereit bist, das Leben dieser unschuldigen Leute ans Messer zu liefern, wirst du diese Macht erlangen.»

Ich brauchte nicht lange zu überlegen.

«Was bedeuten mir diese Leute?! Auf mich hat auch keiner Rücksicht genommen». Die Frau grinste mich an und im selben Moment explodierte der Wohnblock. Von der Detonation wurde ich an die Wand geschleudert, ein Glassplitterregen prasselte auf mich ein. Jeder noch so kleine Splitter, der meine Haut traf, verursachte mir Schmerzen und das Blut begann überall runterzurinnen.

Mit einem Schrei fuhr ich auf und sass keuchend und verschwitzt im Bett. Ich brauchte einige

Sekunden, um zu begreifen, dass ich noch immer im Spital war.

Ich betastete mein Gesicht und spürte den trockenen Verband und schaute verwirrt umher.

«Was ist? Habe ich dich überrascht?» Wieder vernahm ich die Stimme dieser Frau.

Ein Schatten löste sich aus dem Dämmerlicht.

«Was willst du hier und was ist mit meinem Gedächtnis?!» «Ich weiss gar nicht, weshalb du dich beschwerst? Deiner Reaktion nach eben, scheinst du dich zu erinnern, also habe ich dir dein Gedächtnis ja wieder zurückgegeben. Es war jedoch besser, deine Erinnerung zu löschen, sonst hättest du den Polizisten alles nur verzapft und wärst in der Klapsmühle gelandet. Dort hättest du dann Drogen gekriegt, aber solche, die du nicht würdest haben wollen. Die Erfahrungen mit meinen Schülern, zu Beginn ihr Gedächtnis zu löschen, hat sich als hilfreich herausgestellt.»

«Also gut. Meinen Teil habe ich geleistet. Was ist mit meiner Belohnung?»

Die Frau lächelte mich an und lehnte sich an die Bettkante.

«Nur nicht so ungeduldig. Du kommst schon morgen auf deine Rechnung, wenn du das Spital verlassen hast. Da wirst du erstmals die Fähigkeit haben, kleinere Gegenstände zu bewegen. Versuch zuerst, diese Kraft zu schulen und zu beherrschen. Wenn du es schaffst, einen Stuhl zu bewegen, werde ich dir zeigen, wie man Menschen mit nur einer Handbewegung lähmen kann.

Du wirst am Montag in die Schule gehen und dort normal am Unterricht teilnehmen. Halte die Augen offen nach deinem Mitschüler Oliver. Er darf nichts von deinen Kräften merken.»

«Mein Kollege ist dieses Weichei sicher nicht. Der ist ja nicht der Rede wert. Stolziert durch die Gegend, als wäre er Pestalozzi persönlich. Weshalb ich auf diesen sozialen Arsch aufpassen sollte, ist mir unverständlich.»

«Wenn ich dir sage, du solltest dich vorsehen, dann mach es einfach! Er kann dir enorme Schwierigkeiten manchen!»

Sie fuhr mit ihrer Hand von meiner Stirne über die Augen runter und augenblicklich schlief ich ein.

*

Damian wurde am nächsten Montag von Bruno in die Schule gebracht. Das Wochenende über war er in einem Hotelzimmer einquartiert worden.

Er hatte sich bei der Hoffnung erwischt, dass er bei Bruno zu Hause unterkommen könnte. Er hatte Jason seit dem Mittagessen bei Bruno zu Hause nicht mehr gesehen. Damian sehnte sich nach ihm, auch wenn er es immer wieder zu verdrängen versuchte, ertappte er sich immer wieder dabei, wie seine Gedanken um den Jungen kreisten.

Seine Mitschüler gafften ihn an, als liefe ein Gespenst durchs Schulhaus.

Irgendein Idiot hat das Gerücht in die Welt gesetzt, dass er der einzige Überlebende sei. Die Pflaster, die er nach wie vor im Gesicht trug, trugen das Ihre dazu bei, dass es alle glaubten. Oder glauben wollten.

Die Zeitungen waren voll von Berichten über diese Katastrophe, welche die ganze Stadt in Atem hielt, auch noch vier Tage nach dem Unglück.

Beim Gang über den Schulhof und durch die Korridore zu seinem Klassenzimmer behandelte er die Gaffer so, als würden sie gar nicht existieren.

Der Lehrer schaute auf und grüsste höflich, als Damian sich an seinen Platz setzte. «Der Direktor hatte mich darum gebeten, dich in sein Büro zu schicken, wenn du hier bist. Er will mit dir einige Worte wechseln.»

Damian atmete schwer aus und verliess das Zimmer wieder. Er ging auf die Toilette, um seine Pflaster zu prüfen. Ihm war schwindlig.

«Wieso mussten die mich alle so anstarren?», fragte er sich.

Langsam, aber sicher fingen die Pflaster an ihn zu stören, vor allem machten sie ihn unsicher und das hasste er. Seid besser zufrieden, nicht ein verschnittenes Gesicht zu haben! In Damian stieg eine gewaltige Wut auf. Er stützte sich auf das Waschbecken und schaute in den Spiegel. Sein

Gesicht war schweissnass und seine Augen hasteten von einem Punkt zum nächsten, wie die eines gehetzten Tieres, derweil er den Kaltwasserhahn aufdrehte.

Er tauchte gleich den ganzen Kopf unter das kalte Wasser und genoss es, wie ihm das angenehm kühle Nass über den Nacken und das Gesicht lief. Er schaute wieder in den Spiegel und fixierte gedanken- verloren den Seifenspender, der lose auf der marmorierten Abdeckung stand. Sein Atem ging immer noch stossend.

Auf einmal fing die Seifenflasche zu schweben an und knallte mit hohem Tempo an die gegenüberliegende Wand. Damian wich erschrocken zurück. Zäh tropfte die dickflüssige Seifenmasse zu Boden.

War er das gerade? Damian fühlte sich auf einmal viel besser, so als hätte dieser Vorfall eine Energie freigesetzt, die in seinem tiefsten Unterbewusstsein bis zu diesem Zeitpunkt geruht hatte. Oliver trat aus einer der Kabinen und musterte die Szenerie.

«Oha! Hast 'ne Wut ...?», bemerkte dieser knapp, nahm von der Seife, die an der Wand hinunterrann, und wusch sich die Hände.

Damian starrte ihn nur kurz an und verschwand, ohne ein weiteres Wort zu sagen, aus der Toilette. Durch den menschenleeren Korridor lief er hinunter in Richtung Büro des Schuldirektors, an der Bildergalerie der dritten Klasse vorbei. Da wollte er es wissen und starrte das erste Bild an. In seinem Kopf gab es einen kleinen Impuls und ohne ersichtliches Zutun begann das Bild zu schwanken. Es löste sich von den Drähten, stürzte ins nächste und riss dieses ebenfalls krachend zu Boden. Er grinste nur, ging den Rest des Weges durch die nach- hallenden Korridore und klopfte an die Bürotür des Direktors.

«Ja?»

Damian trat ein.

Der Schuldirektor stand am Fenster und schaute auf den menschenleeren, Pausenhof.

«Sie wollten mich sprechen?»

«Genau. Kaffee?», fragte er Damian und machte sich an der Maschine zu schaffen.

«Du hast es sicher auch schon bemerkt. Die Story mit der Explosion von letzter Woche wird bereits in der ganzen Schule breitgetreten», begann der Direktor.

Er stellte Damian den Kaffee auf den Tisch und stellte sich wieder ans Fenster und starrte auf den Hof. Dann wandte er sich Damian zu:

«Wir ... die Lehrer und ich haben uns letzten Freitag getroffen. Wegen dir.»

Damian horchte auf: «Und ...?»

Der Direktor lächelte gequält und setzte sich an seinen Schreibtisch.

«Es war unmöglich, in deiner Schulklasse zu unterrichten. Die Schüler waren alle durcheinander und wir bekamen mehrere Anrufe von besorgten Eltern, weil ihnen die Kinder erzählt haben, du seist für die Explosion verantwortlich.»

Damian schoss auf.

«Dieser Drecksmob geht mir so was auf die Eier. Will bewiesen haben, was sie nicht beweisen können. Hauptsache sie können ihren berühmten Schwarzen Peter jemandem unterjubeln! Und Sie wollen mich deswegen jetzt von der Schule haben, damit die überbesorgten Eltern wieder Ruhe geben!? So etwas ist eher übelbesorgt! Nur, weil sie ihren verdammten Knirpsen bis anhin das Bild der Polemik vorlebten und sie nicht recht erzogen! Da sind eher Eltern die Saugossen!»

«Das kann ich nicht beurteilen. Die unbedachten Anschuldigungen bedaure ich und finde sie auch problematisch, deshalb wirst du nur vorübergehend fehlen, bis sich die Sache geklärt hat.»

Damian wurde immer wütender.

«So, das ist also die Art von Loyalität, die sie mir gegenüber erbringen. Ach, was rede ich da! Ich bin ja nur ein Abgestürzter, den man einfach als Kanonenfutter verwenden kann, wie es beliebt!»

«Beruhige dich wieder! So habe ich es nicht gemeint. Du sollst selbstverständlich weiter hier zur Schule gehen, diese Massnahme hat darauf überhaupt keinen Einfluss. Du bekommst Urlaub,

bis du wieder einigermassen im Schuss bist. Es ist
ja auch zu deinem Guten.»

«Jaja, genauso sprechen sie alle! Und dann, lassen
sie dich einfach fallen, wenn es nicht gleich
gelingt, besonders, wenn man getestet wird, ohne
gefragt zu werden!»

Damian setzte sich wieder. Er hatte Mühe, sich in
den Griff zu bekommen. Die Wut wühlte sich
durch seinen Magen.

«Ich habe dich übrigens noch beim Schulpsychologen angemeldet.»

«Huh, gebt mir die Kugel! Ich war doch am
Donnerstag gerade bei ihm gewesen.»

Damians Augen schauten plötzlich stechend mit
einem Funkeln darin.

«Jetzt auch noch Psycho!»

«Er will auch noch mit dir darüber reden, vielleicht
kann er dir helfen. Um zehn Uhr kannst du bei ihm
vorbeigehen. Am Mittag kommt dich Bruno abholen und ihr könnt für eine Woche verreisen,
damit du Abstand gewinnen kannst.»

Der Direktor legte Damian eine Hand auf die
Schulter.

«Ich gehe sicher nicht zu einem Psychiater, nur
damit ihr euer Gewissen beruhigen könnt. Das
Verhalten von euch Erwachsenen ist immer wieder
das Gleiche. Zuerst gebt ihr einem die Hand und
helft aus dem Dreck, doch kaum merkt ihr, selber
durch die Arbeit mit Schmutz in Berührung zu

kommen, wird die dargebotene Hand unfassbar klein. Das ist hier und bei Bruno nicht anders als bei all denen, welchen ich in der Vergangenheit bereits begegnet bin.»

Damian starrte fern aller Tränen wütend auf den Boden.

Der Direktor sagte nichts, zumal Damian Reaktion mehr als verständlich war. Er atmete tief durch die Nase und trat wieder ans Fenster.

«Deine Reaktion kann ich durchaus verstehen und werde jetzt bewusst nicht darauf reagieren, was du gesagt hast. So wie du war ich auch mal und brauchte ebenfalls mehrere Anläufe, bis ich es gerafft hatte. Und genau das ist auch der Grund, warum ich mich auf dieses Experiment mit dir eingelassen und dich genommen habe. Obwohl es etliche Jugendliche gab, die mir die Füsse geküsst hätten. Du weisst gar nicht, wie viel Glück du gehabt hast. Damit die Lehrer auch das Projekt unterstützen, habe ich Himmel und Hölle in Bewegung gesetzt, aber aus der täglichen Begegnung mit ihnen sehe ich, es ist immer noch nicht beliebt. Das jedoch zu ändern, muss meine Aufgabe sein, um dir so den nötigen Platz schaffen.»

Damian begehrte auf: «Und trotzdem reagieren Sie so?! Sie gehören genau zu der Sparte Leuten, die nach ihrem achtzehnten Geburtstag ihr gesamtes bisheriges Leben vergassen. Darum machen sie die gleichen Fehler selbst und sind keine Spur besser! Nur weil sie zu faul waren, sich gegen die Gesellschaft aufzulehnen.»

«Die Gesellschaft ist dein Feind, nicht wahr?», fragte ihn der Direktor ruhig.

«Wen interessiert es!»

«Meine Wenigkeit. Ich habe mich mit der Gesellschaft versöhnt und gab mein Bestes für eine anständige Ausbildung, um meinen Leumund zu bereinigen. Sicher musst du nicht gleich Direktor einer Institution werden, nur weil an dich die Aufforderung geht, mich als Beispiel zu nehmen. Du aber stellst dich bei allem quer und resignierst, weil du Angst hast, dich selber mal als Teil der Gesellschaft zu sehen. Anstrengung, Wille und sich Ziele setzen sind jedoch Voraussetzungen, um den Looser loszuwerden. Die Meister, welche vom Himmel fallen, haben eh nicht überlebt! Immer mit dem Kopf durch die Wand! Wände werden jeden Tag gemacht, dein Kopf nicht!

Du gehst jetzt zum Psychologen und am Mittag fährst du mit Bruno, fertig, aus, Amen.»

Und damit verabschiedete er Damian aus seinem Büro.

*

Als ich aus dem Büro des Schuldirektors trat, war es ruhig auf den Gängen, also noch Zeit bis zur nächsten Pause.

Ich hatte keine Lust mehr, zurück in die Klasse zu gehen.

Also ramschte ich den Stundenplan aus meinem Rucksack und schaute, was in der nächsten Lektion anstand. Diese war erst nach der Pause, also liess ich mir einen Kaffee aus dem Automaten und setzte mich nach draussen. Einige Spatzen stöberten beim Abfalleimer nach Essbarem Der Direktor hatte mir das Rauchen auf dem Schulhof verboten. Ich kämpfte gegen das Verlangen an.

Als die Pausenglocke schrillte, flogen die Türen des Schulhauses auf und die Schüler strömten lachend und lärmend auf den Pausenhof. Die Spatzen flogen auf und verstoben in alle Richtungen.

Ich setzte mich für den Rest der Pause in eine ruhige Ecke, um das Treiben auf dem Hof zu verfolgen, ehe ich mich angewidert in Richtung Verhaltensgelehrten aufmachte. Auf meinem Weg zum Schulpsychologen sah ich die gefallene Bildergalerie.

Die dritte Klasse stand vor dem Scherbenhaufen ihrer Werke. Einige heil gebliebene Bilder hingen wieder an ihrem alten Platz.

Eine kleine Regung mit meiner Hand liess alles wieder zu Boden krachen. Über die erstaunten

Gesichter der Kinder und des Lehrers amüsierte
ich mich weidlich. Am schönsten war, keiner kam
auf die Idee, diesen Vorfall mit mir in Verbindung
zu bringen, obwohl sie mich vorbeigehen sahen.
Das Sprechzimmer des Schulpsychologen war
zuunterst im hintersten Winkel des Schulhauses.
Ob das was bedeuten sollte?
Mal sehen ... «Bitte anklopfen und eintreten» stand
an seiner Türe geschrieben. Soll ich das jetzt
wörtlich nehmen oder nicht, fragte ich mich.
«Mach alles richtig. Aber nimm es nicht wörtlich.»
Er würde besser diesen Spruch an die Türe
schreiben.
Ich klopfte an und betrat sein Arbeitszimmer, das
mir steriler vorkam als ein OP, ein Glasschreib-
tisch stand mitten im Raum. Das einzige Bild, das
an einer der kahlen Betonwände hing, war jenes
von Pestalozzi.
Dr. Steinmaurer begrüsste mich überschwänglich
und bot mir einen Sessel an.
Er war ein ganz netter Typ, wenn nicht sein Beruf
ihn zu meinen Feinden machen würde. Ich denke,
ihm war das bewusst und das bestimmte sicher die
Gesprächsführung.
«So», begann er bedächtig, «du weisst wohl,
warum der Direktor dich zu mir schickte?»
Ich nickte.

«Weil er denkt, ich habe das Haus in die Luft gejagt, sich aber nicht traute, es offen auszusprechen.»

Er musste schmunzeln.

«Nicht ganz. Er denkt, dass ein Tapetenwechsel dir gut bekommen würde, um dich ein wenig zu erholen.»

Von meinem Sessel auffahrend, schrie ich ihn an: «Verdammter Lügner! Dass der Direktor mich anlügt, ist ja noch zu verkraften. Warum aber gerade Sie mich anlügen, ist mir äusserst unverständlich!»

«Du reagierst auf Zurückweisung sehr empfindlich. Daran müssen wir arbeiten. Aber jetzt beruhige dich wieder und setz dich. So ist es nicht gemeint. Ich kann deine Wut verstehen. Es ist auch nicht so einfach, in deiner Position ...»

«Ach, erzählen sie ihren hochgestochenen Scheiss einem anderen! Aber mich kriegen Sie so nicht!». Ich kochte vor Wut. In dem Moment stieg in mir ein Gefühl der Stärke auf und mir wurde bewusst, auch ohne Zutun meiner Mentorin waren meine Kräfte eben um ein Vielfaches gewachsen. Ich konzentrierte mich auf das Bild des Pestalozzis, liess es wie eine Fledermaus durch den Raum fliegen und an der anderen Wand in tausend Stücke zerbersten. Der Psychologe schnellte erschrocken in die Höhe und schaute auf den kümmerlichen Haufen «seines» Pestalozzis.

«Ab ... er ... das ...?!»

«Das war ihr chauvinistisches Schwein Pestalozzi, welches gerade zu Boden fiel», entgegnete ich triumphierend.

«Sein Wahlspruch war: Kampf den Fledermäusen!»

«Er war kein Chauvinist. Von wo kennst du überhaupt solche Begriffe?»

Er ging zum Bild und betrachtete den Scherbenhaufen.

«Wie kann das sein? Das Bild hing an der anderen Wand?!»

«Wie kann es sein, dass Sie mich belügen wollen», entgegnete ich ihm. Herr Steinmaurer schaute mich an. «Warst ...». Ich winkte ab.

«Was? Wer braucht jetzt hier einen Psychiater?»

«Das Bild habe ich nicht angefasst. Wie auch! Sie sahen mich die ganze Zeit hier vor ihnen sitzen, das Bild hinter Ihnen hängend. Wie also um alles in der Welt sollte ich von hier aus ein Bild an die andere Wand geworfen haben ...? Zudem ist es langanhaltend geflogen oder habe ich mich verguckt?»

Sichtlich aus dem Konzept geworfen, versuchte Herr Steinmaurer die Situation zu retten:

«Es ist wohl besser, ich lasse dich jetzt ziehen. So kommen wir nicht weiter.»

Zufrieden mit mir verabschiedete ich mich und trat auf den stillen Gang hinaus.

Die Tür hinter mir wieder verschlossen, sah ich erneut das Schild daran. Also, ging es mir durch den Kopf, angeklopft habe ich drinnen, dann wollen wir mal eintreten. Ich hielt kurz inne und dachte einzig an die Tischplatte im Arbeitszimmer. Genüsslich hörte ich das Splittern des Tisches und einen Aufschrei hinter der Türe.

*

Bevor ich Damian in der Schule abholen konnte, hatte ich mit Herrn Dr. Steinmaurer, der mir aussergewöhnlich seltsam schien, ein langes Telefonat. Er meinte, der Junge fühle sich in die Ecke gedrängt. Und dass er sehr empfindlich auf Zurückweisung reagiert.
Ich konnte mir nicht helfen. Aber war es nicht klar, dass ein Junge, der sein Leben lang rumgereicht wurde wie eine heisse Kartoffel, auf Zurückweisung empfindlich reagiert.
«Somit ist es Ihre Aufgabe, alles daran zu setzen, in dieser Ferienwoche viele negative Ereignisse mit lebensbejahenden Erlebnissen vergessen zu machen.»
Offensichtlich hat der gute Mann heute Morgen zu warm geduscht.
«Nur so ist möglich, dass sich Damian uns öffnet und ich ein Verhaltensbild seiner psychischen Verfassung erstellen kann. Zu guter Letzt habe ich

dann Aufschluss darüber, wie labil der Junge tatsächlich ist.»

Ich verdrehte am Hörer die Augen.

«Sie haben doch komplett den Verstand verloren, Herr Steinmaurer! Ich soll Damian dazu bringen, Ihnen zu erzählen, was er fühlt? Eben sagten Sie noch, Damian fühle sich in die Enge gedrängt und jetzt wollen Sie mich genau dazu benutzen und gleichzeitig soll ich das Gegenteil vorgaukeln! Sie haben wohl vergessen, dass Sie es hier mit einem Jungen zu tun haben und nicht mit einem Studienobjekt», entgegnete ich ihm schroff.

«Sie wissen doch, dass die Jugendanwaltschaft genauestens über dieses Projekt informiert werden will und auch Damians psychische Untersuchung gehört dazu», entgegnete er mir stur.

«Wenn die Jugendanwaltschaft etwas über die psychische Verfassung von Damian wissen will, soll sie sich gefälligst bei mir oder ihm persönlich melden und sicher nicht im Geheimen und hinter dem Rücken des Jungen intrigieren. So etwas treibt Damian in die Ecke und bewirkt nur, dass er noch aggressiver wird als er ohnehin schon ist.»

«Sie überschreiten mächtig ihre Kompetenzen. Wohl mögen Sie Damians Betreuer sein, aber was die Jugendanwaltschaft angeht, da müssen immer noch der Direktor und ich Rechenschaft ablegen.»

«Klar doch! Diejenigen, welche am wenigsten mit ihm zu tun haben werden, wollen Auskunft geben, ist doch logisch! Von so was bekomme ich Krämpfe!»

Ich verabschiedete mich mehr oder weniger höflich von ihm und machte mich auf den Weg zur Schule. Dort angekommen sass Damian bereits auf dem Pausenplatz. Der Unterricht war seit knapp einer halben Stunde zu Ende und er war noch einer der wenigen Nachzügler.

Ich ging auf Damian zu.

«Na, immer noch sauer», wollte ich wissen.

Damian schüttelte den Kopf.

«In der Zwischenzeit habe ich gemerkt, es kostet unnötig Kraft, sich ab so einer Scheisse aufzuregen», entgegnete er mir locker und steckte sich eine Zigarette an.

Trotz seiner Aussage war mir klar das seine Ruhe nur gespielt ist. In ihm, und da war ich mir sicher, kochte es.

«Jason kommt auch mit uns. Er hat ab heute Projektwoche. Und dass kann er auch im Fernstudium machen.»

«Aha.»

«Ich habe gedacht, für eine Woche nach Süd-frankreich zu verreisen, in unser Ferienhaus mitten im Grünen.

Ich bringe dich ins Hotel, und gehe Jason holen und dann fahren wir.»

*

Als Bruno an seinem Hotelzimmer anklopfte, riss Damian die Tür auf und eilte nach draussen. Seine Ungeduld war gross, mit Jason zusammen zu sein. Im Auto aber gab er sich betont lässig und schaute desinteressiert aus dem Fenster. Irgendwo unterwegs übermannte ihn der Schlaf, welcher auf einer Autobahnraststätte durch Jason, welcher ihn antippte, unterbrochen wurde.

«Wir gehen Nachtessen», bemerkte dieser knapp und stieg aus.

Er trottete hinter den beiden her und steckte sich eine Zigarette an. Da die Geschichte mit der Explosion inzwischen landesweit publik war, erstaunte es Damian kaum, dass selbst hier alle Zeitungen voll von Unglücksbilder waren. Damian verdrehte innerlich die Augen, liess sich aber nichts anmerken. Der Mob konnte so einfältig sein. Nach der Durchsicht einer unansehnlichen Menu-auslese bei der Selbstbedienung war der Ent-schluss gefasst, sich mit einem Stück Brot, einem Getreideriegel und einem Glas Mineralwasser zu begnügen.

Wieder bei seinen Begleitern am Tisch, ass er, wie Jason es nannte, seinen Diätteller.

Beim Essen schielte er immer wieder zu Jason. Ihre Blicke kreuzten sich mehrmals. Damian konnte allerdings den Blick von Jason nie so recht deuten.

Zurück im Auto versuchte Damian wieder zu schlafen. Jason spielte auf seinem Mobiltelefon ein Geschicklichkeitsspiel.

*

Nach einer Weile nickte ich ein und stand plötzlich in der Mitte eines grossen, weiten Raumes. An den Wänden hingen Bilder, auf denen junge Leute abgebildet waren, alle in meinem Alter. Bekannt kam mir keiner dieser Personen vor, doch in jedem Gesicht bemerkte ich den gleichen melancholischen Blick, so als würde ich in den Spiegel schauen.

Die Frau, dessen Name mir immer noch unbekannt ist, war anwesend.

«Kompliment! Du hast heute mehr erreicht, als ich vermutete.»

«Das heisst, es gibt mehr zu erlernen?», fragte ich sie.

«Es macht mir schon fast Vergnügen, dir die nächste Stufe deiner Macht zu öffnen.»

Die Frau hatte seit unserer ersten Begegnung etwas weichere Züge angenommen. Sie kam auf mich zu und legte ihre dünnen, kalten Hände auf meine Stirn. Plötzlich verspürte ich einen unbeschreiblich heftigen Stich in meinem Kopf, der sich in unbegreifliche Schmerzen wandelte. Schreiend wie am Spiess vor Schmerzen war für mich Tatsache geworden und ich fiel zu Boden.

Die Frau lachte, als wäre sie von Sinnen und schaute mich amüsiert an.

«Geniesse diese Schmerzen, denn du wirst ab sofort in der Lage sein, mit deinen Gedanken den Leuten die schlimmsten Schmerzen zuzufügen, die sie jemals gespürt haben.»

Ich lag immer noch auf dem Boden, schrie und wand mich vor Schmerzen; sie fuhr weiter:

«Was du zurzeit spürst, wird dasselbe sein, welches deine Gegner spüren werden.»

Bruno und Jason haben mich aus dem Auto auf den kalten Asphalt des Pannenstreifens gezerrt, wo ich regungslos liegen blieb. Die beiden redeten unablässig auf mich ein. Aber ihre Stimmen erreichten meine Gedanken nicht. Alle zwischenmenschlich relevanten Laute plätscherten wie eine Geräuschkulisse an meinem Bewusstsein vorbei. Völlig unwichtige Dinge wie das Fahrgeräusch der vorbeifahrenden Autos jedoch belegten mein Gehör und der Asphalt dröhnte nur noch.

Wie gelähmt schaute ich unter dem Auto hindurch auf die Fahrspuren, die Autos rasten an uns vorbei, Lichtkegel wurden grösser und verschwanden auf einmal wieder in der Dunkelheit.

Erst als mir Bruno links und rechts eine schallende Ohrfeige gab, reagierte ich. Schwer atmend rappelte ich mich auf und schaffte es, mich am

Auto abstützend, selber zu stehen. Meine ganzen Kleider waren nass.

«Wie gehts, bist du wieder klar?», wollte Jason wissen.

«Du hast im Auto wild um dich geschlagen und geschrien. Als ob du wahnsinnige Schmerzen hättest», sagte Bruno und rieb mir beruhigend den Rücken.

Ich nickte.

«Wir fahren bis zur nächsten Ausfahrt und ruhen uns dort etwas aus.»

Jason und ich stiegen ein. Bruno setzte sich wieder ans Steuer und meinte: «Es sind immerhin noch fast sechs Stunden Fahrzeit und wir haben schon mitten in der Nacht.»

Er betätigte den Anlasser, beschleunigte auf dem Pannenstreifen und fädelte wieder in den Verkehr ein.

Ich starrte aus dem Fenster und freute mich insgeheim über meine neue Gabe. Es lockte mich ungemein, diese gleich an Jason auszuprobieren. Aber durch meine eben gemachte Erfahrung schreckte ich davor zurück und es widersprach meiner Affektion zu ihm. Auch mein Bauchgefühl, das sich seine Nähe erhoffte, stellte sich gegen mein Vorhaben «Versuchskarnickel Jason». Er hatte mir nichts angetan, weshalb sollte er diese unsagbaren Schmerzen einfach mal so testweise ertragen müssen. So fing ich an, einfach aus dem

Fenster zu starren und betrachtete die Autos, die in der Dunkelheit an uns vorbeisausten. Dabei konzentrierte ich mich bei mehreren Passagieren auf den Beifahrer, um an Übung zu gewinnen. Je länger ich probierte, umso öfter hielten sich meine Testobjekte die Hände an die Schläfe, als wollten sie die Kopfschmerzen loswerden. Als ich erschöpft meine Augen schloss, war es mir, als würde ich weiterhin in der Umgebung umher-schauen. Ich hätte schwören können, dass ich bei jedem Auto, das uns passierte, fühlen konnte, wie viele Personen drinsassen. Eine, zwei, selten fünf oder mehr.

Am krassesten war es, als ein Reisebus an uns vorbeifuhr, das überforderte mich richtiggehend. Bei den Autos erkannte ich die Gesichter der Fahrgäste. Was mich verwirrte, vor allem, weil ich diese auch mit offenen Augen sehen konnte. So nahe und deutlich als würden sie vor mir sitzen. Offenbar musste sich mein Geist zuerst daran gewöhnen, so viele Informationen zu empfangen, zu verarbeiten und auch wahrhaben zu wollen. Das monotone Fahrgeräusch machte mich schläfrig und ich schlief ein.

Jason weckte mich sanft, so dass er mich gerne noch länger hätte wecken dürfen.

«Wir haben angehalten. Mein Alter ist einkaufen gegangen und Geld wechseln. Ich will eine rauchen und du?»

Ich hatte nichts dagegen, eine zu rauchen.

Wir stiegen aus. Der Parkplatz war leer bis auf ein paar wenige Lastwagen, deren Besitzer entweder schliefen oder an der Ladung hantierten.

Ich reichte Jason eine Zigarette und steckte mir ebenfalls eine in den Mund. Genüsslich zog ich den Rauch ein. Ich bemerkte, dass Jason meine Nähe suchte. Er stellte sich so nahe an mich, dass kein Papier zwischen uns gepasst hätte.

Ich war versucht, seinen Handrücken mit meinen Fingern zu berühren. Seine feine, weiche Haut zu spüren.

Stattdessen machte ich drei Schritte nach vorne und schaute in die Morgendämmerung. Ich Idiot! Was war mit mir los? Ich kannte das von mir nicht.

«Was war eigentlich diese Nacht mit dir im Auto los? So wie du geschrien hast, überkam mich die Angst, du kratzt noch ab.»

Lächelnd hob ich die Schultern, froh darüber, dass er ein anderes Thema zur Sprache brachte.

«Hatte vielleicht einen Krampf.»

Das Gefühl, Jason hatte Angst um mich, schmeichelte mir. «Hast du noch ab und zu solche Albträume? Dass das kein Krampf war, weiss ich auch und das mit dir etwas nicht stimmt, ebenso. Um das herauszufinden, brauche ich meinen Alten nicht, der sagt mir eh nichts.»

«Du weisst gar nichts, Kleiner.»

Der Junge schien clever und ich fühlte mich ertappt, was mir gar nicht gefiel, weshalb meine Antwort so schroff ausfiel. Und er musste auch nicht gleich das Gefühl haben, dass ich ihn mochte oder sonst so was. Hauptsächlich das:

«So was! Unsinn!»

Ich schnippte die Zigarette weg.

«Mich nimmt aber wunder, was dich so gemacht hat, wie du jetzt bist.»

«Du bist wie dein Vater. Der will auch immer gleich alles wissen und begreift nur die Hälfte von dem, was er hört und sieht.»

«Kann sein», sagte er ohne grosse Regung. So schnell liess er sich nicht einschüchtern.

«Mir ist es aber wichtig, verstehen zu lernen und deshalb frage ich. Im Gegensatz zu meinem Alten nutze ich mein Wissen über dich nicht aus und verdiene mit deinem Schicksal kein Geld.»

*

Das waren Argumente, die ich von einem Zwanzigjährigen erwartet hätte, aber sicher nicht von einem Vierzehnjährigen.

Ich steckte mir nochmals eine Zigarette an. Jason kehrte zurück zum Auto. Mir gefiel es, wie er mich behandelte. Endlich jemand, der mir Widerstand bot und nicht immer zurückkrebste, sobald ich etwas sagte.

Ich lehnte mich an einer Parkbank an, als mir auf der anderen Strassenseite eine Passantin auffiel. Dem Reiz war schlecht zu widerstehen, meine neue Macht am lebenden Objekt auszuprobieren. Unweit von mir stand eine grosse Stromrichterstation, dorthin schlenderte ich, um mich rauchend anzulehnen. So würde der Fokus meines Treibens durch meine Rauchschwaden nicht offensichtlich sein und es blieb mir Zeit zum Üben. In der Zwischenzeit tauchte die Passantin auf der anderen Seite der Stromzentrale wieder auf, so dass sie sich vom Auto aus im toten Winkel befand. Mit geschlossenen Augen spürte ich ihren Körper auf, konnte ihn förmlich vor meinem geistigen Auge sehen, als würde er nicht nur auf der Strasse gehen. Ich stellte mir vor, wie in ihrem Kopf ein Druck entstehen würde, nur sachte.

Die Frau hielt sich umgehend die Hand an ihre Schläfe.

Anscheinend funktionierte es. Ich erhöhte den Druck auf ihren Kopf, so dass sie anhalten und sich an der Wand abstützen musste. Sie zu quälen, gefiel mir. Neugierig, ob ich auch mehr von ihrem Körper in Besitz nehmen könnte, entliess ich den Schmerz aus ihrem Kopf in ihren ganzen Körper; die Frau sank in die Knie und rang nach Luft.

«Damian!»

Ich liess von ihr ab und drehte mich um.

«Kommst du, ich will weiterfahren.»

Wir fuhren weiter in Richtung Südwesten und am
späten Nachmittag hatten wir unser Ziel endlich
erreicht.

Es war ein kleines schmuckes Bauernhaus,
das mitten in der Pampa stand. Das Haus war
spartanisch eingerichtet, aber gemütlich.

Die Stube war mit neuem Parkett ausgestattet und
gegen Süden durch eine Fensterfront erhellt. Die
Wände bestanden aus unverputztem Naturstein,
welcher einen schönen Kontrast bildete zu den
neuen Möbeln und dem modernen
Breitbildfernseher.

Im oberen Stock hatte es zwei Schlafzimmer und
ein Bad. Das Haus war so gebaut, dass man beim
Baden einen wunderbaren Blick auf den See hatte,
der unterhalb des Hauses wie ein blauer Teppich in
der Landschaft lag.

*

Bruno bezog das Zimmer, welches direkt neben
der Küche lag, und überliess Jason und Damian
den oberen Stock.

Am Abend war Bruno bei der Haushälterin eingeladen und liess die beiden Jungs alleine im
Haus.

Damian lag auf dem Bett in seinem Zimmer und
starte die Decke an.

Er wusste nicht so recht, was er mit sich und dem Abend anfangen soll.

Aus dem Zimmer neben ihm, wo Jason Quartier bezogen hatte, drang leise Musik.

Er war sich nicht ganz schlüssig, ob er zu ihm gehen soll oder nicht. Damian entschied sich dagegen und verlies das Haus. Er wollte die Umgebung erkunden.

Die Sonne färbte das Wasser intensiv in ein Orangerot.

Er atmete tief durch und genoss die Aussicht über den See.

Rund um den See waren in unregelmässigen Abständen kleinere und grössere Ferienhäuser verteilt.

Unten am Strand waren vereinzelt Fussgänger unterwegs.

Jason setzte sich zu Damian. Er zuckte leicht zusammen. Er hatte Jason nicht kommen gehört. Das Haus war etwas abseits und vom Platz von Damian aus nicht zu sehen.

«Ist dir eigentlich bewusst, wie schön es hier ist?», durchbrach Jason die Stille.

Damian war etwas genervt. Was bildet sich dieser Bursche eigentliche ein, dachte er bei sich. Und gleichzeitig machte sich ein Glücksgefühl in ihm breit, dass Jason so nahe bei ihm Platz genommen hat.

«Wirst du mir jetzt mehr aus deinem Leben
erzählen? Es nimmt mich wirklich wunder.»
Damian verdrehte die Augen. Er zündete sich eine
Zigarette an.
«Du bist neugierig», erwiderte Damian.
«Ach komm. Hab dich nicht so. Ich will wissen,
wie es dir geht.»
In Damian kam auf einmal eine grosse Wut hoch.
«Du kleiner Scheisser! Stinkreich, verwöhnt und
verzogen zu allem drauf!»
Damian stand auf und marschierte an den Strand.
Jason blieb im Gras sitzen und schaute ihm nach.
Nach einer kurzen Zeit stand er auf und
verschwand.

*

Das wollte ich nicht. Nein! Bitte bleib hier! Aber
es war zu spät. Jason war weg.
Ich schrie auf den See hinaus. Ich verdammter
Idiot! Das habe ich wieder super hingebracht. Ich
setzte mich in Bewegung und ging zurück zum
Haus.
Jason war gerade dabei die Tür aufzuschliessen.
«Warte!»
Jason drehte sich zu mir um.
«Komm bitte zurück. Es tut mir leid.»

Ich hatte mich noch nie bei jemandem entschuldigt. Aber ich hatte es getan und es tat mir
nicht einmal leid, dass ich es gesagt habe.

Jason kam mit mir wieder zurück zum See.

Ich legte mich wieder ins Gras.

Jason stand vor mir und betrachtete mich für einige
Sekunden, dann legte er sich neben mich. Seine
Hand berührte kurz die meine, ein leichtes
Kribbeln ging mir durch den Bauch.

«Ich werde es dir nur erzählen, wenn du mir versprichst, es niemandem anderen weiterzusagen.»

Jason nickte und fühlte sich geschmeichelt.

«Mir ist bewusst, welch grosse Verantwortung auf
mir lastet und ich verspreche dir, dieses Gespräch
für mich zu behalten.»

Kleine Made! Schoss es mir wieder durch den
Kopf. Grosse Reden schwingen, das kann er.

«Meine Mutter starb früh an Lungenkrebs. Sie war
schon seit längerer Zeit im Spital, während ich
bei meinen Grosseltern wohnte.

Sie waren immer für mich da, aber durch ihr Alter
hatten sie nicht mehr die Kraft, die für mich nötig
gewesen wäre. Schon früh lernte ich deshalb, für
mich alleine zu sorgen.

Ich ging fast jeden Tag meine Mutter besuchen.
Ihre Gesundheit litt immer mehr unter dem Krebs
und ich konnte praktisch jeden Tag zusehen, wie
ein weiterer Teil von ihr starb. Meine Grosseltern
wurden auch jeden Tag schwächer und konnten

immer weniger auf mich achtgeben. So entschlossen sie, mich bevormunden zu lassen und mich in eine Pflegefamilie zu geben, wo ich ein besseres Leben haben sollte als das, was sie mir noch bieten konnten.

An dem Tag, als mich mein Pflegevater abholen kam, nahm mich meine Grossmutter noch beiseite. Sie sagte mir, dass ich bei ihnen immer eine offene Tür fände, wenn ich mal eine Zuflucht brauche.

Bis zu meinem vierzehnten Geburtstag ging alles gut; mein Leben war fast so wie das eines jeden anderen Jungen auch, nur war ich bei einer Pflegefamilie.

Bis mein Pflegevater angefangen hat zu saufen und seine Frau abzuschlagen. Und danach gab er mir die Schuld an allem, was seiner Familie zugestossen war.

Ich lief viel von zu Hause weg und fing an zu stehlen. Und so kam ich in den Jugendknast.»

Ich setzte mich auf und suchte in meinen Taschen nach dem Päckchen Zigaretten.

«Und wann hast du mit Rauchen angefangen?», wollte Jason von mir wissen.

«Mit zehn.»

Ich zündete mir eine Zigarette an und nahm einen tiefen Zug.

*

Sie sassen da und genossen die besondere Abendstimmung. Die Grillen fingen an, wie auf Kommando zu zirpen und unterstrichen die peinlich kitschige Szenerie.

«Hast du auch mal versucht, dir vorzustellen, wie es sein könnte, wenn das alles nicht passiert wäre?»

Damian schnaubte laut durch die Nase.

«Auf jeden Fall besser als jetzt wäre es allemal gewesen», entgegnet ihm Damian.

«Du kannst von mir denken wie und was du willst», begann Jason.

«Doch eines muss dir bewusst sein. Auch wenn ich in eine privilegierte Privatschule gehe und mir die teuersten Anschaffungen leisten kann, ist das nichts Weiteres als Maskerade. Mein Alter verdiente so viel Geld, dass ich zu den reichsten Schülern gehöre bei uns an der Schule. Freunde findest du nicht durch Geld oder falls, dann nur falsche. Ich baute in den vergangenen Jahren eine richtiggehende Gefühlsblockade auf, hinter der ich alles verstecken konnte. Ich fing an, mich alternativ zu kleiden, rauchte, soff und ging am Wochenende Mädchen aufreissen.»

Damian musste lachen.

«Und das mit vierzehn?»

«Vierzehneinhalb», korrigierte ihn Jason.

«Ich bin nur eineinhalb Jahre jünger als du.»

Damian legte sich wieder hin und lauschte Jasons Ausführungen weiter.

«Es gibt nur wenige Mädchen, die ich noch nicht im Bett hatte. Die meisten kamen mit mir auch nur in die Kiste wegen meines horrenden Taschengeldes. Materialsorgen kenne ich nicht und das war bekannt.»

Damian drehte den Kopf und schaute ihn an.

«Du bist ganz schön frühreif.»

Jason schluckte.

«Es ist gar nicht so einfach, in der Oberschicht der Gesellschaft aufzuwachsen. Den meisten Kindern wird schon ziemlich früh eingeimpft, mit welchen Leuten sie Kontakt haben dürfen und mit welchen man sich sicher nicht einlässt.

Und ich gehöre ... wie soll ich das sagen? Ich gehöre zu der Gruppe, mit der man sich sicher nicht einlassen darf. Ich widerhandle der geläufigen Meinung meines Standes. Ich bin anders gepolt.»

Damian nickte bedächtig.

«Hast du schon mal einen Heterosexuellen erlebt, der sich für seine Sexualität entschuldigt?»

Damian drehte sich auf die Seite. So dass er mit seinem Gesicht nur noch einige Zentimeter von Jason weg war, der noch immer im Gras lag.

«Du weisst, von was ich rede?»

«Sicher.»

Damian richtete sich auf und stützte seinen Kopf
auf seinen Arm.

«Also, wirst du gleich gehen und mich hier
zurücklassen, weil du nichts mit einer Tunte zu tun
haben willst.»

Jason wollte sich aufsetzten und gehen. Damian
drückte ihn wieder zurück ins Gras.

Und ehe es Jason oder Damian es verhindern
konnten, küssten sie sich.

«Wer hat denn gesagt, dass ich gehen werde?»
Damian war völlig überrumpelt. Hatte er das jetzt
wirklich gerade gemacht? Jason ging es auch nicht
besser. Er lag einfach im Gras und starrte den
Himmel an, der in der Zwischenzeit dunkel
geworden ist. Die ersten Sterne waren zu sehen.
Jason schaute den Rauchkringeln nach, die
Damian unablässig machte…

*

Ich machte mich auf den Weg zu Ruth.

Sie war die Haushälterin unseres Ferienhauses und
kümmerte sich darum in unserer Abwesenheit. Sie
wohnte in einem alten Gutsbetrieb am Rande des
Dorfes.

An diesem Abend hatte sie für uns unter dem
uralten Olivenbaum gedeckt. Es war ein wunder-
barer Sommerabend, die Grillen zirpten und die

Luft war angenehm warm. Im Hintergrund lief ganz leise und dezent

«Ave Maria», dazu genoss ich den gemischten Salat, der noch sonnenwarm war. Man schmeckte richtig die Frische, die man nur kennt von den Pflanzen, welche nebenan im Garten auf ihren Verzehr warten.

«Oh, du weisst, wie man einen verwöhnt», lobte ich sie, nachdem der mediterrane Salat aufge- gessen war. Ruth lächelte.

«Du mochtest dieses Lied schon, als du noch ganz klein warst. Weisst du nicht mehr?»

Ich musste lachen.

«Das waren noch Zeiten gewesen, als ich mit meinem Vater in den Sommerferien hierherkam und wir an dem alten Gutsbetrieb bauten. Oh doch, an diese Zeit kann ich mich noch genau erinnern.»

«Und weisst du noch deine Mutter? Sie kam mit mir immer einkaufen, während ihr Männer euch auf dem Bau köstlich amüsierten.

Aber genug der alten Erinnerung. Du hast mir am Telefon erzählt, dass du mit einem Pflegejungen kommst, der eine Auszeit braucht. Erzähl mir mehr darüber.»

Ich mochte Ruth sehr. Unter anderem auch wegen ihrer schier unersättlichen Neugierde, die sie an den Tag legen konnte.

«Damian ist ein Heimkind, das in einem Ein- gliederungsprojekt ist. Leider ist ihm ein

Zwischenfall zum Verhängnis geworden. Ein Wohnblock in seiner Nachbarschaft explodierte, als er anwesend war und nun ist er sehr verwirrt und auch leicht traumatisiert. Kommt noch dazu, dass das alles in den Medien rumgetragen wurde. Du weisst ja, wie die Medien sind. Die haben sich darauf geworfen und die ganze Geschichte in der Öffentlichkeit platt gewalzt. Wir mussten Damian zu seinem Schutz aus der Schule nehmen, da irgendjemand ihn mit dem Vorfall in Verbindung gebracht hatte. Offensichtlich gut informierte Eltern.»

Ruth hielt sich die Hand vor den Mund.

«Was ist denn das? Dieser arme Junge! Ich hoffe nur, du schaust gut zu ihm.»

Sie stand kopfschüttelnd auf, räumte das Salatgeschirr in die Küche, brachte den Hauptgang und eine neue Flasche Wein, Lammfleisch mit Kartoffeln und Gemüse. Es roch himmlisch nach provenzalischen Kräutern.

«Mmmmh, Ruth!», sagte Bruno, seine Nase witternd in die Höhe haltend.

«Deinen Lammbraten könnte ich täglich essen!»

In diesem Moment war ich mir sicher, sie würde uns drei früher oder später zum Essen einladen, mit meinem Kompliment hatte ich sie eigentlich auch dazu aufgefordert. ... In ihrer wunderbar undiplomatischen Art wird sie wohl auf Damian einreden und dem armen Jungen auch die letzten

Geheimnisse entlocken wollen. Sonntags nach der
Kirche würde sie es kaum erwarten können, hatte
sie doch genügend Munition, damit sie beim
Kaffee oder Tee bei ihren Freundinnen auf-
trumpfen konnte.
«Wann habt ihr Zeit, um mich zu besuchen? Gerne
würde ich euch zum Essen einladen.»
Voilà, da haben wir es schon! Ich muss Damian
unbedingt vorwarnen, sonst treffen meine
Befürchtungen noch ein ... Ich zog die Schultern
hoch.
«Keine Ahnung.»
«Sag mir einen Abend, der euch passt.»
«Wir haben nichts Besonderes vor, bis jetzt
zumindest nicht.»
«Gut wie wäre es übermorgen?»
Ich nickte.
«Achtzehn Uhr? Ist das gut so?»
Ich nickte nochmals.
«Also nicht, dass ich euch zu etwas zwingen will.
Hast du eigentlich Jason auch mit dabei?», wollte
sie im gleichen Atemzug wissen. Ich nickte.
«Das ist aber schön, ihn habe ich auch schon lange
nicht mehr gesehen. Wie geht es ihm eigentlich?
Ist er immer noch so gut in der Schule?»
Die Frage brachte mich zum Lachen.
«Was gibts da zu lachen?», fragte Ruth ganz
erstaunt.
«Du kennst seinen Kleidungsstil?»

Ruth nickte: «Ja, der ist sehr speziell.»

«Der entspricht in etwa seinen schulischen Leistungen; eben ein Stil, aber ich blicke nicht durch ...»

Es war Zeit zu gehen. Auf Damian und Jason wartete ihr Glück, von der Einladung zu erfahren. Damian war noch auf Ruth vorzubereiten. Jason musste bis übermorgen Abend in ein neues Outfit, gepaart mit einer liberaleren Gesinnung. Sonst würden sie von Ruth gnadenlos auseinander- genommen werden. Es erwartete mich also noch einiges.

Als ich zum alten Gut zurückkam, war dort alles ruhig und die Lichter gelöscht, ausser bei Damian war noch hell.

Ich ging ins Haus und blieb für eine kurze Weile unten an der Treppe, die in den oberen Stock führte, stehen. Ich ging hoch und klopfte vorsichtig an die Tür. Es war nichts zu hören. Ich ging davon aus, dass Damian eingeschlafen war und das Licht hatte brennen lassen.

Als ich schon wieder gehen wollte, öffnete Damian einen Spalt breit die Tür.

Ich zögerte und trat langsam ein. Er stand am Fenster, schaute in die Dunkelheit und der Oberkörper war unbekleidet. Mir fiel sein komplett vernarbter Rücken auf.

«Weisst du eigentlich, wie viel psychischer Schmerz ein Mensch aushält?», fragte er, ohne sich umzudrehen.

Ich zuckte mit den Schultern.

«Keine Ahnung. Ich denke, das kommt auf den jeweiligen Menschen an. Aber wieso willst du das wissen?»

Damian drehte sich um. Seine Augen waren gerötet. Es sah so aus, als habe er geweint.

«Ich weiss nicht, wie lange ich schon so lebe.»

*

Ich setzte mich auf sein Bett und schaute ihn an.

«Als ich zum ersten Mal mit dem Jugendanwalt an einen Tisch sass, sagte er mir, er ziehe insgeheim vor dir den Hut. Das ganze Jugendgefängnis hatte vor dir Respekt und weisst du warum? Man hatte deine Anwesenheit im Gefängnis richtiggehend gespürt und auch, weil du einen unglaublichen Einfluss auf dein Umfeld hattest.

Das war der Anstoss, warum er dich für dieses Projekt auswählte.»

Damian setzte sich neben mich.

«Es kommt im Leben nicht darauf, an wie viel Schmerzen man erträgt oder anderen gar zufügen kann, sondern vielmehr, was du bewirken kannst. Und du mein Freund kannst sehr viel bewirken, nur hast du es noch nicht so richtig bemerkt.»

Ich stand auf und verliess das Zimmer, denn ich hatte den Eindruck, Damian wollte lieber alleine sein. Ihm immer die Möglichkeit zu geben, sich zurückzuziehen, um ihm das grösstmögliche Sicherheitsgefühl zu geben, hatte Herr Steinmaurer mir geraten. Dieser würde sich die Finger lecken, wenn er wüsste, dass Damian sich mir immer wie mehr öffnete.

Die anfänglichen Schwierigkeiten schienen überstanden zu sein.

Das maximale Sicherheitsgefühl. Ich musste schmunzeln und zugleich ging mir auch ein Licht auf. Jedes Mal, wenn Damian ausrastete oder körperliche Probleme bekam, war es, weil er zu wenig Platz hatte oder sich beobachtet fühlte. Jetzt lernte ich, wie abrupt das passieren konnte.

*

Es musste mitten in der Nacht gewesen sein, als Damian plötzlich aufwachte. Dennoch fragte er sich immer wieder, wann die Frau erschien, ob er wirklich wach war.

Die Frau stand in seinem Zimmer. Sie trug immer noch ihren schwarzen Anzug, andere Kleider schien sie nicht zu haben. Er verdrängte diese Gedanken gleich wieder.

«Dein Seelenstrip mit Jason war erste Klasse! So herzergreifend, da kann dir niemand widersprechen! Wirklich, ich muss sagen, du bist nicht einmal so schlecht», sagte die Frau zu Damian, der sich im Bett aufgerichtet hatte.

«Was meinst du damit? Willst du dich über mich lustig machen und mein bisheriges Leben ins Lächerliche ziehen? Alles, was ich gestern Jason erzählt habe, fühle ich so, auch wenn das nicht jeder wissen muss.»

Die Frau musste schmunzeln.

«Deshalb habe ich das Gefühl, du bist mein bester Schüler. Und auf der anderen Seite könnte diese Sache noch ziemlich interessant für uns werden.»

«Was willst du damit sagen? Soll er etwa wissen, was ich kann?»

Die Frau schüttelte den Kopf.

«Nein, auf jeden Fall noch nicht jetzt. Zuerst will ich abwarten, wie sich das entwickelt. Liebst du ihn?»

«Was?!»

«Liebst du ihn?»

«Wie kommst du denn auf diese Idee?!»

«Kannst du eigentlich mal auf nur eine Frage folgerichtig antworten?!»

«Ich bin mir nicht sicher.»

«Herrgott noch mal! Wie schafft ihr Menschen es eigentlich, Gefühle zu haben und sich nicht einmal sicher sein, was sie eigentlich aussagen! Ich würde das im Kopf nicht aushalten! Also, frage ich dich noch einmal und diesmal gibst du mir bitte eine verbindliche Antwort! Liebst du Jason? Ja oder nein?»

«Ja, Herrgott ich liebe ihn! Und was ist dabei! Willst du mir etwa sagen, dass ich das lassen soll!?»

Die Frau musste herzlichst lachen.

«Nein, sicher nicht.»

Sie setzte sich auf einen Stuhl und schaute Damian in die Augen.

«Es ist nie falsch, einen anderen Menschen zu lieben. Die Frage ist einfach, ob dich die Liebe blind macht oder nicht.»

«Pfff, mich macht die Liebe sicher nicht blind. Wo denkst du auch hin.»

«Ich weiss, wie ihr Menschen gewickelt sind. Vor allem ist mir sehr wohl bekannt, wie ihr mit euren Gefühlen umgeht. Du bist da eine Ausnahme und genau aus diesem Grund habe ich dich ausgewählt.»

«Du würdest mir besser einmal verraten, wer du bist und woher du kommst. Vor allem, wie schaffst du es immer wieder, nachts irgendwo aufzutauchen; sogar in meinen Träumen?! Langsam beschleicht mich das Gefühl, ob nicht ich in irgendeinem Traum gefangen bin und du gar nicht echt bist.»

«Dann komm doch mal her und fass mich an. Du wirst schnell feststellen, wie echt ich bin. Auch wenn das, was du physisch von mir wahrnimmst, kein echter Körper, sondern nur eine unbedeutende Hülle ist, die deine Sinne befriedigen soll, damit du was zum Anfassen und zum Sehen hast. Anders geht das ja bei euch Menschen nicht. Aber das geht bereits schon wieder zu weit. Ich werde dir gegebenenfalls schon sagen, wer ich bin, doch nun zu deiner nächsten Aufgabe.

Hier in der Nähe gibt es einen Strand, wo du morgen mit Jason hingehen wirst. Dezent wirst du ihm demonstrieren, was du drauf hast, du wirst dann schon merken, was dabei rauskommt. So wie ich dich kenne, gibst du sonst ja keine Ruhe.»

Damian nickte, sank zurück in sein Kissen und schlief augenblicklich weiter, als wäre er nie wach gewesen.

Damian wachte am anderen Morgen verkatert auf. Nicht nur der vielen Zigaretten wegen gestern, auch das Treffen mit seiner Mentorin hatte ihn übel mitgenommen, wieso wusste er auch nicht. Er zog sich an und ging runter ins Wohnzimmer, wo der Tisch mit aufgebackenen Brötchen, frischem Kaffee, Honig und noch vielem mehr gedeckt war.

Bruno und Jason standen draussen auf der Terrasse und diskutierten aufgeregt miteinander. Damian konnte nicht hören, worum es ging. Jason machte die Balkontür auf und trat rückwärts ein.

«Vater! Das Einzige, was du nie begreifst, ist, dass du mit dem Leid anderer Menschen Geld machst!»

Jason und Bruno schienen Damian nicht entdeckt zu haben.

«Jason! Was bildest du dir eigentlich ein! Glaubst du, ich will Damian ausbeuten!?»

Damian verschwand hinter der Treppe, um nicht gesehen zu werden.

«Das Einzige, was ich mir einbilde, ist zu sagen, was sonst keiner zu sagen wagt! Es reicht mir, alle hier sich verstecken zu sehen in irgendeiner Scheinwelt und die ausblenden, dass Damian ein Produkt unserer Gesellschaft ist!»

Jetzt fing Damian an, sich zu quälen. Er schlich zum Hauseingang, öffnete deutlich hörbar die Haustür und knallte sie zu. Sofort wurde es im Wohnzimmer still. Damian kam laut pfeifend herein.

«Morgen zusammen. Ich war noch kurz auf einem Spaziergang.»

Er schaute den Frühstückstisch an.

«Ihr habt ja noch gar nichts gegessen. Habt ihr extra auf mich gewartet?»

Bruno war der Erste, der sich setzte.

«Ja. Kommt essen, sonst wird der Kaffee kalt.»

Er machte keine Anstalten zu sagen, was soeben Inhalt des Gespräches war.

«Falsche Schlange», dachte Damian.

Jasons Blick war da schon mehr schuldbewusst. Damian schaute ihm direkt in die Augen und schmunzelte. Er wollte nicht, dass sich Jason schuldig fühlte. Er hatte sicher nur versucht, ihn in Schutz zu nehmen.

«Heute habe ich hier in der Umgebung noch einige Sachen zu erledigen. Jason, du musst mit deiner Projektarbeit beginnen. Du kannst sie ja mit Damian zusammen machen.

Und nach dem Mittag geht doch an den Strand, da langweilt ihr euch sicher weniger als wenn ihr mich begleitet.»

Damian schaute auf.

«An den Strand? Warum nicht, das ist eine gute Idee. Wo ist eigentlich mein Rucksack?»

«Der ist noch im Auto.»

Jason stand auf und holte ihn. Er kam zurück in das Wohnzimmer.

«Kommst du Damian! Ich muss meine Arbeit schreiben. Und dass du mir dabei hilfst, finde ich eine gute Idee.

Damian hatte das Gefühl eines Déjà-vus. Ihm wurde auf einmal flau im Magen. Er folgte Jason in dessen Zimmer.

An den Strand! Genau das hatte ihm die Frau gesagt, sie sollten an den Strand gehen. Er setzte sich auf Jasons Bett und beobachtete wie er alles vorbereitete.

Der Wirkungskreis der Frau schien grösser, als er sich vorgestellt hatte, denn Brunos Vorschlag war bestimmt kein Zufall.

*

Jason und ich lagen alsbald am Strand, die Köpfe
auf die Rucksäcke gebettet und liessen uns von den
milden Sonnenstrahlen erwärmen.
Ich ging meiner Lieblingsbeschäftigung nach
und beobachtete die Leute, die sich am Strand
vergnügten.
Eine Weile darauf drehte ich meinen Kopf in
Jasons Richtung und musterte ihn durch meine
langen Haare hindurch, welche mir über die Augen
hingen. Jason hörte auf seinem CD-Player irgendein Lied einer Hardrock-Band, so laut, dass der
halbe Strand es mitbekam. Dazu las er in einem
faustdicken Schmöker. Es musste ein Roman sein,
dessen Titel ich aber nicht lesen konnte.
Sein makelloser, jugendlicher Körper und die
leichten Ansätze von einem Sixpack – ich konnte
mich nicht sattsehen an ihm.
Jason schien meine Blicke zu fühlen, denn er
drehte seinen Kopf, nahm eine Handvoll Sand und
warf sie in meine empfindlichen Teile. Ich zuckte
zusammen. Er musste lachen.
«Bei einer Latte am Strand sollte man sich besser
auf den Bauch drehen!»
Völlig ertappt und verunsichert schaute ich ihn
an. Er lehnte sich zu mir herüber und strich mir
zärtlich das Haar aus dem Gesicht.

«Kannst du aber schnucklig dreinschauen, wenn ich dich ein bisschen durchschaue! Wenn das meine Alte wüsste. Die würde sich noch im Grab drehen», dabei lachte er mich an.

«Du weisst gar nicht, wie glücklich ich mit dir bin. Ich hatte noch nie in meinem Leben ein solches Glücksgefühl wie jetzt.»

Das brachte mich noch mehr in Verlegenheit und untypischerweise fehlte mir eine passende Antwort. So sagte ich einfach: «Geht mir auch so.»

Zwei junge Girls kamen daher spaziert, blieben kichernd und gackernd an unserem Fussende stehen. Eine quatschte Jason an. Ich konnte nicht verstehen, was sie sagte. Mir war die französische Sprache fremd. Jason antwortete irgendwas auf Französisch und eines der Mädchen schaute ihn ganz erstaunt an. Pikiert drehten sich die beiden ab, plapperten weiter und gingen ihres Weges.

«Was haben die Damen gewollt?», wollte ich von Jason wissen.

«Ach, nichts Besonderes. Sie wollten mich auf einen Kaffee einladen. Leider mussten sie von mir hören, ich sei sehr viel weniger gesprächig und habe mein wunderhübsches Mädchen schon dabei.»

Ich musste laut herauslachen. Jason war trotz seiner Vergangenheit Mädchen gegenüber gleichwohl eingestellt wie ich. Das bot mir die erhoffte Gelegenheit, ihm behutsam zu zeigen, was

ich so draufhabe. Die Rückkehr der pikierten
Damen war nur eine Frage der Zeit und bald spürte
ich, die Strandwachteln waren auf dem Rückweg.
Ich setzte mich auf und konzentrierte mich auf die
Mitteilungsbedürftige.
Ein kaum vernehmliches Klicken war zu
vernehmen. Augenblicklich verstummte das
Gegacker und die eine blieb wie angewurzelt
stehen, schaute an sich runter und sah entsetzt ihr
Bikinioberteil im Sand liegen. Jason prustete los
und ich konnte mich auch nicht mehr zurück-
halten. Wir krümmten uns vor Lachen!
Die Mädchen schnappten das gefallene
Bikinioberteil und rannten recht ungelenkig davon,
bis man sie in der Menge nicht mehr ausmachen
konnte. Wir beruhigten uns wieder und gingen
grinsend ins Wasser.
Was mir bei dem Mädchen mit dem Bikinioberteil
möglich war, das konnte ich natürlich auch mit
Jasons Badehosen. Gefährdet waren auch die
Badehosen des Bademeisters oder das Schlauch-
boot eines verliebten Pärchens.
Für ein stilles und sehr besinnliches Schäferstündchen versteckte es sich im Gestrüpp, das aufs
Wasser hinausragte.
Jason amüsierte sich wiederholt über das Ereignis,
verband jedoch die ganze Zeit den Vorfall nicht
mit mir als Verursacher.

Diese Auszeit mit Jason war für mich ein Genuss und liess mich meine beschissene Realität beinahe vergessen. Ich wünschte mir, Jason auf irgendeinen Planeten mitnehmen zu können, wo wir beide alleine waren. Niemand würde sich ab unserer Liebe stören.

Gegen den Abend lehrte sich der Strand langsam und es wurde ruhiger.

Nur noch ein paar Halbwüchsige waren anzutreffen.

Ich erblickte eine Bar, in der ich Bier für mich und Jason holen ging.

Wir füllten uns mächtig ab. Jason unter den Tisch zu saufen, war trotz seiner vierzehneinhalb Jahre echt schwierig; da war einer schon recht trinkfest. Jason legte seinen Kopf auf meinen Brustkorb und schloss die Augen.

Ich schaute zum Himmel in eine sternenklare Nacht, der Sand war noch angenehm warm von der Sonne. Vor meinem geistigen Auge sah ich die Frau, wie sie zu mir sprach.

«Ich gebe dir jetzt eine Chance, deinem Freund zu zeigen, was du draufhast. Aber übertreibe es bitte nicht.»

Ich dachte, das kommt vom Alkohol und schenkte dem keine weitere Beachtung. Mein Wunsch war nur noch, dieser Augenblick gehe nie vorbei. Ich wollte für immer hier am Strand liegen bleiben können, obwohl ich wusste, dass dies nicht möglich ist. Aber in diesem Augenblick war für mich alles möglich. Auch das schrieb ich meinem Alkoholpegel zu.

Aus der Ferne waren drei junge Männer johlend und lachend zu uns gekommen. «Oh regarde ces deux pédés! Vous ne pouvez même pas vous en éloigner pendant les vacances!», sagte der eine zu seinen Kumpels.

Ich schaute Jason fragend an. Ich konnte nicht verstehen, was sie sagten. Jason richtete sich auf und lallte ihnen irgendwas auf Französisch entgegen. Er machte sich nicht die Mühe, es mir zu übersetzen.

Einer der Jungen packte Jason am Kragen und hob ihn in die Luft. Die anderen feuerten ihn an und lachten lauthals los.

«Lass ihn runter oder es gibt Fischfutter aus dir!», sagte ich.

Einer der dreien drehte sich zu mir um und grinste mich an. «Que veux-tu faire aussi? Allez, lancez des boules de coton, cela provoquera certainement des saignements flagrants!»

Sie prusteten wieder los und krümmten sich vor Lachen.

«Hör zu, Franzosenarsch! Ich spreche deine Schwuchtel-Sprache nicht. Aber ich sage noch einmal: Lass ihn runter!»

Der Grösste der Gruppe übernahm Jason und klemmte ihm die Arme hinter den Rücken so, dass die anderen ungehindert zuschlagen konnten. Jasons Gesichtsausdruck war trotz seines Suffs von Angst und Wehrlosigkeit gezeichnet und das machte mich stocksauer. Nur beisammen zu liegen und halt zwei Jungs zu sein, war keine Rechtfertigung, Schläge kassieren zu müssen.
Die Wut in mir stieg hoch und ich musste mich beherrschen, vor lauter Energie die Angreifer nicht zu killen.
Der Erste hob die Faust und ich reckte meine Hand empor. In dem Moment, als der Kerl zuschlagen wollte, hielt er plötzlich inne, führte, von einer fremden Kraft geführt, seine Hand an die eigene Kehle und begann sich zu würgen. Ich erhöhte in Gedanken den Druck und der Schläger kippte wie ein Kartoffelsack zu Boden.
Der Zweite liess Jason fallen und wollte sich auf mich stürzen. Ich hob die Hand erneut, worauf ihm aus dem Nichts eine Ladung Sand ins Gesicht knallte. Meine Konzentration begann nachzulassen und Schweiss rann über meine Stirn. Zum ersten Mal musste ich mich auf mehrere Personen gleichzeitig konzentrieren. Noch viel mehr als Jason musste ich mir selbst demonstrieren, die Situation meistern zu können; davon hing unser Wohlergehen ab.

Den Ersten, der am Boden lag und sich immer noch würgend die Kehle hielt, konnte ich vorerst vergessen. Der kroch nur noch röchelnd im Sand herum und kam nicht wieder zum Stehen.

Für den Dritten, der die ganze Zeit diesem Szenario ungläubig zusah, hatte ich mir etwas Besonderes ausgedacht. Also strengte ich mich erneut an, konzentrierte mich auf jede Muskelfaser seines Körpers und liess ihn abheben. Zuerst nur einen halben Meter und dann drei, vier Meter ab Boden liess ich ihn langsam über dem See schweben. Er schrie wie am Spiess, zappelte vor Angst und schlingerte in der Luft umher. Jason starrte auf den See hinaus und dann zurück zu mir. Ich hielt kurz inne, als mir bewusst wurde, was Jason eben zu sehen bekam; wohl ein unheimlicher Würger, dem man besser nicht begegnete und den man keinesfalls wütend machen sollte. Wollte ich das überhaupt? Ich war mir meiner Sache kurz nicht mehr sicher. Ich spürte wie sich meine Wut wieder legte und ich wollte schon die ganze Sache abblasen.

Ich wischte meine Zweifel weg und wandte mich wieder einem meiner Opfer zu: «Ich habe gesagt, du sollst ihn in Ruhe lassen», sagte ich knurrend und schleuderte ihn salopp in den See hinaus. Der Schrei des wegfliegenden Typen erinnerte an einen Luftheuler.

Die zwei anderen Helden rappelten sich auf, schrien einander etwas Unverständliches zu und verschwanden hastig im Dunkeln.

Ich half Jason auf die Beine. Der schnaufte und rieb sich die überdehnte Schulter.

«Was oder wer zum Teufel bist du!»

Jason stolperte einige Schritte zurück und fiel wieder in den Sand. «Du ... das ... ich ...»

«Ganz ruhig.»

«Geil, absolut geil!»

Jason stand wieder auf und schwankte auf mich zu. In diesem Augenblick forderte der Alkohol seinen Tribut. Mein Begleiter kippte mir entgegen und hielt sich mit seinen Armen um meinen Hals an mir.

«Kannst du das nicht nüchtern machen?», sagte ich zu ihm und hatte meinerseits mühe, mich aufrechtzuhalten.

Jason war schwerer als er aussah. Vor allem, wenn er betrunken war und mir wie ein nasser Sack in den Armen hing. Dieser schlief jedoch schon tief, also lud ich ihn auf meine Schultern und brachte ihn zurück ins Ferienhaus.

Das Auto von Bruno war weg., Er war noch nicht zurück und ich konnte Jason unbehelligt in sein Zimmer bringen.

Ich zog ihm die sandigen Kleider aus und legte ihn ins Bett. Er stöhnte leicht und drehte sich zu mir.

«Ich ... will nicht alleine sein. Bleib bei mir»,
flüsterte er und zog mich zu sich ins Bett.
«Das geht nicht, bei dir zu bleiben. Wenn das
Bruno merkt, sind wir dran.»
Jason knurrte nur, zog mich noch tiefer in sein Bett
und schlang seine Arme um mich. Ich leistete
keinen Widerstand und liess es geschehen. Eben
noch am See habe ich es ja gewollt.
Sein Körper schmiegte sich so eng an mich, dass
ich kaum die Nachttischlampe löschen konnte.
Sein ruhiger Atem verriet mir seinen Schlaf.

*

Es war noch kühl und ich als Einziger unterwegs.
Die Natur kam nur langsam in die Gänge; dort, wo
die Sonnenstrahlen noch nicht hinkamen, lag der
Morgentau. Vereinzelt erwachten Grillen unter der
Einwirkung der Sonne und fingen mit ihrem
Gezirpe an.
Ich schloss die Augen und horchte der Natur. Ich
genoss es, durch diese unbeschwerte Natur zu
schlendern und all meine Sorgen zu vergessen.
«So früh schon wach?»
Ich schaute erschrocken zu einem Olivenbaum zu
meiner Rechten und, ich hätte es ahnen müssen,
stand da die Frau. Sie kam zu mir und ging eine
Zeit lang schweigend neben mir her.

«Du scheinst es hier wohl zu geniessen?», fragte sie mich von der Seite.

Ich nickte.

«Dir ist wohl bewusst, dass du wieder zurück an die Schule musst, denn dort wartet eine Menge Arbeit auf dich.»

«Du hast schon das Talent, mir alle Freude zu verderben», murmelte ich vor mich hin.

Ich setzte mich auf einen umgefallenen Olivenbaum und zündete eine Zigarette an.

«Du hast mir doch ganz am Anfang gesagt, Oliver sei im Auge zu behalten. Wieso eigentlich? Dieser Wurm ist für mich doch kein Hindernis. Meine Kräfte habe ich genügend unter Kontrolle, um ihn aus dem Weg zu schaffen.»

«Sicher, du bist ehrgeizig und sehr talentiert, das muss ich zugeben. Du bist jedoch auch übereifrig und gehst die Sachen kopflos an. Das sind sehr schlechte Tugenden, die du dir auf der Stelle abgewöhnen solltest. Oliver ist nicht zu unter-schätzen. Auch wenn er jetzt noch harmlos ist, stellt er ein Gefahrenpotenzial dar. Hinter ihm steht nicht die Art von Macht wie bei dir, aber seine Kraft ist deiner ebenbürtig!»

Die Frau kratzte sich im Haar und schaute Damian an.

«Es steckt sehr viel mehr hinter deiner Macht, als du dir das vorstellst. Nun gut. Es gibt ein Naturgesetz, das besagt, dass jede Macht eine

Gegenmacht hat. In deinem Fall ist es Oliver, der dein Gegenstück bildet und er wird alles daransetzen, dich zu stoppen, um deine Macht zu brechen. Sehr wohl wissen wir von seiner Existenz, er aber von deiner noch nicht genau. Er wartet nur darauf, sein Gegenüber erkennen zu können.»

«Was weisst du denn über ihn? Hat er irgendeinen Verdacht? Oder tappt er im Dunkeln?»

«Ich weiss nicht.»

Die Frau hob ihren Mantel und setzte sich neben mir auf den Stamm.

«Dummerweise kamst du frisch an die Schule, als ich dich auswählte. Er kann sich also leicht einen Reim darauf machen, wer für die wiederholten Vorkommnisse mit den Bildern der dritten Klasse infrage kommt.

Ich werde dich noch eine wenig in Ruhe lassen. Ihr werdet Ende Woche zurückfahren und bis dann ist genügend Zeit, eine Strategie auszudenken, wie wir um ihn herumkommen und somit den ersten Auftrag erfüllen können.»

«Wer ist der Erste?»

«Er heisst Alexander. Du bist ihm noch nie begegnet.»

«Und warum? Gibt es einen Grund?»

«Du musst nicht immer alles begründet haben. Einen Grund gibt es sehr wohl. Ich werde ihn jedoch dir gegenüber nicht erwähnen.

Ich sage, wen du aus dem Weg räumen musst. Und du machst es. Ganz einfach. Du musst dich zuerst mit der Tatsache zurechtfinden, dass dein Spatzenverstand solche Zusammenhänge nicht begreift. Du bist nicht der von uns beiden, der für das Denken zuständig ist.»

Sie hatte noch nicht fertig gesprochen, als ich schon anfing, lauthals zu lachen.

«Du glaubst doch nicht im Ernst, dass ich dir das abkaufen soll?!»

«Warum nicht. Oder hast du das Gefühl, deine Kräfte existieren einfach so, ohne irgendein Wesen, welches dahintersteht, dessen Dimension alles übertrifft, was sich der Mensch vorstellen kann?»

Die Frau blieb ruhig, was mich verunsicherte. Keine Gesten, um sich wichtig zu machen oder ihrer Aussage Nachdruck zu verleihen.

«Zu welcher Fraktion gehöre ich denn? Gut oder böse?»

«Auch von diesem Denken musst du wegkommen. Was ihr Menschen unter den beiden Begriffen versteht, ist längst nicht das, was es eigentlich ist. Ihr werdet mit eurer Denkleistung nie begreifen können, was sich um euch herum abspielt! Obwohl ihr euch zwar die Krone der Schöpfung nennt, begreift ihr nicht, nur ein klitzekleiner Bestandteil eines gigantischen Schöpfungswerks zu sein. Seine

Dimensionen ist die Menschheit keineswegs in der Lage jemals zu begreifen!»

«Oho! Du kannst ja richtige Reden spucken», höhnte ich.

«Anstatt mich auszulachen, solltest du besser zuhören und etwas lernen. Meine Zeit dient nicht zu deiner Belustigung. Eure Spassgesellschaft finde ich das Hinterletzte!

Jetzt kommt das Wichtigste: Ich bin in der Lage, dich aus dem Schöpfungsplan auszuklammern und dir einen Status quo zu geben. Das heisst, du bist ab sofort unsterblich!»

Jetzt musste ich schlucken.

«Entweder bist du total durchgeknallt oder ich bin in einem meiner Träume, die mich die ganz ...»

Mit einem lauten Aufschrei schreckte ich aus dem Schlaf.

Ich rieb mir die Augen Der Alkohol von dieser Nacht machte sich bei mir bemerkbar.

Ich sammelte meine Sinne. Neben mir lag Jason, der komplett ins Laken eingewickelt war, ich hatte noch meine Kleider an.

Jason umklammerte meine Hand und richtete sich auf. Er rieb sich die Schläfe.

«Mein Gott, geht das nicht ruhiger. Was hast du nur für Schlafstörungen?»

Er richtete sich auf und blinzelte mich in der Morgendämmerung an. «Und die Kleider hast du auch noch an.»

Er machte sich daran, mir den Pullover und das T-Shirt auszuziehen. Er fuhr mir über den Rücken. Ich drehte mich um und drückte ihn in das Kissen zurück. Er wand und drehte sich unter mir weg. Wir rollten auf- und übereinander rum, wobei jeder versuchte, den anderen aus dem Bett zu werfen. Die Rumtollerei machte unseren Kater gleich wieder vergessen. Irgendwann war ich oben und er unten. Ich setzte mich auf seinen Bauch. Jason hustete und prustete los und fing an die Augen zu verdrehen.

«Hey! Kotz᾿ nicht ins Bett.»

Ich musste grinsen und rutschte auf seine Beine runter und liess seine Arme los. Jason richtete sich ruckartig auf und stiess mich nach hinten.

Ich drohte aus dem Bett zu fallen. Jason hielt meine Gurtschnalle fest und ich hing mit dem Oberkörper aus dem Bett. Er grinste, machte genüsslich meinen Gurt auf und ich rutschte aus meinen Hosen. Jason krümmte sich vor Lachen, als ich rücklings auf den Boden fiel. Ich richtete mich wieder auf und merkte, wie Jasons Blick meinen Körper musterte. Wie er von meinen schmalen Schultern über die Brust runter zu meinen Bauchmuskeln schweifte. Mir war, als ob er sich jedes Detail an meinem Körper einprägte. Ich wandte mich auf das Bett zurück und legte mich auf ihn. Wir blieben für einen Moment aufeinanderliegen. Er suchte den Augenkontakt.

Ich strich ihm durchs Haar.

«Lass uns abhauen. Irgendwo hin, wo uns niemand kennt», flüsterte Jason in mein Ohr und zog mich zu sich runter.

Ich spürte seinen muskulösen warmen Körper unter mir.

Er strich mir zärtlich durchs Haar und biss in mein Ohrläppchen. «Au! Verdammt was soll das?!»

Er grinste und zog die Bettdecke über uns. Ich wünschte, dieser Augenblick ginge nie vorüber und wir würden von keinem gestört. Er gab mir einen flüchtigen Kuss auf die Wange.

*

Als Damian erneut aufwachte, strahlte die Sonne ins Zimmer.

Jason lag schlafend auf seinem Arm.

Damian zog vorsichtig seinen Arm unter Jason hervor und stand auf.

Er zog sich wieder an und ging runter in die Küche, wo Bruno dabei war, das Frühstück zu machen.

«So, wie wars gestern am Strand?», wollte er wissen.

Damian zuckte mit den Schultern.

«Recht nett.»

«Das ist doch schon mal ein Anfang. Das Frühstück ist etwa in einer Stunde fertig. Ich denke, Jason wird erst um Mittag richtig wach.» Damian öffnete die Balkontür und steckte sich eine Zigarette an.

«Ich werde noch einen kleinen Spaziergang machen, bis das Frühstück fertig ist», rief er über die Schulter.

Ohne eine Antwort Brunos abzuwarten, führte ihn sein Weg durch den Olivenhain, schlenderte runter zu der Stelle, wo der morsche Stamm lag, den er im Traum gesehen hatte und siehe da, die Frau war auch da.

«Ich nehme an, du hast mir den Traum geschickt», eröffnete er das Gespräch.

Die Frau nickte.

«Ich gehe davon aus, dass du weisst, was dich erwartet. Ich habe dir ebenfalls mitgeteilt, dass ich Jasons Gedächtnis gelöscht habe. Ich denke, es ist noch zu früh, ihm dein wahres Gesicht zu zeigen, wenn ihr trotz meines Protestes schon ein Paar sein wollt. Dann ist er wenigstens nicht eine so grosse Gefahr. Es besteht zwar immer noch die Möglich-keit, dass er dich von deinen Vorhaben ablenkt, aber auch das werden wir, besser gesagt du, in den Griff bekommen. Mit der Zukunft ist es halt so eine Sache; es gibt zu viele Variablen. Man weiss nie genau, welche jeweils eintrifft und welche eben nicht.»

«Du kannst in die Zukunft sehen?»

«Das bringt es eben so mit sich, wenn man Menschen rekrutieren und ausbilden muss.»

«Und was ist mit der Unsterblichkeit?», wollte Damian weiter wissen.

Die Frau lachte: «Das war nur Dekoration; damit dein Geist auch den Traum widerspiegelt, muss ich immer noch Komponenten der urmenschlichsten Bedürfnisse und Träume miteinbeziehen.»

«Dann gehe ich davon aus, dass Bruno noch nichts weiss von meiner Liebe zu Jason?»

«Korrekt. Er wird auch nichts davon erfahren. Darauf werde ich schon achten. Denn, wenn er etwas davon weiss, ist unsere Mission gescheitert. Auch wenn es dir nicht passt, ist er ein wichtiges Bindeglied in deinem Leben geworden. Ich verlass mich auf die Erledigung deines Auftrages mit Alexander, sobald ihr wieder zurück seid. Wie das ausgeführt wird, ist dir überlassen. Du hast die Fähigkeiten und das Wissen, um erfolgreich zu sein». Mit diesen Worten verschwand die Frau. Ausser der Leiche eines Jungen, der sein ganzes Leben noch vor sich hatte, wird die Polizei weder Fingerabdrücke noch Hinweise oder gar eine relevante Spur finden. Es fröstelte ihn, wenn er über seine Kaltblütigkeit nachdachte, doch wollte er keinesfalls seine Mentorin enttäuschen.

Damian zündete sich eine weitere Zigarette an und zog den Rauch tief ein.

Mittlerweile hatte er Hunger, stand auf und machte sich auf den Rückweg zum Haus.

Jason war schon auf, sass mit seinem Vater am Tisch und debattierte über den Besuch, den sie heute Abend vor sich hatten. Damian wusste dank des Traums schon Bescheid. Das hinterliess bei ihm einen bitteren Nachgeschmack. Es lag also auch in seinem Interesse, zu beeinflussen, wie der heutige Tag verlaufen sollte.

Er trat ein und wünschte allen einen recht freundlichen Morgen.

«Jason! Beherrsch dich! Sie hat dich sehr gerne und schon seit Jahren nicht mehr gesehen.»

«... du erwartest also von mir, dass ich freiwillig mit zu dieser Hexe komme, die den ganzen Tag nichts Besseres zu tun hat, als ihren Nachbarn nachzustellen?!»

«Mach besser, was dir dein Alter sagt», raunte ich ihm ins Ohr.

«Ich muss auch mitkommen und ich will sicher nicht alleine dahin gehen.»

Bruno schaute Damian verdutzt an.

«Von wo weisst du, was wir gerade diskutieren?»

«Ich bin schon eine ganze Weile hier und habe euch zugehört», redete sich Damian raus.

«Also, du hast Damian doch auch gehört und wenn sogar ...»

«Was zum Teufel soll das heissen, wenn sogar er dafür ist. Bin ich in deinen Augen ein solches Monster?»

«Nein sicher nicht, ich meinte es nicht so», entgegnete Bruno.

Damian drehte sich um und trampelte nicht jugendfrei fluchend die Treppe hinauf in sein Zimmer.

*

Ich entschuldigte mich flüchtig bei meinem Sohn, hastete die Treppe hoch zu Damians Zimmer und trat ohne anzuklopfen ein.

«Du darfst nicht immer alles so eng sehen, Damian.»

«So. Nicht? Muss ich dann jede Beleidigung, jede Kränkung und jede Verletzung einfach so hinnehmen. Die ganze beschissene Welt darf sich gekränkt fühlen und auf mir darf man rumtrampeln!»

Ich merkte, hier war nichts zu machen und im Grunde genommen hatte er auch recht.

«Ich werde mit Jason in die Stadt fahren und für ihn noch einige anständige Kleider kaufen. Wenn du Lust hast, kannst du mitkommen.»

Damian schüttelte den Kopf.

«Mein Lehrer hat mir doch einige Schulsachen per Mail zukommen lassen. Ich würde lieber für die Schule arbeiten.»

Ich schaute erschrocken auf.

«Woher weisst du das? Ich habe erst heute Morgen die Sachen gesehen und dir noch nichts davon erzählt.»

«Er hat es mir in der Schule gesagt», antwortete Damian nur knapp.

«Nun gut. Das klingt vernünftig, ich werde das Nötige ausdrucken, bevor wir gehen. Das Frühstück lasse ich stehen, falls du doch noch Hunger hast.»

Ich verliess sein Zimmer und ging in mein Büro, um die Sachen auszudrucken. Den Aktenberg schob ich noch in eine Schreibtischschublade und machte mich bereit zum Gehen.

Jason sass schon im Wagen, als ich rauskam. Im Moment, als ich einsteigen wollte, schlug ein Vogel neben mir am Boden auf und blieb leblos liegen. Erschrocken schaute ich erstaunt in die Luft und dann zum Haus rüber, weil ich den Verdacht hatte, Damian habe ihn mit irgendeinem Geschoss vom Himmel geholt. Es war jedoch nichts auszumachen. Also stieg ich in den Wagen und fuhr los.

Es herrschte Schweigen. Jason war in irgendein Game vertieft. Ich lenkte den Wagen auf die Hauptstrasse und beschleunigte.

«Wie gut versteht ihr euch eigentlich?»

«Wie? Wer?»

«Na, du und Damian. Ihr beide seid ja gestern am Strand gewesen.»

«Eigentlich recht gut. Er ist halt ein wenig verschlossen.»

«Wem sagst du das. Ich komme nur schwer an ihn heran. Scheinbar lässt er niemanden an sich.»

«Vielleicht hat es was damit zu tun, nicht weiter von anderen verletzt zu werden, wie eben zu sehen war.»

Jason schaute aus dem Fenster.

«Als du ihn das erste Mal zu uns nach Hause nahmst, da hatte ich schon fast Angst vor ihm. Hast du gesehen, welch kalte Augen er hat? Schon fast dämonisch.»

Ich nickte.

«Was muss man einem Menschen antun, damit er fast zu einem Monster wird?»

«Das kann ich dir nicht sagen und schon an mögliche Details zu denken, macht mich schaudern.»

«Was weisst du eigentlich alles aus seinem Leben?»

Jasons Neugier war mir nur schwer zu erklären.

«Ich weiss nicht, was ich dir erzählen darf, kann und soll.»

«Es bleibt unter uns, du hast mein Wort.»

«Nun gut. Als er sieben war, hat seine schwer kranke Mutter ihn anscheinend dazu gezwungen, die lebens-erhaltenden Apparate auszuschalten. Danach kam er zu einer Pflegefamilie, wo sein Pflegebeauftragter ihn mehrmals missbrauchte. Damian hat ihn daraufhin schwer verletzt, war deswegen auf der Flucht und kam ins Gefängnis. So, mehr will und kann ich dir nicht erzählen.» Wir waren zum Glück schon bald im Einkaufscenter angelangt und ich musste nicht weiter auf die Fragerei meines Sohnes eingehen.

Im Hinterkopf klang plötzlich die Stimme von Damian:

«... Sozialarbeiter sind nicht dazu fähig, Probleme zu lösen, welche sich ihnen in den Weg stellen. Lieber schüren sie dafür Probleme, wo es keine gibt.»

Ich seufzte und musste mal wieder feststellen, mit welch klaren Augen Damian diese Welt sieht und in äusserst präzisen Worten keine Zweifel offen lässt.

Jason hasste es, mit mir oder seiner Mutter zusammen Kleider einzukaufen. Mir war das nur recht, so konnte ich mich in Ruhe in ein Kaffeehaus setzen und auf ihn warten.

*

Damian war überhaupt nicht einverstanden, Ruth zu besuchen, wollte aber Bruno und Jason nichts sagen und machte mal wieder gute Miene zum bösen Spiel. Die hintere Bank bot den Komfort, an der Türe angelehnt seine Beine auf den Sitz zu legen.

«Ich finde es einfach elend. Wir putzen uns nur raus zur Gunst einer alten Frau, welcher das Dorfgeschwätz wichtiger ist als die Persönlichkeit der Leute, welche um sie herum leben», beschwerte sich Jason mit verschränkten Armen neben seinem Vater auf der Hinreise.

«Jetzt reicht's aber! Ich finde es nur richtig, dass du dich mal wieder wie ein zivilisierter Mensch anziehst. Du kannst nicht dauernd wie ein Halbwilder rumlaufen», gab ihm Bruno zurück.

«Ich weiss gar nicht, woher die Überzeugung kommt, alle müssten sich nach der Mode aus Paris kleiden, alter Snob.»

«Noch ein Wort, dann lade ich dich hier aus und fahre ohne dich weiter!»

Damian musste innerlich lachen. Er hatte Bruno noch nie so wütend gesehen.

«Gut, mach nur! Du machtest mir damit nur einen riesigen Gefallen.»

Damian streckte seine Hand aus zwischen Beifahrertüre und Sitz, um Jason hinter dem Arm an seiner Seite zu kraulen. Der zuckte leicht zusammen wegen der unerwarteten Berührung, aber

Damian spürte, wie sein Freund sich schnell beruhigte und mit seiner linken Hand zurücktastete. «Ich bin überhaupt nicht der Meinung, dass du dich nach der neusten Mode kleiden musst. Aber müssen es immer gleich zerschlissene Jeans und alte Bierdeckel sein? Es gibt doch auch ein Zwischending. Sieh dir Damian an, der kleidet sich ja auch nicht gerade nach der neusten Mode. Aber er sieht wenigstens nicht gerade aus wie ... eben, ... du weisst ja, was ich meine.»

Bruno fehlten die Worte. Er kleidete sich früher keinesfalls besser.

Kaum bei Ruth eingetroffen, verflogen die Spannungen sofort. Der Geruch von mediterranen Kräutern und einem schmorenden Lammbraten im Ofen liess den Dreien sofort das Wasser im Munde zusammenlaufen.

Ruth war eine einfache Frau von fülliger Postur, mit leuchtenden Augen und einem herzlichen Lächeln im Gesicht. Ihre langen, kupferfarbenen Haare hatte sie auf dem Kopf zusammengedreht, mit einer hölzernen Haarnadel aufgetürmt. Rundherum zeigten die nicht gezähmten Haarbüschel wie von einem Springbrunnen herunter. Das rundliche Gesicht strahlte Wärme und Güte aus – die aufgehende Sonne Japans schien aus ihrem Gesicht zu leuchten. Für den ersten Eindruck wollte ihre schon vorgewarnte Art einer Klatschbase schwer ins Bild passen. Ihr einfaches

Haus war mit dem Nötigsten eingerichtet, mit dem was man ebenso brauchte.

Sie hatte im Garten unter dem alten Olivenbaum den Tisch gedeckt.

«Herzlich willkommen in meinem bescheidenen Heim», begrüsste sie die Drei und gab jedem die Hand.

«Das muss also Jason sein.»

Ruth deutete auf Jason, umarmte ihn überschwänglich und herzlich.

«Lange habe ich dich nicht mehr gesehen, aber an deinen Kleidern habe ich dich erkannt.»

Jason, der in den Armen von Ruth eher wie ein Strich aussah, knurrte nur: «Das Vergnügen erdrückt fast meine Seite!»

Dafür erntete er einen scharfen Blick von Bruno.

Damian, der hinter Ruth stand, fand den Anblick lustig. Als erstes sah er nur den Kopf seines Freundes, dann den Kopf und die ausladenden Arme von ihr, darunter noch mehr Ruth und gegen den Boden zu vier Beine.

Ruth liess Jason los, welcher erleichtert tief durchatmete. Sie drehte sich um und ging nun auf Damian zu. Dieser machte vorsorglich drei Schritte rückwärts.

«Damian, auch dir ein herzliches Willkommen. Ich bin Ruth und habe mich schon auf dich gefreut. Bruno hat erwähnt, für dich da zu sein und solange du hier bist, möchte ich das ebenso, wie für euch andere beide auch.

«Für Brunos Anwesen ist Haushalten meine Aufgabe. Er hat dich sicher schon vorgewarnt vor meinem neugierigen Wesen. Du musst mir dann unbedingt beim Essen von dir erzählen. Bitte setzt euch, ich werde gleich den Salat auftischen, ihr müsst sicher hungrig sein. Nehmt ihr alle ein Glas Wein?»

Ruth schaute fragend in die Runde.

«Also, ich gerne, aber die ...», weiter kam Bruno nicht.

«Ja, ja. Es sind ja keine Kinder mehr. In dem Fall alle.»

Ruth verschwand.

Bruno führte die Jungs in den Garten. Damian grinste: «Das war wohl eins zu null für uns.»

«Haha, komisch ist das gar nicht» sagte Bruno leicht gereizt.

«Ich warne euch, lasst euch bloss nicht volllaufen! Ihr beide hattet gestern euren Spass, das reicht.»

Sie setzten sich an den Tisch.

Damian schaute sich im Garten um, währenddessen sich Jason und Bruno wieder stritten.

«Ich brauche kurz Hilfe», rief Ruth aus der Küche. Damian stand auf und ging in die Küche, die direkt an den Garten angrenzte.

«Du könntest diese zwei Teller rausnehmen, sie sind mir zu schwer.»

Damian nahm die Salatteller und brachte sie raus.

Bruno und Jason stritten sich immer noch.

«Hört endlich auf», zischte Damian Jason ins Ohr.

Jason beruhigte sich augenblicklich.

Ruth kam mit den anderen beiden Tellern aus der Küche.

«So, meine Lieben. Lasst es euch schmecken.»

Sie setzte sich an den Tisch und begann zu essen.

Damian und Jason packten herzhaft zu. Das Essen schmeckte göttlich.

«Jetzt musst du mir etwas von dir erzählen.»

Ruth schaute Damian erwartungsvoll an.

Dieser nahm einen kräftigen Schluck Wein und antwortete: «Da gibts wenig zu erzählen.»

«Du musst doch ein Hobby haben.»

«Sicher. Lesen.»

Ruth schaute Bruno etwas entgeistert an.

«Schön. Heute liest ja nicht mehr jeder. Aber hast du keine Freundin oder vielleicht einen Freund?»

Damian verschluckte sich und musste husten, ergriff wieder das Weinglas und leerte es.

«Ich?! Ich habe … keinen Freund … ich meinte Freundin» und warf Jason gegenüber scheu einen entschuldigenden Blick zu.

«Ich bin nicht für Beziehungen gemacht.»

Jason horchte auf. Er wollte schon etwas sagen, als Damian ihn beschwichtigend anschaute.

«Ach, das ist aber schade. Ich habe schon gedacht, deine Freundin mal kennenzulernen ...»

In diesem Moment verschluckte sich Jason. Er musste husten, stand mit ein paar entschuldigenden Worten auf und verschwand in der Küche.

Damian bemerkte den leeren Wasserkrug.

«Ich gehe ihn kurz auffüllen», stand auf und folgte Jason.

Der stand am Waschbecken und spülte sich den Mund.

Damian trat hinter ihn, legte seinen Kopf auf seine schmale Schulter und umarmte ihn.

«Hast du die gehört?! Ich dachte schon, bald wird sie sagen, sie freue sich darauf, dein Kind kennen-zulernen!! Wenn ich noch länger hier sein muss, drehe ich bald durch.»

«Nur ruhig, ich weiss, dass sie ätzend ist.»

«Und wie willst du das machen?»

Damian füllte den Krug mit Wasser.

«Das wirst du dann schon sehen. Lass das nur meine Sorge sein.»

Sie gingen wieder raus und setzten sich an den Tisch.

Ruth und Bruno räumten das Geschirr rein und Damian genehmigte sich eine Zigarette etwas ab-seits. Als Ruth den Kaffee brachte, setzte er sich wieder zur Gesellschaft und eröffnete ein neues Gespräch.

«Ich habe unlängst gehört, die Jugendlichen in dieser Region fänden keine Arbeit.»

Bruno schaute Damian verdutzt an. Ruth nickte.

«Es liegt zum Teil auch an den Jungen selbst. Niemand stellt gerne Leute ein, die nur herumlungern und warten, bis sie alles vorgesetzt bekommen.»

Damian nickte.

«Ich habe mehr das Gefühl, dass man den Jungen keine Chancen gibt, sich zu behaupten.»

«Na hör' mal. Ich sehe es ja selber, wie sich die Jungen nicht oder nur kaum anstrengen.»

Bruno warf Damian einen warnenden Blick zu. Er hatte sehr wohl bemerkt, wie Damian das Ende dieses Abends vorzeitig herbeiführen wollte.

«Ich gehörte selbst zu der Sorte, der man keine Chance gab, sich zu behaupten. Ihr Erwachsenen habt immer nur das Gefühl, die Jungen sind ein ungehobeltes Pack, das keine Erziehung genoss.»

Ruth liess sich nicht provozieren und holte ihrerseits zum Gegenschlag aus.

«Glaubst du, mir ist nicht bekannt, was in der Welt läuft? Den Jungen versuchte ich, stets ein gutes Vorbild zu sein. Aber diese traten alles mit den Füssen, was ich ihnen anbot.»

«Es kommt immer darauf an, wie man es ihnen anbietet.»

«Das musst gerade du sagen. Du bist ja selber auf die Hilfe von anderen angewiesen. Oder willst du behaupten, du hättest dich selber aus dem Schlamassel herausgezogen, in dem du steckst? Wohl kaum. Wäre nicht Bruno dir über den Weg gelaufen, dann wärst du noch immer ein Verbrecher. Merk dir das!»

Damian nahm gemütlich einen Schluck Kaffee.

«Weisst du, ich werde dir jetzt nicht meine Geschichte erzählen, aber ich sage dir nur eins: Die heutige Jugend ist nichts Weiteres als ein Abbild dessen, was die Wohlfahrtsgesellschaft und ihre dekadente Art hinterlassen hat.»

Bruno stand auf.

«So, Damian und ich werden uns jetzt in der Küche nützlich machen.»

«Jason kann von Ruth sicher ein paar Tipps holen für seinen Sprachaufenthalt von nächstem Jahr. Ruth hatte als Au-pair in Australien gearbeitet.»

Bruno zog Damian hinter sich her in die Küche und schloss die Balkontür.

«Was in allen drei Teufelsnamen sollte das?! Kannst du dich nicht mal für einen Abend etwas normal aufführen! Ich bin von dir und Jason wirklich enttäuscht.»

«Ach, was habe denn ich zu sagen! Glaubst du, für mich ist es witzig, mit so einer Person zu reden? Von Anfang an stempelte sie mich als minder bemittelten Deppen ab, nur, weil ich nicht das Glück hatte, in einer normalen Familie aufzuwachsen!

Nein Bruno, ich bin von der da draussen enttäuscht und jetzt lass mich alleine.»

Damian drehte sich um und ging zur Haustüre raus in die Siedlung. Er zündete sich eine Zigarette an und ging die Strasse runter, bis er auf den Dorfplatz kam.

Auf dem Brunnenrand sitzend schaute er umher und sah alte ländliche Steinhäuser mit kleinen Fenstern. Durch ein Fenster konnte er direkt ins Esszimmer einer Familie schauen, die soeben beim Abendessen sass. Es zerriss ihm fast das Herz, als er diese glückliche Familie sah und wie wohl-behütet die beiden kleinen Kinder aufwuchsen.

*

Schliesslich stand ich wieder auf und ging zu Ruths Haus zurück, gerade in dem Moment als Jason und Bruno im Begriff waren zu gehen. Ruth nahm mich noch beiseite und fragte mich, wie es meinem Magen ginge. Sie bemerkte meinen erstaunten Gesichtsausdruck, als sie nach meinem Wohlergehen fragte, denn ich hatte mit keinem Wort erwähnt, mir sei unwohl.

«Bruno hatte mir gesagt, du hättest es mit dem Magen und seist darum etwas spazieren gegangen.»

«Ach. Das ist nur halb so wild.»

«Und noch was. Ich weiss, dass du mit der Jugend recht hast und hoffe, du behältst deine Einstellung in dieser Hinsicht.»

Ich staunte, wie schnell sich ihre Überzeugung geändert hatte.

«Du wirst deinen Weg schon machen, das spüre ich», sagte sie mir zum Abschied und schloss die Tür hinter sich ab.

Zuhause ging alles wieder seinen gewohnten Gang. Ich erhielt eine neue Wohnung.

In der Schule lief auch alles glatt. So, als hätte es keinen Zwischenfall gegeben. Ich wusste nicht recht, ob da die Frau wieder die Finger im Spiel hatte oder nicht. Jason kam mich mehrmals in der Woche besuchen. Das waren immer die schönsten Momente. Häufig tranken wir uns gegenseitig unter den Tisch und knutschten danach in Richtung Bett. Jedoch kurz bevor wir uns an die Wäsche gingen, fing ich mich wieder und blockte ab. Nein, ich wollte nicht, dass er sich mir so hingab.

*

Herr Steinmaurer ging mir wie immer auf den Senkel. Er drohte mir schon an, falls ich nicht endlich kooperiere und besser mit ihm zusammenarbeite, ich aus dem Projekt fallen werde. Das erzählte ich dem Schuldirektor sofort,

auch mit welchem Einsatz Herr Steinmaurer dafür
einstehen würde. Ich machte nur noch die Bemerkung, mein Eindruck sei, wie wenn der Gast
für den Kellner da sei und ich kein Interesse habe,
für Steinmaurers Profilierung zur Verfügung zu
stehen. Diese Aktion bewirkte die Aufhebung
meiner Besuchspflicht bei der quengelnden
Nervensäge Steinmaurer.

Meine Kräfte bildeten sich weiter aus und mein
Spürsinn wurde jeden Tag besser. Mittlerweile war
es einfach zu erspüren, wer vor der Tür stand.
Ebenfalls lernte ich, diese Gabe zu ignorieren, um
auf der Strasse nicht andauernd die mich um-
gebenden Menschen zu fühlen.

Vor Weihnachten besuchte mich die Frau wieder.
Sie stand in meiner Wohnung, ohne sich erst an-
zumelden.

«So! Das heilige Fest. Es ist mir zwar schon seit
Jahr-hunderten bekannt, aber es wird von Jahr zu
Jahr kitschiger!»

Da musste ich ihr Recht geben.

«Ich verstehe immer noch nicht die Menschen,
welche den Geburtstag einer Persönlichkeit feiern
und einige Monate danach auch seinen Todestag ...
sakrales Partypeople oder was!? Zudem war Jesus
das Licht der Welt, eine Gestalt für die Sonne im
Sonnenkult, wie viele vor und nach ihm. Auch
in anderen Religionen ist eine unbefleckte
Empfängnis für den Gottessohn der Hype sowie

alle zum gleichen Datum. Zwölf Apostel sind auch nur ganz einfache Monate, die in etwa voraussagen, was in der Natur ansteht. Jede Epoche hatte ihre Stars und Sternchen und egal wie der Gottessohn in der jeweiligen Religion heisst, er ist der Superstar. Wie unser Zentralgestirn. In den Achtzigern des vergangenen Jahrhunderts feierte eine uniformierte Glaubensgemeinschaft ‹Jesus Christ Superstar›.»

«Sicher, die Story Jesus war für seine Zeit gar nicht so schlecht und das dauert immerhin schon eine ganze Weile.»

«Du hast Jesus eine Story genannt?», fragte ich erstaunt.

«Sicher, meine Aufgabe ist so alt, wie die natürliche Schöpfung selbst! Copy und Paste gibt es schon viel länger als Computer und die Ursprünge der verschiedenen Religionen sind deshalb in der Zeit wie auf dem Globus so weit verstreut.»

«Sei es drum! Alexander hingegen lebt noch immer, obwohl du klar die Aufgabe gefasst hattest, ihn zu töten! Was in allen drei Teufelsnamen ist los?! War ich in Frankreich nicht deutlich genug?»

«Doch schon. Aber wie soll ich jemanden umbringen, den ich nicht kenne. Ich weiss ja nicht einmal, wie alt der ist.»

Die Frau nickte, setzte sich aufs Sofa und bat mich, daneben Platz zu nehmen.

«Also gut. Alexander ist einundzwanzig und arbeitet in einer Schreinerei. Am besten kannst du ihn auf dem Nachhauseweg erwischen, dann fällt es am wenigsten auf.

Ich werde ein Treffen arrangieren. Mehr kann ich für dich nicht tun.»

Ich nickte.

Die Frau stand auf und ging in die Küche.

«Willst du auch einen Kaffee?»

«Gerne.»

Ich stand am Fenster und schaute auf die Spielwiese. Einige Kinder vom Block spielten im Sandkasten und Bruno bog soeben um die Ecke.

«Bruno ist auf dem Weg, du musst verschwinden.»

Ich lief in die Küche um meine Mentorin zu warnen, doch die war schon verschwunden, nur der Kaffee stand auf dem Küchentisch. Ich zündete mir eine Zigarette an und setzte mich an die Hausaufgaben.

Bruno hatte die Angewohnheit, einfach einzutreten ohne zu klingeln oder auch nur im Entferntesten anzuklopfen. Als wäre er hier zuhause. Typisch Sozi, meins ist deins und deins ist meins! Aber deins ist mehr meins als meins deins…Aber ich sagte nichts.

«Ich war bei Herrn Steinmaurer. Er meinte, du sollst wieder zu ihm in die Therapie gehen, damit er dem Untersuchungsrichter Bericht erstatten kann. Der ist seit dem Zwischenfall wieder drauf und dran, dich in eine geschlossene Anstalt zu bringen. Warum weiss er auch nicht.»

«Eher holt mich der brandschwarze Teufel, als dass ich wieder zu dem gehen würde.»

«Du musst lernen, den Menschen eine zweite Chance zu geben. Ich gebe ja zu, dass Herr Steinmaurer dich ziemlich verarscht hat. Aber er will es wieder gut machen und dich vor der Anstalt bewahren. Das kann er nur, indem er dem Untersuchungsrichter beweisen kann, wie du dich in die Gesellschaft eingliederst, trotz Explosion und den damit verbundenen Erlebnissen. Ich hoffe, du verstehst, was ich meine.»

Das war das erste Mal, dass mich etwas, was Bruno sagte, zum Grübeln brachte.

Ich drückte die Zigarette aus und richtete mich auf. «Also gut. Ich werde wieder zum ‹Herrn Psychopater› gehen. Aber nur, wenn der Richter mich wirklich draussen haben will. Ich sage ihm aber nur, was er hören muss, um seinen Bericht zu schreiben. Andere Probleme werde ich nach wie vor mit mir alleine aushandeln. Damit das klar ist.»

Ich konnte selber nicht fassen, was ich gerade gemacht habe. Ich habe mich denen gebeugt, die mir in den Rücken fallen.

*

Ich war zu einem Treffen mit dem Untersuchungsrichter und Herrn Steinmaurer. Damian wusste nichts davon.

Ich war mit mir zufrieden; endlich hatte ich Damian etwas abgeschwatzt.

Seit knapp einer Woche geht er ohne Protest nach der Schule in die Therapie. In den vergangenen Monaten hatte ich durch Damian vermehrt zu tun. Täglich war ich für ihn unterwegs, weil er etwas brauchte oder das Untersuchungsrichteramt nach Berichterstattung fragte.

Fast sein ganzes Leben wurde fein säuberlich dokumentiert und aufs Genaueste untersucht. Das hielt eher davon ab, mich aufs Wesentliche konzentrieren zu können, dem Werdegang meines Schützlings. Hoffentlich ist durch die heutige Besprechung Schluss mit Zirkus!!

Ich hasste diese Behördengänge, speziell, wenn ein Richter miteinbezogen wurde. An der gleichen Uni studierten einige, welche ich kannte und mit einem teilte ich sogar eine Wohnung. Genau jenen traf ich an diesem Termin und dementsprechend war auch die Begrüssung: «Bruno, dich habe ich ja schon seit Jahren nicht gesehen! Was machst du denn so?»

Ich fand ihn im Grunde genommen ein Arsch.

«Ich habe umgesattelt, arbeite als Sozialarbeiter und versuche Damian eine Zukunft zu bereiten.»

«Ich begleite Damian schon seit seiner Verhaftung, habe mir aber nie träumen lassen, dass du mit ihm vertraut bist. Das ist aber ein Zufall!»

Mir tat Herr Steinmaurer fast leid. Der musste das Gesülze mitanhören.

«Aber bitte nehmt doch Platz, damit wir gleich anfangen können. Nimmt jemand einen Kaffee?»

«Gerne.»

Herr Steinmaurer setzte sich und sortierte die Akte von Damian. Für ihn war das Ganze wohl reine Routineangelegenheit.

«Was gibt es Neues von der Front? Hat sich unser Patient wieder gefangen?»

Der Psychologe räusperte sich.

«Damian kam die letzten Wochen zu mir. Freiwillig, notabene.»

Ich musste innerlich grinsen.

«Und was meinen Sie? Kann man es verantworten, ihn länger in diesem Projekt zu lassen?»

«Entschuldigung», jetzt musste ich mich in das Gespräch einklinken.

«Ich verstehe nicht ganz, warum Damian wieder in die Geschlossene zurück sollte.»

«Die Idee kommt nicht von mir. Ich bin auch nur der Untersuchungsrichter. Die Verteidigung von Damians früherem Betreuer hat wieder mobilgemacht, als sie erfahren hat, dass Damian bei dem Gasunfall ein psychisches Trauma erlitten hatte.

Nun wollen sie erreichen, dass er wieder zurück in die Geschlossene soll.»

«Hah!»

Ich war erstaunt.

«... und warum wollen die Damian so gerne weggesperrt sehen?»

«Damian hat auch nur im Ansatz Reue gezeigt für seine kriminellen Taten. Und die Liste ist verdammt lang.»

Er hielt mir zur Demonstration einen etwa zehnseitigen Bericht unter die Nase.

«Der damalige Richter liess das Urteil so gnädig ausfallen, weil Damian zu diesem Zeitpunkt unter grossem psychischem Stress stand.»

«Und wie könnte man verhindern, dass sie mit ihrem Anliegen durchkommen?», wollte ich wissen, «zumal sein Pflegevater auch nicht die Unschuld in Person ist. Das wissen wir ja jetzt schon.»

«Das wird schwierig. Zurzeit wird das Urteil geprüft und auch seine schulischen Leistungen werden genau unter die Lupe genommen.»

«Und wenn ich Ihnen versichere, dass Damian in der Zeit, in der er bei uns zur Schule geht, sich nichts hat zuschulden kommen lassen?»

Herr Steinmaurer nickte bekräftigend.

«Da muss ich Bruno Recht geben. Seit Damian bei uns ist, sind vor allem seine Sozialkompetenzen massiv gestiegen. Klar, Verbesserungspotenzial ist noch reichlich vorhanden. Insbesondere in punkto Integration in der Klasse.»

«Ich werde das so zur Kenntnis nehmen, kann aber nichts versprechen.»

Und bli und blabla. So ging das bis am Mittag weiter. Der Psychologe und ich versuchten, den Untersuchungsrichter von der Wichtigkeit zu überzeugen, Damian weiterhin in Freiheit leben zu lassen.

Am Abend ging ich noch bei Damian vorbei. Ich wollte ihm berichten, was im Hintergrund am Laufen war und womit er rechnen musste. Er nahm es mit entsprechender Gelassenheit auf.

«Weisst du, manchmal bereue ich es, ihn nicht gleich umgebracht zu haben und mich im Anschluss auch noch gleich, dann müsste ich nicht immer diese beschissene Welt ertragen.»

«Hör doch auf! Sicher war, was er dir angetan hat, höchst hinterhältig und verletzend und ich verstehe auch deinen Zorn.»

«Hast du deine Taten nie bereut? Falls dein Strafverfahren mal wieder ein Thema würde, wird dieser Punkt enorm wichtig sein ...»

Damian wich mir aus, ging auf den Balkon und rauchte eine Zigarette. Ich folgte ihm. Er schaute in den Himmel.

«Warum soll ich mich reuig zeigen? Die anderen könnten sich ja auch bei mir entschuldigen!»

Damian schleuderte die angebrannte Zigarette über den Balkon und kam wieder zu mir ins Wohnzimmer.

«Hey! Beruhig dich.»

Ich versuchte, ihn an den Schultern zu halten. Er schlug meine Hand mit Wucht weg.

«Fass… mich… nie wieder an!»

Damian verlor offensichtlich komplett seine Selbstbeherrschung.

«Ich bin es nicht, der dich angreift!»

«Du bist es aber, der den anderen hilft!»

«Das ist doch nicht wahr. Ich war wegen dir heute mehr als vier Stunden an einer Sitzung und habe mich für dich eingesetzt!»

«Ich fass' es nicht! Du nennst das einsetzen. Wenn du mich dazu bringen willst, dass ich mich bei allen entschuldige. Die Strafe absitze. Und zu guter Letzt mich nicht einmal aufregen darf!»

Damian öffnete die Wohnungstür.

«Hau ab!»

Ich zögerte kurz. Wollte noch was sagen, lies es aber dann sein und ging aus der Wohnung, drehte mich auf der Schwelle noch um.

«Ich muss noch an eine andere Sitzung. Jason ist gestern mal wieder nicht in die Schule gegangen. Schon zum dritten Mal in dieser Woche.»

«So was! Kannst ja von ihm verlangen, dass er sich bei der ganzen Welt entschuldigt.»

Damian knallte mir die Tür vor der Nase zu.
Obwohl ich an die Tür blickte, sah ich noch das
Funkeln seiner Augen.

*

Ich wartete, bis er mit seinem beschissenen
Mercedes verschwand, zog meine Schuhe an und
ging nach draussen.
Ich lief auf direktem Weg zu der Kneipe, wo
Alexander normalerweise sein Bier trinkt. Dort
setzte ich mich an einen Tisch, der auf dem Geh-
steig stand, von wo ich die ganze Strasse gut im
Auge behalten konnte. Ich bestellte einen Kaffee
und wartete. Ich hatte auch genügend Zeit.
Ich würde schon sehen, wann der Richtige
kommen würde, wurde mir versichert.
Das Lokal war am Rande der Stadt in einem
Quartierpark. Der Strassenverkehrslärm kam nur
sehr gedämpft durch die Bäume hindurch bis zur
Kneipe.
Alles in allem war es ein sehr gemütlicher Fleck.
Ich kam mir wie irgendein Verräter vor, wenn ich
daran dachte, wie ich hier in wenigen Minuten ein
Menschenleben auslöschen werde.
Die ganze Situation war sehr suspekt. Ich wartete
hier in einer Kneipe, trank gemütlich meinen
Kaffee und erwartete jemanden, den ich nicht
einmal kannte, worauf jemand urplötzlich tot

umfällt, ohne dass es dafür Anzeichen oder eine Erklärung gäbe. Nicht einmal ich begriff die Situation. Ernsthaft fragte ich mich, wie das einer begreifen soll, der sein ganzes Leben damit verbrachte, anzunehmen, es gäbe keine übernatürlichen Kräfte.

Es war erbärmlich kalt, obwohl die Sonne schien. Mein Kaffee kühlte ab und wurde eiskalt.

Ich wollte das Warten schon aufgeben, als ein rotes Auto einparkte. Unbemerkt richtete ich mich auf und erfühlte, es konnte sich nur um Alexander handeln.

Er stieg aus seinem Auto und plötzlich ging alles ziemlich schnell. Vor meinem geistigen Auge sah ich Alexanders Herz und legte es lahm, wie mit eisernen Klammern umfasst. Der kräftige Muskel machte noch einige Zuckungen und blieb dann stehen. Alexander fasste sich an die Brust, fiel vor seinem Auto zu Boden und blieb reglos liegen. So einfach war es, einen Menschen umzubringen. Es geschah innerhalb von wenigen Sekunden.

Sofort versammelte sich eine Menschengruppe fassungslos um den Leichnam. Ich legte das Geld hin und verschwand ungesehen vom Geschehen.

*

Es kostete mich einige Nerven, sich durch den allabendlichen Stau zu quälen, um nach Hause zu kommen. Auch wenn ich mich in meinem Mercedes wohlfühlte auf der Strasse, schützte mich das Auto doch nicht vor meiner Staulaune und der der anderen Strassenteilnehmern.

Nach Hause! Etwas, das für mich eigentlich immer selbstverständlich war. Aber für viele wie zum Beispiel Damian war das ein Gefühl, ein Begriff, den man besser vermied oder gar nicht kannte. Irgendwo musste ich ihm Recht geben. Niemand, aber auch wirklich niemand von meiner Gilde konnte nachvollziehen, wie es ist, wenn man kein Zuhause hat.

Daheim wartete schon meine Frau mit dem Abendessen auf mich. Wo Jason ist, das wusste mal wieder niemand.

«Vielleicht müssen wir uns daran gewöhnen, nicht mehr immer zu wissen, wo unser Sohn steckt», sagte ich mehr zu mir selbst als zu meiner Frau.

«Ich will mich aber nicht daran gewöhnen. Er ist erst vierzehn und in diesem Alter hat er zumindest abends zum Essen zu Hause zu sein.»

«Gut, gut. Ich werde mal einen seiner Freunde anrufen. Vielleicht ist er mit ihnen noch unter--wegs.»

Ich ging in sein Zimmer und überflog mit den Augen seinen Schreibtisch nach irgendwelchen Adressen oder nach seiner Agenda.

Das Einzige, was ich fand, war ein Päckchen Zigaretten und einen Notizzettel mit der

Mobilnummer von Damian. Ich setzte mich auf das Bett und wählte die Nummer. Es nahm niemand ab. Also versuchte ich es auf dem Telefon von meinem Sohn. Aber auch da kam nur der Telefonbeantworter. Ich gab es auf, ging in mein Büro und verstaute die Zigaretten in einer Schreibtischschublade.

«Was ist jetzt? Essen wir oder warten wir noch?»

«Wir essen. Ich kann ihn nicht erreichen.»

Irgendwie genoss ich es, so mit meiner Frau alleine zu sein.

«Weisst du, warum Jason die Mobilnummer von Damian hat?», wollte ich wissen.

«Keine Ahnung. Vielleicht treffen sie sich manchmal. Sie sind ja in fast demselben Alter.»

Ich weiss nicht, aber mir missfiel es, dass er sich mit Damian trifft. Woran ich bei Damian war, konnte keiner Standortbestimmung standhalten.

«Er ist sehr unberechenbar, und wenn er mit Jason irgendeinen Scheiss baut, dann haben wir das Geschenk.»

«Du machst dir falsche Sorgen. Ich glaub nicht, dass unser Sohn so dumm ist und sich auf irgendeinen Scheiss einlässt. Vielleicht tut es ihm und auch Damian gut. Immerhin sieht Jason dadurch, dass nicht jeder einfach so in eine Privatschule gehen kann und Damian hat zumindest einen Freund, an den er sich wenden kann.»

«Wie meinst du das? Hat Jason mal von Damian
gesprochen?»

Sie lachte.

«Du sagtest doch eben, keinen Zugang zu Damian
zu finden. Logischerweise bist du trotz
‹Vertrauensperson per Dekret› kaum die
bevorzugte Anlaufstelle für seine alters-
spezifischen Anliegen.»

Ich zuckte mit den Schultern.

«Ich wüsste auf jeden Fall nichts, was er mich
nicht fragen dürfte.»

«Warst du denn nie so jung wie er?»

«Doch schon, aber ...»

«Also und da gabs sicher auch Themen, die du nur
unter deinen besten Freunden besprochen hast!
Oder bist du mit jedem Problem zu deinen Eltern
gerannt?»

«Zu meiner Zeit hat einen der Vater noch aufge-
klärt, wenn du dieses Thema ansprichst und was
Beziehungen angeht, das war bei mir in seinem
Alter überhaupt kein Thema gewesen.»

Sie musste lachen.

«Und was war dann mit mir? Hast du schon
vergessen, in welchem Alter wir uns kennengelernt
haben? Wir waren siebzehn, also in Damians
Alter! Du würdest dich besser darum sorgen, was
mit unserem Sohn los ist und wo er bleibt.
Herrgott noch mal, es ist schon acht!»

«Ich sorge mich in dieser Hinsicht nicht um ihn. Oder hast du schon vergessen, dass wir beide in seinem Alter auch nicht immer nach Hause kamen, wann wir sollten? Hätten wir immer gehorcht, aus uns zwei gäbe es heute nichts!»

Ich war schon fast stolz darauf, den Ball wieder zurückspielen zu können.

«Und wenn schon. Geniessen wir es einmal, wieder alleine zu sein. Weisst du, wie häufig du davon geschwärmt hast, mal wieder alleine zu sein, seit der Geburt von unserem Sohnemann.»

Sie setzte sich seufzend an den Tisch.

«Da hast du vielleicht Recht. Ich mache mir wegen nichts Sorgen. Also gut, in dem Fall, ich wünsche dir guten Appetit», sie schöpfte uns und fing an zu essen.

Als ich abends nach elf Uhr noch wach in meinem Büro einige Sachen ordnete, stiess ich wieder auf das Zigaretten-päckchen aus Jasons Zimmer. Nachdenklich drehte ich es in der Hand und schaute dem Bildschirmschoner zu, der mir Familienfotos zeigte, als ich jemanden hörte, leise die Treppe heraufschleichen. Ich schaltete den Bildschirm aus, löschte das Licht und lehnte mich an den Rahmen der Bürotür. Von dort aus sah ich, wie Jason behutsam den dämmerigen Gang entlangging und leise seine Zimmertür öffnete.

«Seit wann rauchst du?»

Er drehte sich erschrocken um.

«Ich? Schon eine geraume Zeit», gab er mir knapp zurück.

Ich nickte und bat ihn, in mein Büro zu kommen. Ich setzte mich wieder auf den Stuhl, Jason lehnte an der Wand an, ich gab ihm das Päckchen zurück. «Ich kann es ja eh nicht verhindern. Aber eins lass dir gesagt sein. Geraucht wird im Haus keinesfalls und in Zukunft sagst du uns, wenn du nicht zum Nachtessen erscheinst! Deine Mutter hat auch für dich gekocht und sich Sorgen gemacht.»

Jason zuckte mit den Schultern, nahm das Päckchen an sich und verliess kommentarlos das Zimmer.

«Wo warst du überhaupt so lange?», rief ich ihm hinterher.

«Bei einem Freund.»

«Und wie heisst dieser Freund?»

«Du weisst ja, wie meine Freunde heissen.»

«Heisst dieser Freund vielleicht Damian?»

Er drehte sich um und schaute mich an.

«Und wenn schon. Was soll ich bei ihm?»

«Es beruhigt mich zu wissen, mit wem du unterwegs bist.»

«Im Grunde genommen geht es dich nichts an, solange ich mir nichts zuschulden kommen lasse.»

Er drehte sich um und verschwand in seinem Zimmer.

*

Damian drehte sich im Bett um und stellte den Wecker ab. Es machte ihm alle Mühe, im Winter so früh aufzustehen. Vor allem, nachdem Jason gestern noch lange bei ihm war.

Er stand trotzdem auf, ging in die Küche und bereitete sich einen Kaffee als das Telefon klingelte. Während des Kaffeeschlürfens nahm Damian den Anruf entgegen und blubberte zu Brunos morgendlichem Kontrollanruf ins Telefon: «Morgen. Bin wach und versuche, während morgendlicher Telefonstörung meinen Kaffee zu geniessen.»

«Schönen guten Morgen. Ich hoffe, du hast gut geschlafen. Heute hast du einen Test. Versau ihn nicht.»

«Du weisst aber, wie man einem den Tag versauen kann, bevor er angefangen hat, Bruno!»

«Ich versuche, trotz nerviger Kontrollanrufe meinen Kaffee zu geniessen!»

Bruno lachte und legte auf.

Damian legte das Mobiltelefon auf den Küchen-tisch und nahm einen Schluck Kaffee. Dieser Test lag ihm schon seit zwei Wochen auf dem Magen. Er war nicht so testerprobt und konnte mit dem Prüfungs-stress schlecht umgehen. Auch wenn er sich nach aussen nichts anmerken liess, wühlte es ihn auf.

Als er auf den gefrorenen Bürgersteig trat, zündete er sich eine Zigarette an und atmete mit dem Rauch die kalte Morgenluft tief ein. Vor Schulbeginn noch einige Minuten zu Fuss unterwegs zu sein, war für ihn ein Genuss, obwohl für seinen Schulweg genauso gut ein Bus verkehrte.

In der Schule begegnete ihm Oliver. Er hielt ihm einen Jeton für den Kaffeeautomaten entgegen.

«Ich würde mit dir gerne etwas besprechen, wenn du Zeit hast.»

Damian wusste nicht, was es da einzuwenden gab und folgte ihm zum Kaffeeautomaten im Gang.

«Du weisst ja, in meiner Position als Vertrauensschüler gehört es zu meiner Aufgabe, auch mit Schülern zu sprechen, denen es nicht so gut geht.»

Damian musste lachen.

«Und wie kommst du auf die Idee, dass es mir schlecht geht?»

«Du sprichst nicht viel mit anderen Schülern, in der Pause bist du dauernd alleine und nach der Schule verschwindest du immer gleich, ohne jemals ‹ade› zu sagen. Seit dem Theater mit der Explosion gehst du allen noch mehr aus dem Weg, deshalb hat mich der Klassenlehrer damit beauftragt, das Gespräch mit dir zu suchen.»

Damian nahm einen Schluck von seinem Kaffee und lehnte sich an die Wand.

«Ich lege nicht viel Wert darauf, immer mit anderen zusammen zu sein. Allein zu sein bietet mir die Möglichkeit, niemandem in die Quere zu kommen und so habe ich meine Ruhe.»

«Wie kommst du denn auf die Idee, dass du jemanden in die Quere kommst?»

«Einfach so. Ist es etwa ein Verbrechen, alleine zu sein?»

«Nein, durchaus nicht. Aber es ist auch gut, Freunde zu haben.»

«Weisst du was, Oliver? Ich glaube nicht, dass dieses Gespräch auf fruchtbaren Boden fällt, jedenfalls nicht meinerseits und deshalb schlage ich vor, du gehst wieder zu deinen Freunden zurück und missionierst dort ein bisschen. Lass mich in Zukunft einfach mit deinem Sozialgehabe in Ruhe, hast du begriffen!? Was uns für den Bruchteil einer Ewigkeit verbinden könnte, ist der gemeinsame Genuss eines Kaffees, falls dabei nichts gesprochen würde! Danke freundlichst für deine Spende.»

Damian trank den Kaffee aus und ging Richtung Toilette.

«Hast du gesehen? Ich habe es dir gesagt, er macht schneller Ärger, als dir lieb ist.»

Damian schaute vom Pissoir auf. Die Frau hatte sich wieder einmal an ihn herangeschlichen, sass nun auf dem Lavabo und schaute ihm beim Pinkeln zu.

«Habe ich etwas anderes behauptet? Mit dem werde ich schon fertig.»

«Das will ich hoffen. Es wartet ein neuer Auftrag auf dich; es sind Michael und Jonas aus der sechsten Klasse, in diesem Schulhaus. Sie haben am Nachmittag Turnen.»

«Was ist mit denen?»

«Bring sie um!»

«Kinder!?»

«Ja. Hast du ein Problem damit?»

«Ich ... eh,.. nein.»

«Dann kann ich mich auf dich verlassen?»

«Klar. Immer.»

Damian drehte sich um, doch da war sie schon wieder verschwunden.

Er hatte bis jetzt nur Erwachsene umgebracht, ohne Skrupel oder Ekel. Aber Kinder, nein, das konnte er nicht. Die Tante wollte es scheinbar wissen ...

Er überlegte, wie er es anstellen konnte, dass er nicht dabei sein musste. Sein einziges Problem war nur, egal, was er machte, er musste die Person oder den Gegenstand sehen. Er wusste auch nicht, wer Michael oder Jonas ist, geschweige denn, wie sie aussehen oder wie er es anstellen sollte, ohne gesehen zu werden. Ein Herzstillstand kommt bei denen nicht infrage. Vielleicht könnte er ihnen die Milz zerquetschen.

*

Der Unterricht war mal wieder sehr aufschlussreich. Eigentlich war Rechnen angesagt, die Realität sah anders aus. Oliver fühlte sich berufen, einen Appell an die Mitschüler zu richten, um Damian bei seiner Integration in der Klasse behilflich zu sein. Somit stand Damian im Fokus von Aufmerksamkeiten und sozialem Interesse.

Damian verdrehte die Augen.

«Hey, was habe ich dir gesagt!?! Du sollst mich in Ruhe lassen. Ich will in dieser Schule nur meine Sache machen und nicht mehr.»

«Aber Damian. Oliver hat doch recht. Ich finde auch, dass wir dich ein bisschen mehr in der Klasse einbinden müssten», kam der Kommentar aus der vorderen Reihe. Ausgerechnet aus der Zickenreihe, dachte Damian und verschränkte die Arme.

«Ihr könnt mir am meisten helfen, wenn ihr mich bloss in Ruhe lässt. Falls ich euch nämlich von meinem bisherigen Leben erzählte, gäbe es sogleich ein grosses Flennen und Bedauern, was niemanden weder geistig noch mental weiterbringen würde. Das widerspricht somit dem Grundgedanken dieser Institution hier, welche wir Schule nennen. Falls ich Hilfe brauchen sollte, melde ich mich. Hört ihr nichts dergleichen, bedeutet das einfach nur eins: RUHE!»

«Gut, das hätten wir geklärt», unterbrach der Lehrer die Diskussion.»
Damians Ansage war deutlich, verlangte ihren Respekt und war somit nicht zu diskutieren.
«Danke Oliver für deinen Beitrag. Dann wenden wir uns den vorgesehenen Rechenaufgaben zu.»
Als Oliver sich hinsetzte, schaute er Damian von der Seite an. Ich kriege dich schon noch, war aus Olivers Blick zu lesen.

*

In der grossen Pause versuchte ich auszumachen, wer Jonas und Michael sind. Ich fragte einfach einen Sechstklässler, was ich besser nicht gemacht hätte. Anstatt mir die Betreffenden zu zeigen, verwickelte er mich in eine Schneeballschlacht. Das Ergebnis war ein nicht endend wollender Kampf um eines der beiden Klettergerüste während der ganzen Pause. Meinen Auftrag hatte ich dabei total vergessen.
Nach der Pause besann ich mich jedoch und machte es mir so einfach wie möglich. Ich ging direkt ins Klassenzimmer der sechsten Klasse, gab mich als Journalist der Schülerzeitung aus, der einen Bericht über die Schneeballschlacht machen und aus diesem Grund Michael und Jonas interviewen wollte. Bereitwillig meldeten sich die beiden. Ich verabredete mit ihnen, sie am Nach-

mittag nach der Schule zu treffen. Also zu einer Zeit, zu der sie bereits nicht mehr leben würden.

Ich schlenderte zu meinem Zimmer zurück, hatte es aber wenig eilig, zumal wieder einmal ein Termin bei Herrn Steinmaurer fällig war. Der das Gefühl hatte, «wir» machten Fortschritte und meine Sozialkompetenzen kämen voran. Was für eine blinde Nuss!!!

Ich stellte mir vor, was er sagen würde im Wissen, das ich ein Auftragskiller bin, der in knapp zwei Stunden

zuschlagen wird. Gnadenlos, ohne Rücksicht auf Verluste.

Die Zeit wollte nicht vorübergehen. Vor allem die Mittagspause.

Über Mittag ging ich nie nach Hause, ich hatte mir es zur Gewohnheit gemacht, in der Stadt zu essen. Bei dieser Gelegenheit traf ich mich immer mit Jason, der über Mittag ebenfalls in der Stadt war. Meistens gingen wir in eine Schwulenbar, in der sich eher jüngeres Publikum aufhielt.

«Ich muss dir etwas sagen, etwas, das vielleicht unsere Beziehung wesentlich verändern wird.»

Ich horchte auf. Solche Sätze machten mich immer hellhörig, weil das, was danach kam, meistens nichts Gutes war.

«Ich werde in drei Monaten für ein halbes Jahr nach England gehen. Sprachaufenthalt.»

Ich sass da wie einer, dem eben gesagt wurde, er lebe nur noch zwei Stunden. Eigentlich wusste ich es schon seit den Ferien in Frankreich, wollte es jedoch nicht so wirklich wahrhaben.

«Ich liebe dich. Und daran wird sich nie etwas ändern. Aber das war schon lange geplant. Bitte, Damian, glaub mir, ich will dich nicht verraten.»

«Du sagst es. Verrat! Was aber nicht heisst, dass ich dich nicht liebe.»

Ich nestelte in den Zuckerpäckchen herum, die auf dem Tisch in einer Schale lagen.

«Ich liebe dich. Verdammt, Jason, du weisst gar nicht wie.»

Jetzt hatte ich wohl komplett den Verstand verloren, dachte ich bei mir.

«Ich kann mir ein Leben ohne dich nicht mehr vorstellen. Du verstehst, was ich meine ...»

«Ich will mit dir schlafen.»

Jetzt war er vollkommen verrückt, dachte ich. In mir brandeten alle möglichen Gefühle an. Ich spürte, wie eine Wut tief in mir hochschoss. Ich unterdrückte diese. «Jason, du musst mir sicher nicht so etwas versprechen. Nur, dass ich dir treu bleibe. Ein solcher Typ bin ich nicht.» Meine Hose sprach da jedoch eine ganz andere Sprache. Das konnte er jedoch nicht sehen.

Jason griff nach meiner Hand, die noch immer mit dem Zucker spielte.

«Ich will dich.»

«Hat es dich gepackt? Du bist erst vierzehn! Ich würde mich strafbar machen, ist dir das eigentlich bewusst!?» Er küsste mich einfach.

«Mir ist es ernst und ich habe das sicher nicht einfach gesagt, um mich bei dir zu entschuldigen.»

«Und wenn ich in Betracht ziehe, gestern war mein Geburtstag und deiner ist erst kurz vor Weihnachten, fällt unser Altersunterschied im Moment nicht so gross aus.»

Jason gab mir nochmals einen Kuss, stand auf, bezahlt mein und sein Mittagessen und verschwand auf der Strasse.

Ich hätte mir am liebsten selber eine runtergehauen. Jason wusste meinen Geburtstag, aber ich hatte es verpeilt, seinen herauszufinden. Ich machte mich auf den Weg zurück zur Schule. Ich schaute auf die Uhr. In einer Viertelstunde würde die Schule wieder beginnen und die beiden Jungs würden sicher fünf Minuten früher in der Turnhalle sein. Also hatte ich fünf Minuten Zeit, meinen Auftrag zu erledigen.

Ich stand vor dem Turnhallenfenster, in einem Winkel, wo sie mich nicht sehen konnten. Jonas und Michael standen an der Wand und machten mit Hanteln ihr Krafttraining. Das ist ja einfacher, als ich es mir gedacht habe. Sie hielten je eine Hantel in der Hand, welche sie hoch und runter hoben, zu ihren Füssen lag noch zwei weitere. Nach einer Weile drehten sie mir den Rücken zu und begannen, ausgiebig miteinander zu diskutieren. So sehr, dass keiner der beiden bemerkte, wie ich die am Boden liegenden Hanteln zum Schweben und hoch über ihnen in Position brachte.

Ich klopfte an das Fester. Die beiden schauten zu mir, tippten auf ihre Uhren, zogen eine Grimasse und gestikulierten, ich solle weggehen.

Ich deutete nach oben und als sie emporschauten, liess ich die Hanteln frei. Beide trafen gleichzeitig ins Gesicht. Einige Blutspritzer, welche an das Fenster geschleudert wurden, begannen das Glas hinunter zu rinnen, als die leblosen Körper schon am Boden lagen. Ich zündete mir eine Zigarette an, lief gemächlich auf den Pausenplatz, setzte mich an einen Tisch und holte ein Buch aus dem Rucksack, um zu lesen.

Es verging eine Weile, bis aus der Turnhalle ein entsetzter Schrei ertönte und kurz darauf gabs einen riesigen Auflauf auf dem Pausenplatz. Ich stand auf und ging ins Schulzimmer. Keine Menschenseele war da, auch zehn Minuten nachdem die Schule hätte beginnen sollen.

Ich ging nach draussen, liess mir einen Kaffee aus dem Automaten, und beobachtete das Treiben bei der Turnhalle. Die Lehrer appellierten an die Schüler, ins Schulzimmer zu kommen.

Einige hielten sich die Hand vor den Mund und rannten zur Toilette.

Das Durcheinander legte sich erst, nachdem Polizisten die Schüler in die Klassenzimmer zurückbrachten. Herr Steinmaurer ging von Schulzimmer zu Schulzimmer und nahm Namen von Schülern auf, die psychologische Betreuung beanspruchten.

«Damian? Kommst du auch ins Schulzimmer?»

Oliver, der offensichtlich mit der Fassung rang, sich aber noch gut unter Kontrolle hatte, kam ihn abholen.

*

Ich trank den Rest meines Kaffees und lief wie ein Hund hinter ihm her.

«Wie kannst du nur ans Kaffeetrinken denken?», bemerkte er entsetzt.

«Was hätte es gebracht, wenn ich auch noch einen auf Panik gemacht hätte?», entgegnete ich ihm kühl.

«Ich werde nicht schlau aus dir, aber das ist egal. Komm jetzt einfach.»

Er zerrte mich ins Schulzimmer.

Irgendwie hatte ich meine helle Freude an dem Schauspiel, welches sich mir bot. Anscheinend sind einige aus meiner Klasse in die Turnhalle vorgedrungen, um zu sehen, was dort los war und nun wurden sie durch ihre Neugier bestraft. Sie hingen kreideweiss und weinend in ihren Stühlen und schluchzten irgendwelche undeutliche Worte vor sich hin.

Ich hatte es geschafft. Nun stand ich an vorderster Stelle der Nahrungskette und die anderen hatten sich vor mir zu fürchten. Mich überkam ein unglaubliches Machtgefühl. Ich setzte mich brav an meinen Platz und wartete ruhig auf den «Psychopater» und auf unseren Lehrer.

Oliver machte sich in der Zwischenzeit nützlich, indem er denjenigen, die unter Schock standen, Wasser brachte und sie zu trösten versuchte.

Andere wiederum, die noch nicht so recht begriffen hatten, was eigentlich vorgefallen war, standen in Gruppen zusammen und unterhielten sich aufgeregt.

«Damian?»

Eine aus der Schreckschraubenabteilung meldete sich an meinem Pult. Ich hatte gerade angefangen zu lesen.

«Weisst du eigentlich, was vorgefallen ist?»

«Irgendein Unfall in der Turnhalle. Zwei Sechstklässler sind tot, aber mehr weiss ich nicht.» Ich wandte mich wieder meinem Buch zu und scherte mich keinen Dreck mehr um «Madame Gouache», die sich schminkte, um ihre Wandmalerei nicht verblassen zu lassen.

«Ich bin mir nicht sicher, Damian. Aber du hast eine seltsame Art, solche Sachen zu verarbeiten.»

Oliver war wieder an mein Pult getreten und setzte sich auf die Pultplatte.

«Du bist ja auch ganz ruhig. Oder?»

«Das ist etwas anderes. Ich versuche mich insofern von der Sache abzulenken, indem ich anderen helfe. Aber du sitzt hier, liest ein Buch und tust so, als ginge es dich nichts an.»

«Jetzt sage ich dir mal etwas.»

Ich klappte das Buch zu und stand auf.

«Ich habe schon viel Schlimmeres erlebt als ein solcher Zwischenfall und ja, es geht mich nichts an. Ich bin hier, weil ich etwas lernen will und sonst gar nichts anderes, weder brauche ich irgendwelchen Sozialscheiss noch diese Gesellschaft. Einzig das Wissen, welches mir hier vermittelt werden soll, interessiert mich!»

«Ich begreife dich nicht. Aber das ist ja auch egal, du bist einfach krank.»

Ich hatte die grösste Lust, ihn jetzt und hier umzubringen, ohne die Erlaubnis der Frau abzuwarten. Immerhin war er mein Gegner, und ich wusste aus Erfahrung, dass man Gegner besser ausschaltete, solange noch die Zeit dazu ist. Früher ist besser als zu spät.

Aber irgendeine Stimme in meinem Kopf widersetzte sich vehement gegen dieses Vorhaben und lehnte sich regelrecht gegen mich auf. Bis ich es sein liess, mein Zeugs zusammenpackte und das

Schulzimmer verliess. Ohne Oliver oder sonst jemanden etwas zu sagen.

Im Gang war immer noch ein Geläuf. Lehrer, die sich berieten, Kinder, die weinend auf ihre Eltern warteten. Vor der Tür stand ein Polizist, der die Namen jener Kinder aufschrieb, die nach Hause durften.

Ich erkannte ihn auf den ersten Blick wieder. Es war derselbe, der mich dazumal nach der Explosion im Spital besuchen kam. Ich wollte auf keinen Fall an ihm vorbei. Also schlich ich mich durch den Hinterausgang ins Freie und machte mich direkt auf den Heimweg.

*

Damian klang am Telefon ganz gelassen und genau das war es, was mich unruhig machte.

Ich begab mich auf direktestem Weg zu seiner Wohnung. Er machte mir sofort auf. Er hatte ein Bier in seiner Hand und eine Zigarette im Mund. Dieselbe Marke wie Jason an dem besagten Abend auch im Zimmer hatte.

«Was ist passiert?»

«Ein Unfall in der Schule. Irgendwie sind jetzt alle durchgeknallt, da hatte ich mir gedacht, ich gehe heim und ja, da bin ich nun.»

«Was für einen Unfall? Ich meine, dass etwas passiert ist, hast du mir vorhin auch am Telefon gesagt, aber nicht was.»

Er schaute einen Augenblick zu Boden, nahm einen tiefen Zug von seiner Zigarette und einen Schluck Bier, bis er mir endlich erzählte, was er wusste. Er sei selber nicht in der Turnhalle gewesen, darum könne er auch nicht genau sagen, was eigentlich passiert sei.

Ich hörte ihm zu und fragte ihn darauf nach seinem Wohlbefinden. Aber er meinte nur, dass ihm nichts fehle.

Er wurde schon fast etwas wütend.

«Ja! Herrgott noch mal. Jeder Arsch fragt mich dasselbe. Mir ist ja nichts geschehen. Das Einzige, was mich ankackt, ist, die Schule fällt aus. Aber der Rest schert mich ehrlich gesagt einen Dreck.»

Ich setzte mich auf die Polstergruppe und war erschüttert, über Damians Ignoranz.

«Ich bin schockiert ob dir. Zwei Schüler, die noch nicht einmal die Chance hatten, sich wirklich im Leben zu beweisen, sind auf eine ganz schlimme Art ums Leben gekommen und das finde ich wirklich tragisch. Du musst noch enorm an dir arbeiten, Damian. Sonst kommst du nicht weit im Leben.»

«Das ist mir so etwas von egal! Diese Gesellschaft zeigt sich dauernd ab irgendeinem Scheiss extrem schockiert. Aber, dass sie vielleicht selber etwas

dafürkann, das geht nicht in ihren bekloppten
Schädel rein und mir macht man den Vorwurf,
weil mir eine solche Lappalie schräg am Arsch
vorbeigeht!»

Ich stand auf und ging zur Tür.

«Du wirst schon noch sehen, wie weit du kommst,
Warts ab! Warts nur ab.»

Ich knallte die Tür hinter mir zu und hastete die
Treppe runter. Ich wollte nur fort, weg aus dieser
Wohnung.

Ich legte meinen Kopf auf das Lenkrad meines
Wagens und atmete tief durch. Mir war speiübel
geworden in Damians Gegenwart. Das war zu viel
für mich. Ich konnte nicht begreifen, wie jemand
in so jungen Jahren schon so verbittert und grau-
sam sein konnte. Auch habe ich zugelassen, dass
mein eigener Sohn mit so einer Kreatur verkehrt.
Ich startete den Wagen und raste mit quiet-
schenden Reifen in Richtung Stadtzentrum zu
Jasons Schule. Er war auf dem eingezäunten
Vorplatz der Schule und unterhielt sich mit einer
Gruppe von Jungs. Ich wartete etwas abseits, um
ihn nicht vor seinen Freunden zu blamieren.

Als es sich von der Gruppe abwandte und in
Richtung Ausgang schlenderte, bemerkte er mich
und kam auf mich zu.

«Was machst du denn hier?»

«Ich will nicht, dass du dich mit Damian triffst...»

«Was!»

«Ich will, dass du dich nicht mehr mit ihm
triffst...»

Ich schaute ihm in die Augen. Jason soll nur
merken wie ernst es mir war.

«So Alter. Jetzt hältst du mal die Luft an! Das geht
dich einen pappigen Kuchen an! Ich treffe mich,
mit wem ich will. Weshalb sollte deine Erlaubnis
entscheidend sein, mit wem ich mich treffe!
Zudem bringst du ihn zu uns, sprichst von Nicht-
alleine-Lassen und Sozialisieren und wenn dann
was aus dem Ruder läuft, klemmst du alles wieder
ab.»

«Was erlaubst du dir eigentlich! Was denkst du,
wer du bist!»

«Gibt es wenigstens einen Grund, weshalb ich ihn
nicht mehr treffen soll?»

«Er ist nicht gut für dich. Glaub mir. Er ist nicht
dazu in der Lage, Mitgefühl zu zeigen. Er ist eine
kaltblütige Kreatur.»

Jason runzelte die Stirn.

«Heute gab es in seiner Schule einen Unfall. Die
genauen Details spielen jetzt hier keine Rolle.
Aber er zeigt als einziger weder Betroffenheit noch
Mitgefühl. Er ist einfach nach Hause gegangen als
wäre nie etwas passiert.»

Jason schaute mich nur an. Ich konnte in seinem
Blick sehen das ich mit meiner Rede nicht zu ihm
durchdringe.

«Bist du jetzt komplett durch!»

Er wollte weggehen. Ich hielt ihn am Arm fest.
«Jason! Er ist kein Umgang für dich. Ich hätte
euch nie zusammenbringen sollen.»
«Alter…»
Weiter kam Jason nicht mehr. Ich machte etwas,
was ich niemals geträumt hätte. Selbst in meinen
schlimmsten Albträumen nicht. Ich gab Jason eine
schallende Ohrfeige.
Er wandte den Kopf ab, liess seine Schulsachen zu
Boden fallen und schaute wieder zu mir, tief in
meine Augen.
«Ich liebe Damian und du wirst mir diese Liebe
nie nehmen können, egal, was passieren wird. Ich
werde ihn für immer lieben.»
Er packte mich am Kragen und zog mich nahe an
sich.
«Hast du das kapiert? Nie wirst du einen Keil
zwischen ihn und mich treiben.»
Danach liess er mich los, nahm seine Schulsachen
zusammen und lief davon, ohne sich nach mir um-
-zudrehen.

*

Damian war in seiner Wohnung. Er goss seine
Zimmerpflanzen, die mehr schlecht als recht zu
Wasser kamen.
Jason platzte in seine Wohnung und warf sich auf
die Polstergruppe, ohne ein Wort zu sagen.

Damian war überrascht, ihn jetzt schon bei sich in der Wohnung zu haben und er wusste auch gleich, dass irgendetwas in der Schule vorgefallen sein musste.

«Wieso bist du denn schon hier so früh? Ist die Schule für heute vorzeitig zu Ende?»

«Hast du mir eine Zigarette? Ich hatte Stress mit meinem Alten. Vermutlich wird er bald hier aufkreuzen.»

Damian gab ihm eine Zigarette. Jason nahm einen tiefen Zug und stellte sich ans Fenster.

«Lass uns abhauen.»

«Was?!»

«Ja, lass uns abhauen, jetzt gleich. Ich habe meine Kreditkarte dabei. Wir können jetzt gleich auf den Zug und irgendwo hin verreisen, ohne dass uns jemand folgt.»

«Jason, du willst doch nicht ...»

Doch weiter kam Damian nicht mehr. Jason stürmte zum Kleiderschrank, nahm den Rucksack und stopfte wahllos Kleider in ihn. Daraufhin drückte er Damian sein Portemonnaie in die Hand und warf ihm eine Jacke zu. Den gepackten Rucksack in der Hand verliess er die Wohnung. Damian blieb kaum noch Zeit, das Licht zu löschen und die Wohnung zu verlassen als Jason schon unten auf der Strasse stand und in Richtung U-Bahn-Station marschierte.

Damian hastete ihm hinterher.

«Wo willst du eigentlich hin?!»

«Ist mir egal. Einfach nur weg, das ist mir das Wichtigste.»

«Aber wieso denn? Was hast du mit deinem Alten für ein Problem?»

«Ich habe mit ihm keins. Aber er mit uns ...»

«Was!?»

Damian packte Jason von hinten und drehte ihn um.

«Du hast Bruno von uns erzählt!?»

Jason nickte und lief weiter. Damian stürmte neben ihm her.

«Und wie kommst du dazu, ihm von uns zu erzählen?»

«Weil du nach einem Unfall an eurer Schule heute weder in Tränen aufgelöst warst noch sonst wie Betroffenheit gezeigt hast, sondern dich über den Unterbruch des Schulbetriebes genervt hast, erschien mein Alter bei uns auf dem Schulhof. Ohne Umschweife wollte er mir den Kontakt zu dir verbieten, worauf ich ihm antwortete, das ginge ihn einen feuchten Dreck an. Dafür kassierte ich eine Ohrfeige, die dazu führte, dass ich ihn am Kragen packte mit der Warnung, uns zu trennen sei eine schlechte Idee. Damian, ich habe dich viel zu fest lieb, um dich einfach so verbieten zu lassen!»

«Grosser Gott, ich bin erledigt. Das ist das Ende.»

Damian eilte an den Billettautomaten.

«Wohin?»

«Was?!»

«Wohin? Flughafen oder Bahnhof?»

«Bahnhof.»

Jason stopfte seine Kreditkarte in den Schlitz und der Automat spukte zwei Tickets raus. Die beiden gingen schweigend nebeneinander her zum Abfahrtsgleis. Damian zündete sich eine Zigarette an.

«Am Bahnhof werde ich in ein Internetcafé gehen und versuchen, ein Hotel zu buchen. Du gehst in der Zwischenzeit möglichst viel Geld von der Kreditkarte abheben. So wie ich Bruno kenne, wird er die Karte sperren lassen, sobald er herausfindet, dass wir weg sind.»

«Wohin gehen wir? Ich weiss es nicht.»

«Venedig.»

«Wieso Venedig?»

«Erstens haben wir von hier aus direkte Züge und zweitens gibt es dort immer genügend Hotelzimmer.»

«In dem Fall Venedig.»

Damian drückte die Zigarette aus, als die U-Bahn einfuhr. Die beiden gingen in den hintersten Wagen. Jason legte den Kopf an Damians Schultern und küsste ihn aufs Ohr.

«Tut mir leid. Das wollte ich nicht, aber du musst mir glauben, mein Vater hat mich heute in der Schule derart genervt, bis ich einfach nicht mehr anders konnte, als es ihm zu sagen.»

Damian richtete sich auf.

«Dein Alter will uns auseinanderbringen, weil ich nicht in seine heile Welt passe. Aber als es darum ging, meinen Fall zu übernehmen, da hat er zugestimmt, weil es schätzungsweise für mich am meisten Geld gab. Aber was kümmert es mich. Ich bin mir solche Sachen schon fast gewöhnt.»

Und dass das gelogen war, das wusste Damian am besten. Er wurde wütend, liess sich nach aussen aber nichts anmerken und tat so als würde ihm das wirklich nichts ausmachen.

Die Fahrt an den Bahnhof würde mit dieser Linie einige Minuten dauern. Er wollte Bruno einen Denkzettel verpassen. Nicht umbringen, aber zumindest ihm einen gehörigen Schrecken einjagen. Er spürte schon seit Jasons Eintreffen in seiner Wohnung die Anwesenheit Brunos, als würde er direkt neben ihm stehen. Also fokussierte er seine ganze Kraft auf Bruno. Damian sah vor seinem geistigen Auge, wie Bruno eben in seiner Wohnung eintraf und dort nach ihm rief. Wie er sich auf die Polstergruppe setzte, sein Mobiltelefon hervorholte und die Nummer von ihm wählte. Damian konzentrierte sich aufs Bild, das an der Wand hing. Es zeigte ihn mit seiner Mutter.

Er liess das Bild herunterfallen und eine Bierdose in der Küche explodieren. Bruno schoss erschreckt auf und drehte sich um. Natürlich konnte er niemanden sehen. Damian liess das Natel von

Bruno schweben und schleuderte es gegen die Zimmerwand, wo es in tausend Stücke zerbrach. Bruno stand wie angewurzelt da und konnte nicht begreifen, was da vorging.

«Klug war das nicht besonders, deine Aktion an Bruno. Bist du dir dessen bewusst?»

Damian schaute aus dem Fenster an die Tunnelwand. Er schloss die Augen und als er sie wieder öffnete, war statt seines Spiegelbilds das der Frau im Fenster zu sehen.

«Ich weiss, aber glaube mir, es war bitter nötig und, ob es dir nun passt oder nicht, ich werde meine Kräfte einsetzen, wann, wo und wie ich will. Die einzige Bedingung, die du mir gestellt hast, ist in deinem Auftrag irgendwelche Leute aus dem Weg zu schaffen, welche dir auf irgendeine Weise im Weg sind, und das habe ich bis jetzt ganz brav getan.»

Sie schüttelte den Kopf.

«Du hast wirklich nichts begriffen. Weisst du noch, was ich dir im Olivenhain gesagt habe?»

Damian zuckte mit den Schultern.

«Ich habe dir gesagt, dass du nur ein kleiner Stein in einem riesigen Mosaik bist. Deine Aufgabe ist es, die fehlerhaften Steinchen zu entfernen. Wenn du aber Leuten einfach wahllos deine Kraft präsentierst, landest du früher oder später auf irgendeinem Seziertisch und dann kann selbst ich dir nicht mehr helfen.»

«Ich habe Bruno nur eine Lektion erteilt. Ich musste Dampf ablassen, mehr nicht. Ich werde meine Kräfte sicher nicht gebrauchen, um Personen von mir aus zu ermorden.»

«Das will ich dir auch geraten haben und jetzt hör zu. Wie es der Zufall so will, habe ich in Venedig auch einen Auftrag, und zwar musst du dort eine Person aus dem Weg schaffen, die auf Olivers Seite ist. Dies bedeutet aber, Oliver wird dich erkennen und du bist enttarnt. Soviel zur Klarheit.»

«Keine Sorge. Ich nehme an, er weiss es schon länger. Er hat sich ja gar fürsorglich um mich bemüht in letzter Zeit.»

Damian sah zum ersten Mal ein erstauntes Gesicht der Frau.

«Hast du das nicht gewusst?»

«Nein, das ist mir neu. Du hättest mich eigentlich sofort informieren sollen.»

«Ich ging davon aus, das sei dir nicht entgangen.»

Die Frau lachte.

«Du hast wirklich das Gefühl, ich hätte nichts Besseres zu tun, als den ganzen Tag hinter dir her zu sein.»

«Also, den Eindruck hast du mir jedenfalls vermittelt...»

«Dir wende ich mich nur für Aufträge zu oder wenn meine Pläne von dir durchkreuzt werden sollten.»

«Und wie wäre es, wenn du mich in Zukunft einfach darüber informierst, was für Pläne du hast? Dann wäre die Chance auch kleiner, dass sie von mir durchkreuzt werden.»

«Ich werde darüber nachdenken. Aber heute und Morgen sicher noch nicht.»

Sie verschwand vom Fenster und Damian konnte wieder sein Spiegelbild sehen.

*

Oliver setzte sich in ein Café in der Nähe der Einkaufs-meile der Innenstadt, wo er einen Bistrotisch wählte mit einer guten Übersicht. Oliver wartete geduldig, eilig hatte er es nicht. Er bestellte eine Cola. Viel Betrieb war an diesen Nachmittag nicht. Er bekam sein Getränk schnell. Oliver betrachtete gedankenverloren den Kohlensäurebläschen zu, wie sie die Flüssigkeit emporstiegen.

Damian treibt immer noch sein Unwesen. Aber er hatte jetzt eine Möglichkeit gefunden, ihn auszuschalten, ohne dass Unschuldige darunter leiden mussten. Klar, moralisch einwandfrei war es nicht, was er vorhatte. Aber aussergewöhnliche Zeiten erfordern aussergewöhnliche Massnahmen.

«Ist hier noch frei?»

Ein Mann trat an den Tisch. Oliver schaute vom Glas auf, lächelte und wies auf den freien Platz.

«Selbstverständlich.»

«Sind Sie Oliver?», wollte der Mann wissen, nachdem er sich gesetzt hatte.

«Ja.»

Oliver streckte ihm die Hand entgegen.

Sein Gegenüber setzte sich auf den ihm zugewiesenen Platz.

«Und was verschafft mir das Vergnügen? Ich werde zu einem Kaffee eingeladen von einem Schüler, den ich nicht kenne?»

Oliver richtete sich auf.

«Ich habe etwas, das Sie interessiert. Eine Person, die Sie schon lange suchen. Verreist diese Nacht in Richtung Venedig. Und dort haben Sie die Gelegenheit, sich für all das zu rächen, was sie ihnen angetan hat.»

«Entschuldigung, ich verstehe nicht ganz?!»

«Damian. Der Junge, der ihre Familie zerstört hat und ihnen selber den Ruf ruiniert hat.»

Das Gegenüber von Oliver wurde sichtlich nervös.

«Und wie soll ich nach Venedig? Ich habe kaum das nötige Geld dazu.»

«Hier das Flugticket. Hin und zurück. In Venedig wird Damian das Hafenquartier aufsuchen, dort ist ihre Chance. Mehr müssen Sie nicht wissen. Den Rest überlasse ich ihnen.»

Oliver stand auf und verabschiedete sich vom alten Pflegevater von Damian und verliess das Café auf dem schnellsten Weg. Er brauchte sich nicht umzudrehen. Er hatte den Köder geschluckt und wird sich ohne Zweifel auf den Weg machen.

*

Mein Handy vibrierte in meiner Tasche. Es war eine SMS von Damian: «Wir sind auf dem Weg nach Venedig, für eine Auszeit.»
Ich war beruhigt, etwas von ihnen zu hören und lehnte mich zurück. Das Handy vibriere ein zweites Mal.
«Ich werde auf deinen Sohn aufpassen. Mach dir keine Sorgen.»
Ich legte das Mobiltelefon vor Lydia auf den Tisch. Damit sie die beiden Nachrichten auch lesen konnte.
Ich vergrub mein Gesicht in meinen Händen.
Keine Sorgen. Der war gut. Natürlich machte ich mir Sorgen, aber nicht nur wegen Jason. Nein, auch wegen dir Damian, du verdammter Esel. Hast wohl immer noch nicht begriffen, dass ich dich inzwischen genauso ins Herz geschlossen habe wie Jason.
«Was zerbrichst du dir noch den Kopf darüber? Sie sind ja wohlauf und es geht ihnen gut, das ist die Hauptsache.», sagte Lydia.
«Aber sie sind wieder zu zweit unterwegs, obwohl ich es Jason verboten habe.»
«Er hat denselben sturen Kopf wie sein Vater.»

«Ach, wenn du wüsstest ...»

Ich brach mitten im Satz ab.

«Wenn ich was wüsste?», wollte meine Frau wissen.

«Nichts. Männerprobleme. Ich will nicht hinter Jasons Rücken über seine Probleme sprechen.»

«Haha. Verschwört ihr beiden Männer euch wieder gegen mich?»

Sie lachte, hing mir von hinten über meine Schulter und las den Monatsbericht, der vor mir auf dem Schreibtisch lag.

«Ist es der von Damian?»

Ich nickte.

«Und?»

«Was und?»

«Wie hat er sich geschlagen in diesem Monat.»

«Nicht schlecht. Er ist zwar immer noch der grosse Aussenseiter in der Klasse. Aber Herr Steinmaurer und der Direktor sind mit seinem Betragen ziemlich zufrieden.»

«Vielleicht ist das normal in seinem Alter. Und vergiss nicht, er ist fast zwei Jahre älter als seine Schulfreunde. Sie verstehen ihn nicht und er sie noch weniger. Ich würde mich dann auch eher zurückziehen.»

«Ich weiss nicht. Ich habe eher das Gefühl, er hat immer noch Mühe, in anderen Personen und in sich selbst Vertrauen zu finden.»

«Ich glaube nicht, dass er sich selber nicht vertraut. Er macht auf mich immer einen sehr beherrschten Eindruck. Er hat sich und sein Umfeld jederzeit unter Kontrolle. Genau das macht mir und den anderen Kopfzerbrechen. Er ist so sicherheitsbesessen, dass er niemanden aus seiner Klasse an sich ranlässt. Er ist nie mit den anderen zusammen und in der Pause sitzt er die meiste Zeit abseits und liest lieber in einem Buch.»

«Das ist doch egal, dann macht er wenigstens keinen anderen Scheiss.»

«Das schon, aber für seine Sozialkompetenzen ist dieses Verhalten überhaupt nicht gut.»

«Hast du schon mal mit ihm darüber gesprochen?»

«Nicht direkt bis jetzt.»

«Also, dann sprich doch mal mit ihm. Ihr solltet sowieso mal miteinander diskutieren. Ich meine, er kommt zwar erst in einem Jahr aus der Schule, aber ich denke, wenn er wirklich eine Lehre finden will, dann muss er sich bereits jetzt darauf vorbereiten.»

«Das kommt dann schon noch. Ich muss schauen, wie ich ihn durch diese Krise bringe. Morgen habe ich mit dem Direktor eine Besprechung. Du hast sicher schon vom Unglück in seiner Schule gehört. Die Polizei hat die Schule für eine Woche gesperrt. Der Unterricht fällt bis auf Weiteres aus.»

«Der Junge ist in gewisser Hinsicht vom Pech verfolgt. Zuerst ist er scheinbar in diese Explosion von letztem Sommer verwickelt, vor Weihnachten meldete sich sein ehemaliger Pflegevater mit einer Klage und nun das hier! Er hat es wirklich nicht einfach.»

«Was ist mit der Klage? Da hört man auch nichts mehr.»

«Auf die wurde zum Glück nicht eingegangen.»

*

Der Zug brauste durch die Nacht. Es war kein Mensch zu sehen. Nur das rauschende Fahr-geräusch war zu hören.

Damian kam sich vor wie in einem Geisterzug. Er ging in Richtung Speisewagen und hoffte, dass der auch in der Nacht geöffnet hatte.

Der Kellner sass an einem Tisch und las in einem Buch. Er schaute auf, als Damian eintrat, legte das Buch zur Seite und schlurfte in Richtung Tresen, wo er sich ein müdes Lächeln abrang.

«Einen Espresso bitte.»

Der Mann drehte sich zur Kaffeemaschine, bereitete die Bestellung und wandte sich wieder Damian zu.

«Schlafstörungen?»

«Ich konnte noch nie gut schlafen, erst recht nicht in einem fahrenden Zug.»

«Wohin fährst du?»

«Venedig.»

«Venedig, zu dieser Jahreszeit?! Da fährt doch niemand hin.»

«Tja, eben gerade aus diesem Grund will ich dorthin. Ich hasse Touristenansammlungen.»

Der Mann nickte und gab ihm den Espresso.

«Darf man hier rauchen?»

«Im Gästebereich sicher nicht, aber komm nach hinten.»

Der Kellner räumte eine paar Kisten weg, so dass Damian hinter den Tresen gehen konnte. Sie gingen zusammen durch das enge Bordoffice in den hinteren Teil des Speisewagens, wo der Lagerraum war für die Getränke und die fertig abgepackten Gerichte, die man nur noch aufwärmen musste. Der Kellner öffnete in der Seitenwand ein wenig die Schiebetür, welche für das be- und entladen der Speisen und Getränke diente. Das Geräusch des Zuges wurde lauter. Er reichte Damian eine Zigarette. Die kühle Nachtluft wehte herein.

«Hast du eigentlich keine Schule? Es sind doch noch gar keine Ferien!»

Damian drehte sich zum Kellner um.

«Es gab eine kleine Lappalie an unserer Schule, deswegen fällt der Unterricht aus.»

«So... was denn für eine Lappalie?»

Damian zuckte wieder mit der Schulter.

«Einen Unfall im Turnunterricht.»

«Aha, eine Lappalie also, ich habe etwas gehört vor der Abfahrt des Zuges gestern. Muss ja schrecklich gewesen sein!»

«Keine Ahnung, den Vorfall habe ich nicht gesehen.»

Damian schnippte die abgebrannte Zigarette aus der Tür und zündete sich gleich noch eine weitere an.

«Glaubst du nicht an einen Unfall?»

«Ich weiss nicht so recht.» Damian fühlte sich unwohl, weil der Kellner auf diese Idee kam, es sei kein Unfall.

«Ich habe nur gehört», fuhr Damian fort, «die Hanteln seien aus mindestens acht Meter Höhe auf die Kinder herabgefallen. Wenn ich es nicht schaffe, eine Hantel nur auf drei Meter hoch-zuwerfen, wie sollten es dann Knirpse auf acht Meter bringen?»

«Hinzu kommt der gleichzeitige Tod der beiden. Aber was denkst du denn, wie so etwas passieren konnte?»

«Ich weiss es nicht, für mich ist es unerklärlich.»

«Woher kommt es, dass du so viel über diesen Unfall weisst?»

«Ich habe an derselben Schule Unterricht gehabt und habe das eine oder andere aus Diskussionen herausgehört.»

Der Kellner starrte ihn ungläubig an.

Damian spickte seine Zigarette aus der offenen Schiebetür und zündete sich nochmals eine an. Der Kellner setzte sich hin und strich sich durchs Haar. Er war offensichtlich verlegen und wusste nicht, was er sagen sollte.

«Noch mal einen Espresso?»

«Wieso nicht und du, wie lange machst du das schon?»

«Was?»

«Na, das Servieren im Speisewagen. Ist doch sicher ein interessanter Job, so auf Achse.»

«Ich kann mich nicht beklagen. Der Lohn lässt einfach zu wünschen übrig.»

Der Kellner schloss die Schiebetür, ging zur Kaffee-maschine und liess ihm einen weiteren Espresso raus. Damian setzte sich an einen Tisch und schaute aus dem schwarzen Fenster.

«Wo sind wir jetzt?»

«Im Grossraum Milano.»

Der Mann setzte sich zu Damian an den Tisch und schaute ebenfalls ins Dunkle hinaus.

«Also du könntest ruhig auch schlafen gehen, es geht sicher noch vier Stunden, bis wir da sind.»

«Ich kann nicht schlafen», wiederholte Damian, leerte den Espresso runter und zog seine Brieftasche hervor.

«Was schulde ich ihnen?»

Der Kellner winkte ab.

«Schon gut, das geht auf Kosten des Hauses. Geh jetzt besser schlafen, dein Freund vermisst dich sicher.»

Damian schaute auf.

«Woher wissen Sie, dass ich nicht mit einer Frau unterwegs bin oder gar alleine?»

Der Kellner deutete auf Damians Schuhe.

«Du hast zwei verschiedene Herrenturnschuhe an.»

Damian fiel es erst jetzt auf, als er seine Füsse betrachtete. Er hatte den rechten Schuh von Jason an.

«So was Dummes, es ist wohl besser, wenn ich wieder schlafen gehe. Gute Nacht.»

*

Ich versuchte umsonst, Jason zu wecken. Der schlief wie ein Murmeltier, komplett eingewickelt in seine Laken. Das Einzige, was ich von meinem Schatz zu sehen bekam, war sein Brustkasten, der sich in ruhigen Abständen hob und senkte.

Mich überkam auf einmal ein ungeheures Verlangen nach seinem Körper. Ich legte meine kühle Hand auf seine warme Brust, worauf er leicht zusammenzuckte. Ein Seufzer gab mir trotz seines Tiefschlafs ein enormes Gefühl von Geborgenheit und Halt. Ich konnte kurz vergessen, was alles gewesen war und es war mir ebenso gleichgültig, was noch sein würde. Das einzig

Wichtige für mich waren die kommenden Tage in Venedig, wo wir ungestört zusammen sein konnten. Ich fühlte mich so glücklich, wie noch nie in meinem Leben und hoffte, auch mal zur Ruhe zu kommen.

«Das Glück wird nicht lange von Dauer sein», meldete sich meine innere Stimme mit einer Heftigkeit zu Wort und vermieste mir, wie immer, einen intensiven Moment.

«Halt du dich da mal raus», versuchte ich mich selber zu beschwichtigen. Aber die Stimme dachte nicht daran, still zu bleiben, jetzt erst recht nicht mehr.

«Auf wen hast du dich denn bis jetzt mehr verlassen können, auf mich oder auf deine Gefühle?»

«Es kommt mir nicht darauf an, auf wen Verlass ist. Ich will nur endlich etwas zur Ruhe kommen und mich entspannen. Immerhin warst du es, der mich dazu anstiftete, in diesem Projekt mitzumachen.»

«Ach was, jetzt soll ich wieder an allem schuld sein?! Und was ist mir der Frau? Glaubst du wirklich, die lässt dich einfach nach Venedig, ohne auch da ihren Nutzen herauszuziehen?»

«Nur zu deiner Information. Sie hat mir schon lange gesagt, ich werde einen Auftrag in Venedig haben.»

«So... und wenn du versagst?»

«Sei endlich still! Die Frau hat mir eine Macht gegeben, die es mir ermöglicht, endlich an all denen Rache zu nehmen, die mein Leben versaut haben.»

Ich kam ins Atmen, riss meine Hand von Jasons Brust, legte mich in meine Pritsche und starrte trotzig an die Decke. Das Schaukeln und monotone Rattern des Zuges machte mich schläfrig.

Am Morgen war Jason bereits auf und hatte die Vorhänge zurückgeschlagen. Das Fenster hatte er heruntergelassen und die Sonne schien in unser Bahnabteil.

Der kühle Fahrtwind strich über mein Laken und liess mich erschaudern. Ich rollte mich zusammen und vergrub mein Gesicht murrend im Kissen.

«Aufstehen! Wir sind bald da.»

Jason kam zu meinem Bett und rüttelte mich.

Ich riss ihn zu mir ins Bett und umschlang seinen Körper mit meinen Beinen. So, dass er sich nicht mehr bewegen konnte.

Jason windete sich lachend frei und riss das Laken von mir runter.

«Steh jetzt auf! Riechst du denn nicht die Meeresluft?»

«Mir ist die Luft scheissegal. Lass mich doch noch ein bisschen schlafen, bis wir dort sind.»

Jason liess nicht locker. Er zerrte mein Kissen weg, so dass ich ohne jeglichen Schutz auf meiner Pritsche lag. Erst jetzt bemerkte ich meine

Morgenlatte und kam mir noch viel hilfloser vor.
Aus Scham, Jason könnte meine morgendliche
Unpässlichkeit bemerken, rollte ich mich noch
mehr zusammen und kuschte mich in die hinterste
Ecke meines Nachtlagers.

Jason sprang mit einem Satz auf das Bett, vergrub
sein Gesicht in meiner Bauchhöhle und versuchte,
wie ein junger Widder mich aus dem Bett zu
bugsieren. Ich war erstaunt, wie kräftig er war.
Selbst mit seinem Kopf vermochte er anscheinend
mühelos meinen Körper anzuheben und mich von
der Matratze zu schieben.

Ich krallte mir schnell das Laken, das er auf den
Boden geworfen hatte, und wickelte mich wie in
einer Tunika darin ein. Jason blieb auf dem Bett
liegen und blinzelte mich verschmitzt an. Er gab
mir zu verstehen, dass ich mich zu ihm gesellen
sollte.

Ich krabbelte zu ihm auf das Bett und legte meinen
Kopf auf seinen Oberarm.

Auf einmal fühlte ich, wie seine Hand im Schritt
meiner Jeans ruhte. Ich erstarrte augenblicklich
und getraute nicht mehr, zu atmen. Seine Hand lag
da, ruhig und entspannt, so selbstverständlich, als
würde sie dahin gehören. Es schien wie normal,
dass Jason seine Hand auf meiner Morgenlatte
deponierte.

Er drehte seinen Kopf zu meinem Ohr und
flüsterte: «Ich will mit dir schlafen.»

Ich war wie vor den Kopf gestossen und wusste nicht, was ich sagen sollte.

Auch ich hatte ein ungeheures Verlangen nach seinem Körper. Ich wollte Jason nicht eine solche Bürde aufbinden und seinen jugendlichen, unversehrten und noch so reinen Körper benutzen. Auf einmal kam ich mir sehr schmutzig vor und mir wurde übel. Ich hatte Angst, keine Luft mehr zu bekommen, so als ob Jasons Hand sämtliche Luft aus meinem Körper herauszog.

Da machte ich etwas, was mich sehr mitnahm. Ich wandte meine Kräfte gegen Jason und liess ihn erstarren.

Blitzschnell rutschte ich unter seiner Hand hervor und sprang auf den Boden. Ich drehte mich um und betrachtete den erstarrten Jason, mitten in seiner Bewegung innegehalten, wie geduldig darauf wartend, dass ich ihn aus seiner Erstarrung aufweckte.

Ich drehte mich ab und übergab den sauren Espresso der vergangenen Nacht aus dem Zugfenster. Der Gedanke an Sex wie unter Erwachsenen mit Jason machte mir Übelkeit wie auch die schreckliche Erstarrung meines Freundes.

«Was soll das denn nun?»

Die Frau stand Knall auf Fall hinter mir und deutete mit verdrehten Augen auf Jason, der noch immer in seiner Kuschelhaltung ohne Partner in einer furchtbaren Pose auf dem Bett lag.

«Du hast es wohl definitiv nicht mehr unter
Kontrolle! Wie oft habe ich dir schon gesagt, ohne
meine Erlaubnis sind deine Überkräfte tabu! Dir ist
offensichtlich nicht bewusst, was es für Jason bedeutet, wenn er einfach so erstarrt ist. Oder hast du
dir schon mal überlegt, was genau passiert, wenn
du eine Person einfach so erstarren lässt?»
«Nö.»
«Er wird aus Zeit und Raum getrennt, während die
Zeit sich weiterdreht. Wenn du ihn zu lange so
lässt, wird er möglicherweise nie mehr richtig ins
Raumzeitgefüge zurückfinden. Er wird für immer
irgendwo zwischen den Welten gefangen bleiben,
den du so liebst und beschützen willst, du Idiot!»
Ich hatte mir bis heute nie so genau Gedanken
gemacht, was mit den Personen passiert, die ich
umbringe oder einfach irgendwo erstarren liess.
Eigentlich war es mir egal, wie lange meine Opfer
in dieser Starre verharren mussten. Sie kamen sowieso nie mehr zurück nach der Begegnung mit
mir.
«Wo liegt nur das Problem in eurer Beziehung?
Ich dachte, du bist verliebt in diesen Jungen!?»
Ich begriff nicht auf Anhieb, worauf die Frau
hinauswollte.
«Schon aber …»
«Aber was? Wenn du ihn wirklich so liebst, dann
ran an den Speck. Der Junge kocht schon fast über
vor Verlangen nach dir und du schmeisst ihn ins

Gefrierfach! Greif zu, bevor es ein anderer macht, denn auf eines kannst du bauen; irgendwer wird Jason besteigen, ob du es jetzt bist oder jemand anderes später. Kommts drauf an?»

«Mir schon! Ich will Jason nicht mit irgendwelchen fleischlichen Gelüsten beschmutzen.»

«Soo, nicht!? Sag mal, sind wir jetzt unter die Vorzeigemönche gegangen? Denk ein bisschen weiter voraus in deiner Beziehung, dann musst du nicht Mikado spielen mit deinem Freund. Da er sich eh nicht bewegen kann, bist du der Verlierer; denn du bewegst dich als Erster.

Halte dich an unsere Abmachung, erledige deine Aufträge und alles andere interessiert mich nicht.»

«Nun beweg schleunigst deinen Arsch und entlasse ihn aus seiner Erstarrung, bevor ich es tue.»

«Also, ich empfehle mich bis auf Weiteres und schau, dass ihr in eurer Beziehung weiterkommt.» Die Frau war so schnell verschwunden, wie sie aufgetaucht war und ich stand wieder alleine bei Jason im Zugabteil.

Ich stand noch einige Sekunden unentschlossen vor ihm, bevor ich mich wieder auf meinen alten Platz begab und ihn aus der Starre erlöste.

*

Dank Damians Mitteilung über ihren Aufenthalt beruhigte ich mich und konnte endlich schlafen. Tags darauf hatte ich zum x-ten Mal eine Besprechung mit dem Schuldirektor, Herrn Steinmaurer, und dem Untersuchungsrichter. Es ging wie jedes Mal darum herauszufinden, ob Damian Fortschritte machte. Ausnahmsweise war auch sein Klassenlehrer anwesend. Von ihm hatte ich mir eigentlich mehr Konkretes erhofft, aber dieser Stümper brachte es fertig, noch mehr Fragen aufzuwerfen als wir ohnehin schon zu besprechen hatten.

«Genau betrachtet», begann der Schuldirektor, nüchtern und sehr sachlich, «scheint der Junge hier bei uns nicht zur Ruhe zu kommen. Ich schlage vor, Damian an eine andere Schule zu versetzen. Er scheint unter einem schlechten Stern zu stehen. Zuerst die Sache mit der Explosion, wo er mit hineingezogen wurde, und jetzt dieser Unfall. Ich kann mir wirklich nicht vorstellen, dass Damian unter diesen Umständen hier noch weitere Fortschritte machen wird. Zumal die Polizei ab nächster Woche Befragungen bei den Lehrern und bei den Schülern durchführt.»

«Ist Ihnen bewusst, dass Damian das wieder als Angriff auf seine Person deuten wird? Ich schlage eher vor, ihn mit einem Praktikum zu beschäftigen, das erscheint mir sinnvoller und sachgemäss. Jetzt sind sowieso bald Weihnachtsferien und diese sind gut drei Wochen lang. In dieser Zeit ist es kein Problem für ihn eine Praktikumsstelle zu finden.» Herr Steinmaurer faltete wie immer nach seinen Reden die Hände auf dem Tisch und schaute über seine Brille hinweg in die Runde.

Nun meldete sich auch Damians Lehrer wieder zu Wort: «Also ich bin wenig erfreut, Damian wieder von der Schule zu nehmen. Auch wenn er in diesem Tempo weiter-lernt, wird es für ihn sehr schwierig sein, all den verpassten Stoff nach-zuholen.»

Der Direktor nickte bedächtig und schaute mich kurz an.

«Kurt», damit wandte er sich an den Schul-psychologen, «was denkst du? Könnten wir es Damian zutrauen, ihn über diese ganze Zeit in der Schule zu lassen? Auch wenn wir in der nächsten Zeit einige sehr grosse Veränderungen aufgrund dieses Unfalles durchleben werden?»

Der Schulpsychologe schaute nachdenklich auf das leere Papier, das er vor sich hatte.

«Ich bin mir da eigentlich nicht so sicher, aber ich denke, wir können es mal versuchen. Wenn er sich in der letzten Zeit ein solides Sozialumfeld ge-schaffen hat, welches ihn mitträgt, wird es für ihn kein Problem sein. Falls er aber eher Einzelgänger ist, kann es problematisch werden. Dann besteht die Gefahr, dass er alles in sich reinfrisst. Durch den Stress, den er durchmachen wird, werden sicher alte Wunden aufgerissen.»

Jetzt schaute ich den Klassenlehrer an, der wie eine Banane in seinem Stuhl sass und mit stiller Anteilnahme das Gespräch verfolgte.

«Vielleicht kann ja der Lehrer von Damian uns darüber Auskunft geben», stichelte ich in diese Runde. Das Gehabe von diesen Fachidioten kostete mich sehr viel Selbstbeherrschung.

«Ich weiss nicht. Bis jetzt hatte ich nie den Eindruck, als würde er grossen Wert darauflegen, mit den anderen Schülern zusammenzuspannen. Er macht zwar in Gruppen-arbeiten mit und bringt sich auch im Unterricht ein, aber sein Kontakt zu den anderen ist immer von einer kühlen Distanziertheit begleitet.»

«Und was ist mit seinen Mitschülern?», wollte ich wissen.

«Die haben nach meinen Beobachtungen zufolge immer wieder versucht, mit Damian Kontakt aufzunehmen, aber er hat sie wiederholt zurückgewiesen und lieber in einer ruhigen Ecke gelesen.»

Herr Steinmaurer nickte bedächtig.

«Ich werde das mit ihm auf jeden Fall in der nächsten Stunde anschauen. Aber Wunder können Sie in dieser Hinsicht nicht erwarten. Damian lehnt den Kontakt zu anderen kategorisch ab, weil er leider die Erfahrung gemacht hat, wiederholt von

Leuten, die ihm sehr nahestanden, verletzt zu werden. Das hat ihn zu einer sehr vorsichtigen Natur gemacht.»

«Wie wäre es, den Jungen einfach in Ruhe zu lassen und nicht zu versuchen, ihm irgendwelche Kontakte aufzubinden, die er vielleicht gar nicht will?»

Ich wusste nicht, wie ich zu einer solchen Aussage kam, aber dieser Steinmaurer brachte mich an den Rand der Raserei.

Diese Psychologen haben immer die Ansicht, Kinder und Jugendliche müssten sich nach irgendeinem Schema verhalten.

Der Schuldirektor schaute mich etwas vorwurfsvoll an.

«Weisst du, Bruno, von meinem Gefühl her muss ich dir da schon recht geben. Ich bin sicher nicht von der Sorte, die behauptet, man müsse alle Schüler nach irgendwelchen freudigen Studien erziehen. Aber ich habe Damian schon einige Male auf dem Pausenhof gesehen und da war er mehr als nur alleine. Er distanziert sich von den anderen und ich habe ihn öfters dabei beobachtet, wie er den Pausenhof verlassen hat. Damit will ich aber nicht sagen, er sei in komische Sachen verstrickt.»

Für den Untersuchungsrichter war es aber das Stichwort.

«Ist Ihnen die Tragweite Ihrer Aussage bewusst?»

Der Schuldirektor zuckte mit den Schultern. «Nein und ich sehe eben auch nichts Schlimmes dabei.»
Der Untersuchungsrichter schüttelte bedächtig den Kopf.

«Wenn Damian auch nur einmal den kleinsten Misstritt macht, wird das von den Medien schamlos ausgenutzt. Ihr wisst alle, was die Öffentlichkeit von solchen Experimenten hält, denn für die ist Damian nichts Weiteres als ein jugendlicher Schwerverbrecher und aufgrund dessen, was ich bis jetzt alles so gehört habe, begrüsse ich es, wenn Damian in eine Schule kommt, wo er noch mehr unter sozialer Kontrolle steht. Aus diesem Grund sollten Sie, meine Herren, dieses Vorhaben in die Wege leiten, und zwar lieber noch heute als morgen.»

Jetzt konnte ich mich definitiv nicht mehr beherrschen und entschuldigte mich kurz.

«Ich gehe nur mal auf die Toilette.»

Als ich mich vom Sitzungszimmer entfernt hatte, suchte ich leise fluchend mein Telefon und wählte die Nummer meiner Frau.

«Ja?»

«Ich fasse es einfach nicht …!»

«Was denn?»

«Diese Idioten wollen Damian an eine andere Schule bringen, weil er sich ihrer Meinung nach zu wenig integriert hat.»

«Aber vielleicht haben sie ja auch recht. An welche Schule soll er denn ihrer Meinung nach?»

«Ich kenne sie nicht.»

«Und du darfst auch nicht vergessen, dass es an dieser Schule vor Kurzem einen tragischen Unfall gab.»

«Ja. Was hat das mit Damian zu tun? Er muss halt lernen mit unangenehmen Situationen umzugehen.»

«Ich habe nicht das Gefühl, dass eine solche Situation die beste dafür ist, Damian auf stressige Situationen vorzubereiten. Warte doch ab. Vielleicht ist es wirklich besser, wenn Damian in eine andere Schule kommt, in der es ruhiger zu- und hergeht.»

«Okay. Aber dann soll er erst auf den Sommer die Schule wechseln», hiermit hängte ich auf und ging zurück zu den anderen.

«Also meine Herren. Ich habe mir überlegt, wenn ihr oder besser gesagt wir ...», dabei schaute ich Herrn Steinmaurer besonders an. «... dann bin ich der Ansicht, wenn wir Damian schon an eine andere Schule schicken wollen, den Sommer abzuwarten.

Keinesfalls sollte der Therapeut den Eindruck haben, ich unterstützte die ganze Sache nicht.

«Bis dahin werden wir einfach nichts dergleichen tun, bis Damian auch hier ist. Wenn er mit der Untersuchung des Vorfalls Probleme hat, muss er eben lernen, mit unangenehmen Situationen umzugehen.

Einen Appell habe ich an Sie zu richten, Herr Steinmaurer: Auch wenn Sie der Therapeut von Damian sind, so bin ich der Ansicht, ihn nicht weiter zu forcieren. Seinen Weg soll er selber finden.»

Ich schaute triumphierend in die Runde und stellte mit grosser Genugtuung fest, der Untersuchungsrichter und der Direktor waren auf meiner Seite.

«Gut, ich korrigiere mich soweit, Damian erst im Sommer die Schule wechseln zu lassen.»

Der Untersuchungsrichter riss drei Seiten aus dem Block, legte sie in eine knapp faustdicke Akte und schloss sie.

«Meine Herren, ich sehe, Sie haben das im Griff.»

Noch nie verursachte mir eine Sitzung derartige Wallungen vor Wut, doch heute wurde es unerträglich, wie Damian einfach verhandelt wurde. Ohne ihn jemals gefragt zu haben, was er von all dem hält, wurde einfach über seinen Kopf hinweg bestimmt. Ich wollte schon gehen, als mich der Direktor zurückhielt.

«Bruno! Kann ich mit dir noch vertraulich in meinem Büro sprechen?»

«Klar, in fünf Minuten, ich muss aber zuerst an die frische Luft.»

Der Zug hielt kreischend im Bahnhof. Jason suchte noch seine Hose. Ich versuchte, ein wenig Ordnung in unser Abteil zu bringen, so dass das Putzpersonal nicht gleich vom Schlag getroffen wird, wenn diese es betreten.

«Weisst du, was ich als erstes im Hotel machen werde?», fragte mich Jason und ramschte dabei umständlich seine Hose unter der Liege hervor.

«Duschen?»

«Nein, machen wir fertig, was im Zug so schön begann.»

Ich schaute ihn etwas perplex an.

«Was ist? Willst du etwa nicht mehr?»

«Doch schon, aber du vergisst wohl immer noch, dass ich mich strafbar mache.»

«Komm, lass diesen Scheiss, ja? Uns sieht keiner und niemand braucht es zu erfahren.»

«Jason, es geht nicht darum, ob es einer erfährt oder nicht. Aber wenn der Staatsanwalt mir unbedingt etwas anhängen will, dann muss er nur dich befragen und kann mir mit der grössten Genugtuung einen Kindesmissbrauch anhängen. Ich bin immer noch mehr als auf Bewährung. Es reicht vielleicht schon, dass sie mich wieder einlochen, wenn sie herausfinden, dass ich ohne Erlaubnis mit dir ins Ausland gefahren bin.»

Jason verdrehte die Augen und riss meinen Rucksack von der Gepäckablage.

«Dass sie dir nicht gleich eine Fussfessel angelegt
haben, ist ja alles.»

«Das war eigentlich zuerst die Bedingung»,
bemerkte ich trocken, schulterte den Rucksack und
verliess den Wagen.

Draussen schlug uns eine kühle Brise entgegen.
Ich zog genüsslich die kalte frische Luft ein, die
ein wenig salzig schmeckte.

«So und jetzt? In welches Hotel wollen wir?
Fünfsterne oder zwei?»

«Kennst du eigentlich auch ein Zwischending?»,
fragte ich belustigt und gab ihm, zum Befremden
der umstehenden Leute, einen Kuss.

«Ich würde vorschlagen, wir gehen in das Hotel,
das dem Vater eines Schulkollegen gehört. Dort
war ich schon einige Male und er wird uns sicher
einen guten Preis machen.»

Jason führte mich durch den Bahnhof raus auf den
Platz, wo wir beim Tabakladen ein Billett für das
Vaporetto lösten und an der Anlegestelle warteten,
bis das richtige Schiff kam.

Hier war alles sehr weihnächtlich geschmückt,
aber irgendwie schien das ganze Ambiente
unwirklich, so, als würde man durch das Programm einer Bildmanipulation laufen, wo die
Deko als oberste Bildebene aufgesetzt wurde.

«Jetzt weiss ich auf jeden Fall, wie sich Leute fühlen, die über Weihnachten auf die Malediven reisen.»

Ich schüttelte verständnislos den Kopf. Naiverweise hatte ich gehofft, wenigstens hier vor Weihnachten fliehen zu können, aber anscheinend ist das nicht der Fall.

*

Wir standen vor einem Hotel, direkt am Canale Grande. Es war ein kleines Bijou, das direkt einem alten Kostümfilm entsprungen zu sein schien.

Der Portier erblickte Jason und kam uns freudenstrahlend entgegen.

«Mensch, da bist du ja wieder! Wie lange habe ich dich schon nicht mehr gesehen?! Da wird sich Antonio aber freuen, der sprach schon lange immer davon, du solltest endlich mal wieder zu Besuch kommen.»

Die beiden umarmten sich.

Dann schaute er mich an: «Oh, und wer bist du?»

«Darf ich vorstellen. Das ist Damian, mein Freund», verkündete Jason mit grösster Freude.

Ich dachte, ich hör nicht richtig. Jason schlägt das einfach so breit, dass wir beide ein Paar sind.

«Das ist aber schön, endlich hast du jemanden gefunden! Du musst mir unbedingt alles erzählen, aber kommt jetzt mal rein und wir schauen für euch beide für ein freies Zimmer. Ihr habt Glück, gestern ist gerade ein Seminar zu Ende gegangen und jetzt sind wir so gut wie leer.»

Der Portier nahm mir den Rucksack ab und führte uns zur Rezeption.

Das Innere des Hotels war in typisch venezianischem Baustil. Auch die Empfangsdame begrüsste Jason überschwänglich und ging gleich nach hinten den Chef holen. Antonio war ein hagerer junger Mann, vielleicht so Mitte vierzig, trug einen dunklen Anzug, gelbe Krawatte und in seinem schmalen Gesicht einen Dreitagebart.

«Herzlich willkommen! Na, wenn das nicht Jason ist!», auch er umarmte ihn überschwänglich und ich befürchtete schon fast, dass er ihn vor Freude erdrücken würde.

«Ihr seid selbstverständlich Gäste des Hauses. Solange ihr in Venedig seid, könnt ihr hier gratis wohnen und essen und zur Feier des Tages … seid ihr schon sechzehn?»

Jason deutete auf mich.

«Er schon, ich nicht.»

Antonio winkte uns in sein Büro mit seinem Panoramafenster direkt auf den Kanal hinaus. Er kramte eine Prosecco-Flasche aus einem Minikühlschrank, stellte drei Gläser auf den Tisch und schenkte ein.

«Solange es keiner sieht, ist in Venedig alles erlaubt», schmunzelte er und reichte die gefüllten

Gläser, mit denen wir anstiessen. Ich wusste nicht so recht, was ich mit dem Zeugs machen sollte, also nippte ich etwas zaghaft am Glas.

Der Etikette nach musste es ein eher teurerer Prosecco sein.

«Und, wie lange habt ihr denn vor, hier in Venedig zu bleiben?»

Jason schaute mich an.

«Die nächsten Tage, wir wissen es auch noch nicht so genau. Unser Lehrer ist krank und da hatte Jason die Idee, wieder mal nach Venedig zu kommen.»

«Und was ist denn mit Emilio, dem Sohn meines Chefs, wollte der nicht auch mitkommen?», fragte der Direktor.

Verdammt, da hatte Jason wunderbar gelogen.

«Oh, den habe ich ganz vergessen zu fragen.»

Jason machte ein peinlich berührtes Gesicht.

«Ich traute mich, ehrlich gesagt, auch nicht so recht, ihn zu fragen. Er ist sehr gewissenhaft, lernt immerzu.»

Jason konnte hervorragend lügen, musste ich feststellen.

Der Direktor zog erstaunt die Augenbrauen hoch.

«Dann ist ja bei euch oben so ziemlich was los?»

«Ja, sag nichts! Wir haben in einem halben Jahr die grossen Aufnahmeprüfungen für die Elite-schule und da will er auf jeden Fall mit von der Partie sein.»

«Hmm, mir hat Emilio mal gesagt, die Eliteschule interessiere ihn keinesfalls! Meinst du nicht viel eher, sein Alter treibt ihn dazu an?»

«Das kann durchaus auch sein, kann aber nicht nachprüfen, ob dem so ist.»

Der Direktor nickte zufrieden und schaute nachdenklich dem Prosecco in seinem Glas zu, wie die Kohlensäure sich langsam aus der Flüssigkeit verabschiedete.

Auf dem Weg in unser Hotelzimmer wollte ich von Jason wissen, was es mit diesem Emilio auf sich hat.

«Ach der! Ein verwöhntes Muttersöhnchen, das nur ans Lernen denkt. Wir sind in derselben Klasse.»

«Und in welchem Zusammenhang stehen du und deine Familie mit diesem Hotel?»

«Der Direktor ist irgendein ferner Verwandter meiner Mutter.»

Als Jason und ich endlich alleine auf unserem Zimmer waren, liess er sich erschöpft aufs Bett fallen, schloss die Augen und schlief gleich ein. Durch die Anreise fühlte ich ebenso Müdigkeit, doch zu dieser Morgenzeit einschlafen ging nicht, höchstens durchschlafen. Also setzte ich mich auf den nächstgelegenen Sessel und schaute zu, wie sich Jasons Brustkorb langsam hob und senkte. Ich war zu aufgekratzt, als dass ich mich in diesem Hotelzimmer hätte länger stillhalten können.

Obwohl ich den Schlaf genauso spürte, war es mir lieber, wenn ich mich noch etwas bewegen würde. So ging ich runter an die Bar und bestellte mir einen Kaffee, als der Concierge zu mir kam und mich fragte, ob ich Damian sei.

«Ja, wieso?»

«Jemand hat das da für Sie bei mir abgegeben.» Er reichte mir einem Umschlag. Um den Inhalt in aller Ruhe zu lesen, steckte ich das Couvert vorerst in meine Hosentasche. Ich nahm einen Schluck von dem herrlich duftenden Kaffee. Ich wusste nicht so recht, was ich hier in Italien mit Jason unternehmen sollte. Zumal ich es nicht einmal im Zug fertiggebracht hatte, mich mit ihm auf ein Schäferstündchen einzulassen.

Ich liebe ihn, daran bestand für mich kein Zweifel. Aber haben ich und er die gleiche Vorstellung von einer Beziehung? Kann ich ihm gerecht werden? Das Verlangen nach seinem Körper, seinem Duft, seiner Nähe machte mich wahnsinnig.

Ich verscheuchte solche Gedanken aus meinem Bewusstsein, schliesslich stand Wichtigeres an, als mich um solche Lappalien zu kümmern. Ich kramte den Umschlag wieder aus meiner Tasche, öffnete ihn und zog einen gefalteten Zettel heraus. Es standen nur zwei Sätze drauf:

Morgen ist die Zielperson am alten Handelshafen. Alles Weitere wirst du schon schaffen.

Das war alles. Kein «Liebe Grüsse» oder so was.
Nicht einmal eine Unterschrift, einfach nichts. Ich
fragte mich nur, wieso um alles in der Welt meine
Meisterin mir neuerdings einen Umschlag zukommen lässt und mir nicht alles direkt sagt. Ich
wollte den Umschlag und den Zettel schon wegwerfen, da rutsche ein Notizzettel heraus. Auf dem
war eine Adresse. Ich stopfte den Brief und den
Notizzettel zurück in die Hosentasche, trank
meinen Kaffee aus und ging zurück auf unser
Zimmer, wo Jason noch immer im Land der
Träume weilte. Am Fenster sitzend schaute ich
dem Treiben auf dem Canale Grande zu.

*

Meine Frau Lydia wartete sicher schon mit dem
Abendessen, also beeilte ich mich auf meinem
Nachhauseweg. Neuerdings empfand ich manch-
mal beim Gedanken an unser Familienleben einen
fahlen Beigeschmack. Das hatte ich Damian zu
verdanken, denn ich musste eingestehen, unser
Familienleben ist wirklich nur eine Farce.
Nicht nur für unseren Sohn, sondern auch für
Lydia, die seit dem Tod ihres Vaters an sehr
schweren Depressionen litt, welche sie hinter der
Fassade des perfekten Hausmütterchens verborgen
hielt.

Als ich meinen Mercedes in der Einfahrt unseres Hauses parkte, sah ich das festlich geschmückte Haus und sogleich verflogen diese trübseligen Gedanken. Die Festtagsstimmung kehrte zurück, die mich schon den ganzen Tag euphorisch stimmte und ich beeilte mich, das Auto zu verlassen.

Lydia war wie immer eine Fee in der Küche und zauberte ein wunderbares Abendessen auf den Tisch. Wie schon die ganze Zeit hatte sie auch für Jason gedeckt, obwohl sie wusste, dass er immer noch in Venedig ist.

Mit einem Blick auf das dritte Gedeck sagte ich zu meiner Frau: «Lydia. Ich möchte dich nicht nerven, aber du verschliesst dich einfach der Tatsache, dass wir Jason vermutlich verloren haben. Wenn der Schuldrektor von seinem Ausflug und den Umständen erfährt anstatt nur krank zu sein, wie ich es ihm gesagt habe, wird er fliegen und kommt auf eine öffentliche Schule. Du weisst, wie dort seine Zukunft aussehen wird.»

Lydia schaute mich an, als sei ich ein Gespenst.

«Was haben wir den falsch gemacht? Was habe ich als Mutter falsch gemacht?!»

Sie brach in Tränen aus, wenn sie etwas überforderte.

«Wir haben nichts Falsches gemacht. Es liegt wohl in den Dingen der Natur, dass wir Jason früher oder später ziehen lassen müssen. Für die Gesellschaftsschicht, in der er sich später hätte bewegen sollen, ist Jason nicht gemacht.»

Lydia warf ihre Serviette wütend zu Boden.

«Aber mit diesem Bastard von Damian hast du ihn ziehen lassen!»

«Was hätte ich denn tun sollen? Dich trifft die Schuld genauso wie mich. Oder hast du jemals bedacht, ihm mal zu erklären, welches Erbe er einmal antreten wird. Nicht nur unser Vermögen, sondern auch die Firma von meinem Alten, die er auf seine Enkelkinder überschrieben hat. Er bekommt als Universalerbe alles, bis auf den letzten Heller.»

«Oh ja, was für eine super Idee. Dein Vater hatte auch einen Grund gehabt, dir die Firma nicht zu geben.»

«Und warum muss immer ich Jason beichten, dass er einmal keine freie Sekunde mehr haben wird!»

«Vergleich Jason nicht mit mir und meinem Vater. Das ist absolut an den Haaren herbeigezogen.»

Mir tat dieser Krach auf einmal leid, ich stand auf und brachte Lydia eine neue Serviette.

«Wir müssen uns in Zukunft mehr zusammenreissen. Wenn wir Jason jemals wieder bei uns haben wollen, dürfen wir nicht zerstritten sein. Es ist wirklich Zeit, dass wir eine richtige Familie werden. Auch wenn ich weiss, wie schwierig es dir fallen wird, über deine Probleme zu reden, bitte nimm die einst begonnene Therapie wieder auf. Ich werde Damian abgeben und dem Untersuchungsrichter sagen, er soll das Projekt stoppen. Denn so eine Person wie Damian gehört einfach nicht in die Gesellschaft, das habe ich jetzt auch gelernt.»

Ich setzte mich wieder an meinen Platz und fing an zu essen. Lydia hatte sich auch wieder beruhigt, stellte sich an zu essen und den Streit von vorhin ruhen zu lassen.

Ich hatte zwar keinen Appetit mehr. Ich wurde jeden Tag mehr wie mein Vater. Alt, ignorant und verbittert und das Schlimmste: Ich war dazu bereit, meine Ideale zu verraten, nur um eine unangenehme Situation mit meinem Sohn zu vermeiden. Damian hatte wirklich nur Ärger gemacht in den letzten zehn Monaten. Obwohl ich immer noch der Ansicht war, dass er nichts weiteres als ein Opfer der Gesellschaft ist. Das Projekt ist nicht der richtige Weg für ihn, zurück in die Gesellschaft zu finden. Ich war mir nicht mehr im Klaren, ob es für ihn überhaupt je einen Weg gibt.

Anderntags ging ich auf dem Weg in mein Büro noch in die Kirche. Das war eine alte Angewohnheit von mir. Nicht, dass ich besonders gläubig bin, nein, ganz im Gegenteil. Ich konnte nie so recht etwas mit Gott anfangen.

Aber in der Kirche konnte ich mich gut sammeln und mich auf den bevorstehenden Alltag vorbereiten.

Ich hatte in der Kirche, die zu dieser Zeit meistens leer war, meinen Stammplatz, wo ich mich seit fast schon drei Jahren regelmässig hinsetze.

Mit geschlossenen Augen genoss ich die Einkehr, als ich Schritte hörte, die direkt auf mich zukamen. Zunächst dachte ich, es wäre der Pfarrer oder eine Putzfrau. Umso mehr war ich erstaunt, als ich eine Jungenstimme hörte: «Verzeihen Sie …» Ich öffnete die Augen und hatte einen Jugendlichen vor mir, der etwa in Damians Alter zu sein schien.

«Was kann ich für dich tun?», fragte ich.

«Sie sind doch der Betreuer von Damian?»

«Ja, das bin ich. Aber wer bist du?»

«Oh, ich habe mich ja noch gar nicht vorgestellt. Ich bin Oliver, ein Schulkollege von Damian.» Ich zog erstaunt die Augenbrauen hoch.

«Und was führt dich zu mir?».

Ich bot ihm an, neben mir Platz zu nehmen.

«Wird Damian wieder in die Schule zurückkommen oder ist das Projekt gescheitert?»

«Wieso willst du das wissen?»

Jetzt war ich erst recht erstaunt. Dieser Oliver hatte ich noch nie zuvor hier gesehen und soweit ich weiss, war ich noch nie bei Damian in der Klasse. Also sollte er mich kennen?

Oliver lächelte mich an.

«Nur so. Ich mache mir eben ein wenig Sorgen um ihn. Ich fände es schade, wenn er den Weg zurück in die Gesellschaft nicht fände.»

«Glaub mir Oliver, Damian steht sich in dieser Hinsicht am meisten im Weg. Er wird zu der Sorte Mensch gehören, die nie mehr Fuss fassen werden.»

«Was hat er denn gemacht? Soweit ich weiss, hat er noch nichts Schlimmes gemacht. Ich finde ganz im Gegenteil. Er hat sich immer Mühe gegeben und war sehr korrekt.»

«Es geht nicht darum, Oliver …Aber glaub mir, da gibt es noch ganz andere Sachen, die nebst der Schule passiert sind.»

Ich hätte besser nichts dergleichen gesagt, aber die Ausstrahlung von Oliver machte mich redselig.

«Also das heisst, er ist ihnen und ihrer Familie zu nahe gekommen?»

«So mein Kleiner, hier ist das Gespräch zu Ende. Ich muss jetzt wirklich gehen.»

Ich stand auf und machte mich auf den Weg nach draussen.

«Bruno!»

Ich drehte mich um und sah Oliver im Gang stehen.

«Glaubst du, wenn man ein Leben opfert, es dem anderen besser geht?»

Ich war erstaunt, so etwas zu hören. Aber gleichzeitig kroch mir auch ein kalter Schauer über den Rücken. Ich ging, ohne mich noch einmal umzudrehen. aus der Kirche, setzte mich ins Auto

und machte, dass ich davonkam. Aber der Satz,
ging mir nicht mehr aus dem Kopf.

*

Damian schlich aus dem Zimmer und verliess das
Hotel durch den Haupteingang.
Der Notizzettel kam ihm wieder in den Sinn. Er
kannte sich hier nicht aus. Wie sollte er diese
Adresse finden? Er sprach kein Italienisch und mit
seinem Englisch konnte er auch keine Preise
gewinnen.
Ein Gondoliere band an einem Steg eben seine
Gondola los und Damian winkte ihm mit dem
Notizzettel in der Hand zu. Der Schiffer be-
trachtete den Zettel, runzelte kurz die Stirn und
wies ihm dann in Italienisch mit weit ausholenden
Gesten den Weg. Als er Damians unverständige
Reaktion bemerkte, zeichnete er ihm eine gezackte
Linie mit einem Kreis am Ende auf die Rückseite
des Zettels und drückte ihm diese Anleitung in die
Hand. Damian begriff, dass dies wohl der Weg ist,
den er nehmen sollte, versuchte sich zu orientieren
und machte sich mit dem Zettel vor sich auf den
Weg. Er spazierte einige Zeit am Canale Grande
entlang und stach in eine Seitengasse ein, die ihn
in Richtung Hafen führte.
Dabei entfernte er sich immer mehr vom
touristischen Teil. Die Gegend wurde einsamer

und einsamer, bis er endlich im Hafenbezirk angelangt sein musste. Er spazierte den verlassenen Docks entlang, wo hie und da ein rostiges Schiff vor Anker lag. Jedoch von Menschen fehlte jede Spur.

Er konzentrierte sich und versuchte mit seinem geistigen Auge zu sehen. In einer Lagerhalle, die nicht weit weg von ihm stand, konnte er tatsächlich ein Lebenszeichen feststellen. Es war nur eine einzelne Person, aber diese Aura jagte ihm einen Schauer über den Rücken und er musste sich schon fast dazu zwingen, in Richtung dieser Person zu gehen.

Er blieb vor einer Türe stehen, die nur angelehnt war. Ihm kam diese Aura sehr bekannt vor, aber er konnte dazu kein Gesicht formen.

Auch wenn von dieser Aura keine besonderen Kräfte ausgingen, wusste er, wie gefährlich ihm diese Person werden könnte. Deshalb beschloss er, seine Energie aufs Äusserste zu mobilisieren.

Er erinnerte sich zwar an seine Herrin, die ihm gesagt hatte, er begegne einer Person in Venedig, die ihm weiterhelfen könne. Damian rechnete aber kaum damit, dass sich diese Person einfach so ohne weiteres mit einem billigen Notizzettel bemerkbar machen würde.

Er atmete dreimal tief ein und betrat die Lagerhalle. Drinnen war es muffig. Es stank nach vermodertem Holz, Meeresluft und Diesel.

Alte Bootsteile, Kisten und herumliegender Unrat aller Art versperrten ihm die Sicht. Damian konnte nicht weit sehen. Diese Person schien sich in der Mitte der Halle aufzuhalten.

Damian versuchte, sich einen Weg durch den Unrat zu bahnen. Als er sich zwischen einem Stapel Kisten und einem halben Boot durchzwängte, bemerkte er im Halbdunkeln eine Gestalt, die auf ihn zukam.

Ihre Schritte halten durch die ganze Halle. Damian kannte diesen leicht schlurfenden, aber bestimmten Schritt und da fiel es ihm wie Schuppen von den Augen.

»Bleib stehen! Oder ich werde dich …»

«Du willst was? »

Diese Stimme drang ihm wie ein scharfes Messer durch Mark und Bein.

«Na? Erkennst du mich nicht wieder?»

Damian zuckte zusammen.

«Ist eine ganze Weile her, als wir uns das letzte Mal gesehen haben, aber ich muss sagen, du siehst so beschissen aus wie eh und je.»

«Ich warne dich, komm keinen Schritt näher.»

Damian konnte noch immer nur eine schemenhafte Gestalt im Dunklen sehen, aber spüren konnte er sie. Seine Sinne fingen an, ihn immer mehr in die Irre zu führen vor lauter Aufregung.

«Na, immer noch deine Nachtblindheit?»

Wie um alles in der Welt konnte sein Pflegevater ihn hier aufspüren? Während Damian noch diesem Gedanken Aufmerksamkeit schenkte, spürte er einen kräftigen Ruck der Unterlage, auf der er stand und er fiel rücklings auf den Boden. Dabei schlug er mit dem Kopf so stark auf, dass er sofort das Bewusstsein verlor.

Damian wurde von Kettengerassel geweckt und einem Zug, der immer stärker auf seine Schultern ausgeübt wurde, bis er am Schluss die Zähne zusammenbeissen musste, um nicht vor Schmerzen zu schreien. Seine Augen zu öffnen, getraute er nicht.

Als ihm aber ein Eimer kalten Salzwassers ins Gesicht geschüttet wurde, öffnete er sie reflexartig und schaute direkt ins Gesicht seines ehemaligen Pflegevaters.

«Na, wieder wach?»

«Lass mich runter, du Schwein!»

«Nana, habe ich dir nicht schon einmal gesagt, so spricht man nicht» und gab Damian eine schallende Ohrfeige.

«Du warst schon von Anfang an ein solches Schwein gewesen. Ich hätte gerne deine Mutter kennengelernt, die eine solche Missgeburt zur Welt gebracht hat. Aber der liebe Gott kam mir zuvor und hat in dieser Hinsicht das Heft in die Hand genommen.»

Er grinste Damian an, zog ein Messer aus seinem Gurt und zerschnitt Damian das nasse T-Shirt, um es ihm mit einem Ruck vom Leib zu reissen.

«Du hast dich schon einmal an mir vergriffen. Nachdem du deiner Frau fast ein Auge ausgeschlagen und deine eigene Tochter so lange im Schrank eingesperrt hattest, dass sie beinahe darin erstickt wäre. Du musst enorme Angst vor mir haben, sonst hinge ich nicht da, während du meine Kleider in Fetzen reisst. Es sind nun mal die Feiglinge, welche sich an Wehrlosen oder an Schwächeren vergreifen. Dass es aber bis an die Decke Hängen geht, hätte ich selbst von dir nicht gedacht. Wie man sich irren kann in Vertrauenspersonen.»

Damian versuchte, etwas Zeit zu schinden, damit er so viel Kraft wie möglich sammeln konnte, um diesem Albtraum ein Ende zu setzen.

«Nein mein Kleiner du irrst dich, und zwar gewaltig. Ich will dir nur heimzahlen, was du mir angetan hast. Zum Dank dafür, dass ich so frei war, dich aufzunehmen, nachdem du deiner ganzen Familie auf die Nerven gegangen bist und damit nicht genug. Du hast auch noch meine Familie auf dem Gewissen und meine Gesundheit auch noch.»

In dem Moment zog er seinen Gurt aus seiner Hose und liess ihn durch seine Hand fahren.

«Der ohne grosse Schuldgefühle eine Familie kaputtgemacht hat und seine eigene Mutter auf dem Gewissen hat? Weisst du, wie man zu meiner Zeit solche Jungs wie dich bestraft hat?»

«Nein, sag du es mir. Obwohl ich deine Manipulationen durchschaue und deine Schuldzuweisungen mehr über dich aussagen, interessierte mich stark, ob dir dein Vater gelehrt hat, Jungen zu missbrauchen, um sie zu dominieren. Oder war es deine Mutter, die sich einfach von deinem Alten in irgendeinem Berg Müll hat bumsen lassen!?»

«Es reicht!»

Damian spürte einen brennenden Schmerz, der ihm quer über den ganzen Rücken lief. Er hatte Mühe, wieder zu Atem zu kommen und kaum war der Schmerz einigermassen verschwunden, folgte auch gleich der nächste Streich, daraufhin noch einer und noch einer.

Damian spürte, wie ihm Blut über den Rücken floss.

«Du verdammtes As!», stiess Damian zwischen den Zähnen hervor.

Sein Pflegevater packte Damian am Kinn und zog sein Gesicht nahe an seines.

«Weisst du, wie lange ich auf diesen Moment gewartet habe, um es dir endlich richtig heimzuzahlen, was du mir alles angetan hast?!?»

Er schlug Damian die Faust ins Gesicht. Damian spürte, wie sich sein Mund sehr schnell mit Blut füllte. Er musste sich wohl in die Zunge gebissen haben und spuckte das Blut seinem Gegenüber ins Gesicht.

Der lachte nur und holte zum nächsten Schlag aus. Doch diesen merkte Damian schon nicht mehr, er nahm sich zusammen und überging mit seinen Gedanken den Schmerz. Seine Kraft reichte zwar nicht mehr aus, um die Zeit anzuhalten, aber sein aufsteigender Zorn legte er wie eine Klammer um das Herz seines Pflegevaters, die es daran hinderte, weiter zuschlagen. Dieser fasste sich an die Brust, rang verzweifelt nach Luft und sank in die Knie. Das reichte Damian aus, um wieder zu Sinnen zu kommen.

«Diese Ketten müssen weg!», schoss es Damian durch den Kopf. Er musste seine ganze Kraft auf den Gedanken lenken, die Ketten zu sprengen. Er hörte ein leises Knacken der ersten Glieder, und ehe er sich versah, fiel er mit lauter kleinen Kettenteilen zu Boden.

Damian konnte sich nicht mit den Füssen fangen und schlug auf seine Knie. Er rappelte sich hoch, schaute seinem Erzfeind ins schmerzverzerrte Gesicht, in dessen Augen Angst zu sehen war, die Damian mit Genugtuung zur Kenntnis nahm.

«Oh, kriegen wir keine Luft mehr? Ich habe noch eine Überraschung für dich in meiner Trickkiste.» Damian beugte sich zu ihm runter, packte ihn am Haar und liess seinem Gegenüber einige Sekunden Zeit, wieder zu Luft zu kommen.

Damian setzte sich auf eine Holzkiste und starrte seinen Stiefvater an, der sich wieder aufrappelte und etwas wacklig auf den Beinen stand.

Damian erhob sich und ging zu dessen Jacke.

«Ich nehme an, du rauchst noch immer dieselbe Marke.»

Er nahm ihm die Packung aus der Tasche und steckte sich eine an. Er zog den Rauch tief in die Lungen.

«Ich habe keine Ahnung, warum du ausgerechnet hier in Venedig auf mich triffst. Es kümmert mich auch wenig.»

Damian überkam ein leichtes Würgen, als er ein weiteres Mal an der Zigarette zog.

«Ich kenne diesen Gestank.»

Damian half seinem Stiefvater, auf einer Kiste Platz zu nehmen.

«Es ist derselbe widerliche Gestank, der sich in unserem Zelt breitgemacht hatte. Dazumal am See. Du rauchst immer noch dieselbe Marke, wie zu dieser Zeit. Und sicher auch immer noch nach dem Sex?»

Damian hielt ihm die Packung entgegen. Er wehrte ab.

«Nimm besser, auf unseren Reisen hast du auch geraucht.»

Damian steckte ihm eine zwischen die Lippen und zündete sie an.

«Ich … ich habe dich und meine Familie gelie …»

«Hör bloss auf! Der einzige, den du je geliebt hast, bist du selber. Und sonst niemanden!»

Damian setzte sich wieder an seinen Platz.

«Du bist gar nicht in der Lage, jemanden zu lieben. Du hast weder deine Familie noch mich je geliebt. Für dich waren alle immer nur Spielzeuge, die du nach Belieben benutzen konntest.»

«Dam …»

Damian stand auf und schlug ihm mit der flachen Hand ins Gesicht. Sein Pflegevater machte keine Bewegung und rührte sich nicht von der Stelle. Ihm liefen Tränen über seine Wangen.

«Denkst du, deine Tränen rühren mich etwa? Mach dich nicht lächerlicher als du bist.

Du wirst alles, was du in der Zeit damals gesucht hast, hier und jetzt in unermesslicher Menge erhalten. Dein grösster Wunsch dabei wird sein, es nie gesucht zu haben, doch dein Fleisch wird schwach sein. Für dich endet deine Reise hier.»

Damian schloss die Augen, konzentrierte sich auf seinen Pflegevater und suggerierte ihm die Erinnerungen aus dem Zelt in den Kopf. Jedes kleinste Detail, sogar die Regungen und Gefühle gab er ihm weiter. Er vernahm ein Stöhnen von seinem Gegenüber. Damian musste grinsen.

«Um deine Wollust heute ins Endlose zu steigern, brauche ich dich zum Glück nicht mehr anzufassen und deine Seele wird weinen vor Geilheit, welche sie nicht mehr verarbeiten kann.

Gefällt es dir plötzlich nicht mehr? Fühlst du dich etwa missbraucht? Erst wünschtest du dir intensive Gefühle und nun willst du sie nicht mehr? Warum läufst du nicht davon?»

Sein Peiniger war zu einem willenlosen Lusthaufen verkommen und wand sich auf seiner Kiste, wo er allen Regungen ausgeliefert nicht mehr wusste, wohin mit seinen Trieben. Seine stossende Atmung war vor Seufzern durchsetzt und Damian verstärkte die Gefühlsregungen, währenddessen er sich zu ihm runterbeugte und seinen Kopf am Kinn anhob.

«Geiles Gefühl? Nicht? Lass fahren, was dich bedrückt.»

Auf einmal griff sich sein Pflegevater in den Schritt, klemmte seine Beine zusammen und beugte sich stöhnend vornüber. Dabei fiel er zu Boden.

«Hey, Papi! Skrotum ein bisschen sehr voll? Junge, Junge, mach Platz, du wirst schlecht darauf heimrollen können! In der Weihnachtszeit kommt doch der Nikolaus und er wird mit einem gefüllten Sack erwartet. Du willst doch jetzt niemanden enttäuschen, nicht wahr!?»

Sein Pflegevater wimmerte vor Anspannung. Er fühlte in seinen Lenden alles nur noch hammerhart. Der Kopf war rot, die Atmung hatte keinen Takt mehr und die Augen erinnerten an die eines Frosches.

Plötzlich hatte Damian Zweifel und fühlte eine
Blockade, die seinen Pflegevater hätte retten
können.

Doch der lang gehegte Wunsch, seinen lang-
jährigen Peiniger zu bezwingen war stärker und er
wischte den Gedanken fort.

«Ich habe im Zelt deine Lust gehasst, der du dich
so hingabst, drum wird dich mein lustvolles Ab-
schiedsgeschenk erlösen. Geraucht hast du schon,
deine Lunge leistet zu wenig, die Herzkranz-
gefässe haben sich schon zusammengezogen, also
ist es Zeit für einen fulminanten Abschluss und
Schuss!»

In dem Moment spreizte sein Pflegevater die
Beine, schüttelte wie wahnsinnig sein Becken und
wälzte sich in einem nicht endenden «oooohhhh!»
am Boden rum, bis die Atmung versagte und sein
Herz aussetzte. Es war vorbei.

Damian schleppte sich nach draussen und klappte
über einigen Kartons kraftlos zusammen.

*

Ich wusste nicht, wie lange ich auf diesem
Kartonhaufen lag, vielleicht eine halbe Stunde
oder auch länger. Als ich den Kopf hob, sah ich
eine Person näherkommen.

Sie schien es nicht eilig zu haben. Ich dachte erst,
dass sie mich gar nicht gesehen hatte. Aber die

Gestalt kam auf mich zu, zog mich auf die Beine und stütze mich.

«Du bist etwas naiv», begann diese das Gespräch.

«Wir hatten nicht gedacht, dass du so blöd bist und auf den Brief hereinfällst».

«Wer zum Teufel bist du?!»

Weiter kam ich nicht.

«Sei still! Du kannst nicht hierbleiben. Auch wenn hier verlassenes Gebiet ist, herumliegen erregt nur Aufsehen und eine Leiche dazu wird niemanden beruhigen.»

Woher wusste er von der Leiche, die ich bereits wieder hinterlassen habe? Die Gestalt half mir auf und stützte mich. Ich war schwächer als ich dachte, meine Knie knickten immer wieder weg.

Als mein Retter und ich in einem halb verfallenen Haus angekommen waren, setzte er mich in einen modrigen Sessel und lehnte sich mir gegenüber an die Wand.

Im Kamin direkt vor mir ging wie von Geisterhand ein Feuer an, das den ganzen Raum beleuchtete.

«Du bist also dieser legendäre Damian», begann er das Gespräch.

Ich grinste ihn gequält an und war nach wie vor damit beschäftigt, meine Sinne wieder zu ordnen. Mir gelang es nicht, einen klaren Kopf zu kriegen.

«Hast wohl noch immer einen schwindligen Kopf? Das kann es geben, wenn man sich so verausgabt, wie du eben. Das war gar nicht mal so schlecht.

Obwohl es mir noch besser gefallen hätte, wenn du als Erster zugeschlagen hättest, dann wären dir vielleicht auch diese hässlichen Striemen an deinem Rücken erspart geblieben. Handkehrum muss ich sagen, so hast du wenigstens ein An-denken.»

«Ich … weiss …»

Ich musste schlucken und noch mal Anlauf nehmen. «Wasser … bitte», hustete ich.

Der Mann warf mir eine Flasche zu.

«Ich wurde zum Glück im Voraus über deinen Aufenthalt in Venedig informiert. Ich hatte mir nur nicht ausgemalt, wie trottelig du dich anstellen würdest, sonst wäre ich schon eher gekommen. Aber es ging ja auch so.»

Nachdem ich etwas trinken konnte, sah und ver-stand ich wieder klar, wer da was zu mir sagte. Der Mann, der vor mir stand, war etwa gleich gross wie ich und hatte auch dieselbe Postur. Mit dem einzigen Unterschied, dass er eine Brille und einen Spitzbart trug.

Er trug denselben schwarzen Mantel wie die Meisterin und auch dieselben hohen Schuhe. Sein braunes, hüftlanges Haar machte ihn schon fast etwas feminin. Er schaute mich an.

«So wie du jetzt aussiehst, brauchst du ein paar optische Korrekturen, um wieder unbehelligt durch die Strassen gehen zu können.»

Gleichzeitig wischte er mit seiner flachen ausgestreckten Hand zu mir zeigend von unten nach oben alles Blut weg und machte die Schäden meiner Kleider ungeschehen. Ein leichtes Ziehen an meinen Rücken zeigte mir, dass die Striemen auch zuheilten.

«Du gehörst also auch zu denen», bemerkte ich und warf die leere Plastikflasche ins Feuer.

«Dann brauche ich also gar nicht erst nach deinem Namen zu fragen, da du sowieso keinen hast. Es reichte mir schon aus, nur zu wissen, dass die Meisterin dich zu mir geschickt hat, weil du mir bei meinem Auftrag hier helfen und mir auch noch mehr Kräfte beibringen sollst.»

«Äh, nein. Schon wieder naiv! Das mit dem Namen, da muss ich dir recht geben, der spielt in meinem Beruf absolut keine Rolle. Aber was das andere anbelangt, da bist du auf dem Holzweg. Weder soll ich dir bei einem Auftrag helfen noch du mir. Dein Auftrag bin ich.

Was deine Kräfte anbelangt, weiss ich nicht, was ich dir noch zeigen soll. Du hast bereits alles gelernt, was es zu erlernen gibt. Mit der Handhabung hapert es noch ein wenig, aber das wirst du noch hinkriegen, ohne dass ich dir dabei helfen muss.»

«Wie soll ich das verstehen, du bist mein Auftrag?»

«Ich habe ausgedient und wenn ein Grossmeister seine Zeit erreicht hat, dann schickt ein anderer Grossmeister seinen Schüler, um ihn zu töten. Überlebt der Schüler diesen Auftrag, so hat er seine Lehrzeit abgeschlossen und ist in Zukunft ein vollwertiges Mitglied.»

«Mitglied von was?»

«Das ist egal. Wenn du etwas wissen musst, dann wirst du es wissen. Alles andere ist deine Frage nicht Wert.»

Ich stand auf und streckte meine Gliedmassen und spürte, wie meine Lebensgeister langsam zurückkehrten.

«Also, wenn ich das richtig verstanden habe, muss ich dich jetzt umlegen?»

«Warte noch einen Augenblick.»

Ich dachte schon, dass er mich jetzt um Erbarmen bitten will und dass ich ihn verschonen solle.

«Bitte gewähre mir nur einen einzigen Wunsch.»

«Und der wäre?»

«Lass mich nicht leiden. Ich habe so viele Leiden sehen. Ich will, dass es schnell und schmerzlos geht.»

«Wenn das alles ist.»

Ich entdeckte ein paar rostige Nägel auf dem Boden und liess sie schweben.

«Willst du dich nicht besser umdrehen, damit du nicht siehst, wie sie kommen?»

«Nein, ich will der Wahrheit ins Gesicht sehen.»

Dieser Satz liess mich zögern, aus dem Zögern wurde eine Blockade und auf einmal konnte ich es nicht mehr. Ich schaffte es nicht, ihm die Nägel ins Gehirn zu jagen. Ich mobilisierte noch mehr Kräfte. Mein Geist sträubte sich jedoch gegen diesen einfachen Auftrag, umso mehr Konzentration ich aufbrachte.

«Du musst lernen, gegen deine eigenen Gedanken anzukämpfen. Hier werden deine eigenen Prinzipien, die du dem Leben gegenüber hast, auf die Probe gestellt.»

Der Grossmeister schaute mich unentwegt an.

«Tue es endlich!», schrie er mich an.

Mir lief der Schweiss von der Stirn. Ich schaffte es nicht, meine Blockade zu lösen. Sie wurde nur noch schlimmer. In der Zwischenzeit hatte ich schon das Gefühl, dass sich ein eiserner Ring um mein Gehirn gelegt hatte und dieser die Sauerstoffzufuhr abklemmte.

«Tu es! Das ist ein Befehl, du Pfeife!»

Mit diesem Wort löste sich die Blockade schlagartig. Die Nägel trafen zielsicher ihr Opfer, das auf der Stelle zu Boden sank und sich nicht mehr bewegte. Ich begutachtete mein Werk noch für einige Sekunden, stieg darüber hinweg, verliess das Haus und den alten Hafen.

Ich wollte zurück ins Hotel. In Gedanken war ich schon bei Jason. Ich bemerkte nicht einmal, wie ich den Weg zum Hotel zurückfand und geistesabwesend durch die Lobby die Treppen hochging. Jason schlief noch immer tief und fest und merkte nicht einmal mein Kommen.

Der Anblick des jugendlichen, unversehrten Körpers, der halb eingewickelt vor mir im Bett lag, erhitzte mein Gemüt. Mir wurde bei diesem Anblick bewusst, wie zerbrechlich unsere Beziehung war. Jason öffnet verschlafen die Augen und richtete seinen Blick auf mich.

«Du bist hier? Ich hatte gedacht, dass du einen Kaffee trinken gegangen bist.»

Ich warf mich mit etwas zu viel Schwung auf das Bett und zog Jason dabei ungewollt die Decke weg. Er lag in seinen Shorts vor mir und drehte sich reflexartig in die Embryonalstellung.

«Du Ekel, gib mir die Decke wieder!»

«Nein, jetzt wird aufgestanden, Du willst doch nicht das Kulturleben hier verpassen. Abends gehen wir aus; sicher gibt es hier einen Klub.»

«Ein Grund mehr, noch ein wenig zu schlafen.»

Jason versuchte, die Decke unter mir wegzuziehen. Dabei fasste ich mehr oder weniger aus Versehen den Bund der Shorts und als er versuchte sich in der Decke einzurollen, rutschten die Shorts etwas runter.

«Heee!»

Jason packte seine Shorts, erwischte dabei meine Hand, führte sie auf seinen Bauch und küsste mich.

Jason lag auf mir und zog mir mein T-Shirt über den Kopf.

Ich versuchte, ihn von mir runter zu drehen, aber es gelang mir nicht. Er packte meine Hände, drückte sie in das Kissen und setzte sich auf meinen Brustkorb.

Ich war ihm hilflos ausgeliefert. In dieser Stellung blieb mir nicht viel anderes übrig als seine, auf eine sträfliche Tiefe heruntergerutschten Shorts zu betrachten, was die Tätigkeit unter dem Stoff nur noch mehr anregte.

«Nicht gerade jugendfrei», bemerkte ich trocken und versuchte dabei seine Augen zu fixieren.

«Glaub mir, das ist mir scheissegal. Ich werde dich jetzt einfach vergewaltigen und wenn du die Klappe hältst, sind wir beide fein raus!»

Jason grinste und gab mir einen Kuss auf die Stirn. Ich schloss meine Augen, lächelte und fühlte weitere zärtliche Küsse auf meinen Wangen. Fein berührten seine Lippen die meinen. Bei jeder Erwiderung zog er neckisch zurück und genoss mein Verlangen nach mehr.

«Vergewaltigung auf meine Art; du wirst leiden vor lauter Begehren!»

Seine Zunge wanderte an meinem Mund vorbei, meinen Hals entlang hinunter auf meine Brust. Es war so, als ob Jason mit seiner Zunge auf meiner Haut jede Muskelfaser darunter zu elektrisieren vermochte. Meine Sinne schwanden und mit ihnen ging auch mein Verstand flöten.

Als ich hörte, wie sich meine Gurtschnalle löste, konnte ich mich nicht mehr zurückhalten und ich fiel über den Jungen her, der auf mir sass. Ich versuchte, jede einzelne Zelle von ihm in mir aufzunehmen.

Ja, für diesen Nachmittag war ich eins mit Jason und er wurde für immer und ewig ein Teil von mir.

*

Damian erwachte, ihm war zu heiss. Er versuchte sich von der Bettdecke zu befreien, was ihm nicht gelang, da Jason auf, unter und neben ihm lag.

Er wusste nicht, wie lange er geschlafen hatte. Er fasste sich an den Kopf und war sich reuig über seine fehlende Selbstbeherrschung. Dies blieb von Jason nicht unbemerkt, dieser griff nach seinem Arm und zog ihn zu sich unter die warme Decke und verkroch sich bei Damian wie ein kleines Kind mit seinem Teddy am Brustkasten. Er schloss die Augen und blieb noch eine Zeit liegen. Tausend Gedanken gingen ihm durch den Kopf. Würde Jason ihn verpfeifen? Oder würde er die Klappe halten.

Damian machte sich unnötig Sorgen. Jason wusste genau, worauf er sich eingelassen hatte. Er war sich dessen bewusst, mit einem viel Älteren und

Stärkeren eine Beziehung zu führen, die auch die sexuelle Ebene erreicht hatte. Jasons Liebe zu Damian war überdies auch stärker als jegliche Moralvorstellungen. Er hatte sich sogar schon überlegt, ob er überhaupt ins Ausland gehen sollte. Er wusste nur allzu gut, dass er Damian gegenüber eine Verantwortung eingegangen war. Ohne ihn wäre dieser sicher bereits wieder in irgendeiner geschlossenen Anstalt. Jedoch machte er sich auch gleichviel Sorgen, ob Damian je dazu imstande sei, derweil ins Reine zu kommen und mit seiner Vergangenheit abzuschliessen, um ein neues Leben zu beginnen. Dies war nämlich die Voraussetzung, die er erfüllen musste, wenn sie zusammenbleiben wollten.

Jason spürte Bewegung neben sich und merkte, wie sich Damians Körper aus der Umarmung löste und sich von ihm entfernte. Jason wälzte sich noch tiefer ins Bettlaken. Darunter hervorschauend beobachtete er, wie Damian die Corpora Delicti der vergangenen Stunden mit spitzen Fingern vom Nachttisch zog und fein säuberlich im Eimer verschwinden liess. Danach verschwand er in der Dusche. Kurz darauf hörte er Wasser fliessen. Nun konnte er sich nicht mehr stillhalten, stand ebenfalls auf und ging ins Bad, wo Damian hinter dem Duschvorhang in einer dichten Dunstwolke verhüllt war. Jason hielt in der Tür einen Moment inne und wartete ab.

Damian schien ihn nicht zu bemerken, auch nicht, als er vorsichtig den Vorhang zur Seite schob und zu ihm unter die Dusche stieg. Erst als Damian sich umdrehte und Jason unvermittelt in die Augen blickte, fuhr er zusammen. Er wollte ihm das Duschgel an den Kopf werfen, das er gerade in den Händen hielt, rutschte jedoch aus, und zog Jason mit sich auf den Boden der Badewanne. Die niederprasselnden Tropfen füllten allmählich die Wanne, worin die beiden mit geschlossen Augen im warmen Wasser lagen. Jason packte sich die Duschbrause und liess das Wasser zwischen ihren verschlungenen Körpern wie eine warme Wasserquelle aufsprudeln.

Für Damian hätte dieser Moment nie enden können. Auch wenn sein Arm, auf dem Jason lag, allmählich einschlief. Damian gab ihm einen langen und tiefen Kuss und löste sich aus der Umklammerung von Jason. Dieser blieb noch im warmen Wasser liegen und schaute verträumt zu, wie Damian seine Toilette fertigmachte, bevor er aufstand.

Wie viele mochten wohl ein solches Glück haben? Sicher nicht viele.

Jason konnte es immer noch nicht fassen. Ihre Beziehung lief ab wie in einem schmalzigen Hollywoodfilm. Er wusste jedoch auch, dass seine Verbindung zu Damian auf sehr wackeligen Füssen stand.

*

Damian küsste den nassen Jason und reichte ihm
ein Badetuch.

«Ich gehe runter einen Kaffee trinken. Kommst du
auch noch runter?»

Jason lächelte ihn an: «Wo du bist, da bin auch
ich.»

Damian schüttelte verständnislos den Kopf ob
dieser Floskel und verschwand im Flur.

In der Hotelbar erblickte er den Prospekt eines
Klubs, der seine Aufmerksamkeit erregte. Auf der
Vorderseite war ein Bild des Inneren der Lokalität
und darüber war in Regenbogenfarben der Name
des Etablissements gedruckt. Damian versuchte,
sich mit Händen und Füssen dem Barkeeper
verständlich zu machen.

«Du brauchst dich nicht zu bemühen. Ich spreche
fast ebenso fliessend Deutsch wie du», begegnete
er ihm lachend.

«Wie kann ich dir helfen?»

«Wissen Sie, wo dieser Klub liegt?» und zeigte auf
die Broschüre des betreffenden Klubs.

Der Barkeeper schaute Damian erstaunt an.

«Du willst wirklich dort hingehen?»

«Ja. Wieso nicht? Sitzt dort etwa die Mafia?»

«Nein, das nicht aber, naja, wie soll ich sagen …
es verkehren dort eben … besondere Leute.»

«Sorry, sind wir das nicht alle?»

«So besonders können wir alle nicht sein. Das ist eine Bar, … wie soll ich sagen … eine Bar für Schwule eben.»

Damian schaue ihn grinsend an.

«Na, das passt doch wunderbar. Gut gibt es auch hier einen solchen Klub!»

Der Barkeeper schaute verdutzt und dann verlegen.

«Den findet man von hier aus ganz einfach …», sagte er und wollte mir gleich auch den Weg erklären. Weiter kam er jedoch nicht, da in der Hotellobby eine Horde junger Deutscher anfing, Stunk zu machen. Als Damian den Grund sah, war er ausser sich vor Wut.

Einer der Jungs pöbelte Jason an, aus welchem Grund war nicht ersichtlich. Damian mobilisierte seine Kräfte und wollte mit angehobenen Händen gleich zuschlagen, doch etwas hielt ihn zurück. Da erblickte er die Frau, die an einem kleinen Tischchen sass, einen Kaffee trank und zu ihm rüber schaute. Er glotzte verständnislos zurück, doch sie schüttelte einfach bedächtig den Kopf, wie zu einem ertappten kleinen Jungen.

«Lerne, dass er auch ohne dich auskommen muss. Er ist sicherlich auch der Einzige, der einen Freund hat, welcher ihm mit schwarzer Magie aus der Patsche helfen kann.»

Die Frau lächelte immer noch. Kein Wort kam über ihre Lippen. Damian war es sich mittlerweile gewohnt, mit ihr über die Gedanken zu kommunizieren. Nur selten unterhielten sie sich in ausgesprochenen Worten.

Er liess die Hände sinken und schaute dem Geschehen in der Lobby weiter zu.

«Aber eins kann ich dir sagen, wenn Jason einen Kratzer abbekommt, gibt es heute Abend noch Tote.»

Die Frau zuckte mit den Schultern und trank ihren Kaffee aus. Damian konnte noch «Blablabla» von ihren Lippen lesen, worauf sie sich erhob, um die Bar zu verlassen.

In der Lobby ging in der Zwischenzeit die Post ab. Damian sah drei Sicherheitsbeamte aus dem Fahrstuhl stürmen, um sich auch noch ins Handgemenge zu stürzen. Währenddessen Jason, unversehrt wohlverstanden, das Getümmel unauffällig verliess und sich zu Damian gesellte.

Jason stellte sich neben mich an die Bar, bestellte einen Tee und reklamierte: «Etwas Hilfe wäre schon nett gewesen!»

«Ich dachte, mit denen wirst du noch alleine fertig. Wozu habe ich denn einen starken Freund? Wegen solch Gemüse brauchst du sicherlich nicht meine Hilfe, aber ich werde es mir fürs nächste Mal merken und dir helfen kommen, wenn dies dein Wunsch ist.»

«Ist ja jetzt auch egal. Was machen wir heute Abend noch?»

Damian hielt ihm den Prospekt unter die Nase.

«Feiern.»

Der Barista, der wegen des Tumults in der Lobby seinen Posten verlassen hatte, kam wieder zurück und erklärte den beiden mit knappen Worten den Weg zum Klub.

*

«Lydia!?», keine Antwort, aber ich hörte wie sie in der Küche rumhantierte.

«Lydia!?»

Ich ging in die Küche runter.

«Schatz?».

Sie schaute auf.

«Die Jungs haben sich soeben bei mir gemeldet. Sie kommen morgen zurück.»

«Fein. Du weisst ja, was zu tun ist», sprach sie auf die Herdplatten nieder und machte stoisch weiter mit Kochen.

«Nein. Weiss ich nicht.»

Sie schaute trotzig auf.

In der Zwischenzeit hatte sich mein Kopfweh zu einer rasenden Migräne ausgeweitet, was nicht selten vorkam. Heute aber war es besonders unerträglich.

Lydia und ich hatten schon den ganzen Nachmittag einen riesigen Disput darüber geführt, wie wir die beiden empfangen wollten.

Ich war der Ansicht, dass ich die beiden Jungs einfach am Bahnhof abholen werde und sie bei uns zu Hause ablade, ohne eine grosse Moralpredigt zu halten. Denn da musste ich auch mir gegenüber Fehler eingestehen, hatte ich ja Jason so weit getrieben, dass er keinen anderen Ausweg mehr kannte. Ihre Liebe zueinander hätte ich eigentlich auch selber bemerken müssen. Ich war immerhin auch mal jung und sollte wissen, dass sich junge Liebe manchmal die seltsamsten Wege sucht, um weiter zu erblühen.

Lydia hingegen wollte die Jungs so schnell wie möglich getrennt sehen und machte wahnsinnigen Druck, die beiden separat nach Hause zu fahren. Jason sollte zu meinen Eltern, die eine Autostunde entfernt wohnten, mitten auf dem Land. So sollte ihm erschwert werden, Damian zu besuchen. Damian wünschte sie auf dem direktesten Weg in seine Wohnung, wo ich ihm eine Nacht Zeit geben sollte, um sich zwischen Jugendgefängnis oder einer Neuplatzierung zu entscheiden.

«Doch, ich habe es dir gesagt.»

«Lydia, hör mir zu …»

«Bruno ...», unterbrach sie mich.

«Wir haben das doch genau durchgesprochen und ich finde einfach, Damian ist für unseren Jason kein Umgang. Das hast du selber gesagt.»

Ich merkte, wie in mir die Wut aufkam.

«Verdammt. Unterbrich mich nicht! Ich habe dir aber auch gesagt, dass ich ein Fehler gemacht habe.»

Ich knallte eine Pfanne auf den Herd. So, dass sich deren heisser Inhalt über meine Hand ergoss, was ich aber in diesem Moment nicht bemerkte.

«Du lebst in deiner verdammten heilen Welt! Und hast scheinbar den Bezug zur Realität verloren! Merkst du denn nicht, dass Jason glücklich ist mit Damian?! Hast du nie bemerkt, wie Jason sonst immer drauf war? Ist dir entgangen, dass er, bevor Damian hier aufgekreuzt ist, sich immer nur in seinem Zimmer verkrochen hat und in seiner eigenen, uns unbekannten Welt gelebt hat!»

Lydia wandte sich von mir ab und fing an, stoisch Zwiebeln zu rüsten.

«Lydia! Herrgott! Jetzt hör mir mal endlich zu!»

Ich lief um den Herd herum, packte sie an den Schultern und drehte sie zu mir um.

«Ich weiss wirklich nicht, was mit dir los ist! Aber du entscheidest hier nicht für dich oder für mich. Diese Entscheidung sollte zugunsten von Jason, und ja, verdammt auch, zugunsten von Damian getroffen werden. Aber sicher nicht zu deinen Gunsten! Und falls es dir noch keiner gesagt hat: Jason ist schwul! Er liebt Damian, ob dir das nun passt oder nicht.»

Lydia schaute nur meine verbrannte Hand an. Sie riss sich los, befeuchtete ein Küchentuch mit kaltem Wasser und wickelte es mir um die Hand, ohne auch nur einen Ton zu sagen oder mich dabei anzuschauen. Mir erschien das unheimlich und ein Schaudern lief über meinen Rücken.

«Lydia? Ich habe mit dir geredet. Hast du überhaupt begriffen, worum es hier geht?»

«Jason kann nicht schwul sein.»

«Was sagst du da?»

Ich begriff die Welt nicht mehr.

«Jason ist nicht schwul. Er wird nach der Schule einen Beruf erlernen, heiraten und Kinder haben, die wir zwei dann hüten können.»

Lydia sagte das mit einer feinen Stimme und sah mich dabei an, als wäre sie in einer fernen Welt.

«Mein Gott, wie krank! Deine Hingabe an unsere Familie scheint hauptsächlich dir zu dienen! Das gibt garantiert keine Enkel!»

Ich ging in mein Büro und machte etwas, das ich schon lange nicht mehr gemacht habe; ich zog die unterste Schreibtischschublade auf und zog das Zigarettenpäckchen heraus, welches ich vor geraumer Zeit bei Jason aus dem Zimmer gefischt hatte. Der Rauch kratzte ein wenig im Hals, als ich genüsslich inhalieren wollte. Ich musste einen Hustenreiz unterdrücken, während ich den Rauch gegen die Zimmerdecke blies. Ich öffnete den Posteingang meiner Mailbox. Die Nachricht meines Sohnes war noch immer offen: «Hallo. Ich hoffe, ihr habt euch nicht zu viele Sorgen gemacht.

Damian und ich kommen morgen Abend zurück unter der Bedingung, dass weder du noch Mutter irgendwelche Schwierigkeiten machen. Gruss Jason.»

Mich freute dieser Umstand. Ich schrieb eine Antwort: «Hallo. Kommt beruhigt nach Hause. Weder ich noch Lydia sind dir böse. Ich werde auch schauen, dass Damian nichts passiert und komme euch am Bahnhof abholen.

Gruss Bruno.»

Nachdem das Mail abgeschickt wurde, öffnete ich das Fenster zum Garten hin. Ein scharfer Windstoss blies mir entgegen und wirbelte einige Papiere von meinem Schreibtisch auf.

*

Das Zimmer von Oliver war geräumig und ordentlich, alles hatte seinen Platz. Er sass in seinem Lieblingssessel am Fenster und studierte angestrengt eine Mathematikaufgabe, die sein Lehrer ihm übers Wochenende aufgetragen hatte. Er wusste die Lösung zwar schon lange, aber er hatte sich nicht entscheiden können, sie einfach niederzuschreiben. Er war mit seinen Gedanken immer und immer wieder bei Damian. Er wusste, welche Gefahren dieser Junge brachte. Er wusste auch schon lange, dass die mysteriösen Todesfälle von letzter Woche nicht ein reiner Zufall waren, ebenso die Gasexplosion vor ungefähr drei Monaten. Er kannte dieses Muster nur allzu gut. Sie kündete sich immer auf diese Weise an, irgendwie war es auch praktisch. So wusste er zumindest, dass der Kampf in die nächste Runde geht. Aber wie sie es immer wieder schaffte, ihm auf ein Neues einen Schritt oder gar mehr voraus zu sein, das verwunderte ihn doch schon sehr.

«Na, habe ich dir gefehlt?»

Oliver fuhr aus seinem Sessel auf.

«Wie um alles in der Welt bist …»

Er verstummte, als er die Frau vor sich sah.

«Ach komm schon. Wie lange kennen wir uns?»

Oliver schwieg.

«Ich weiss es auch nicht. Ich habe bei dreitausend aufgehört zu zählen. Mich erstaunt es aber immer wieder, wie hartnäckig du mir im Weg stehst.»

«Lass es doch einfach mal bleiben. Du weisst ja jetzt schon, wie es wieder herauskommt. Oder etwa nicht? Du wirst dich bemühen und Damian bis zum Äussersten treiben. Nur um herauszufinden, dass er nicht der ist, den du schon seit Langem suchst. Der, den du suchst, ist nicht hier.»

«Was weisst du schon über solche Sachen, du Bengel! Ich weiss, dass er der Richtige ist. Euer Spiel ist aus. Der Thron ist demnächst wieder besetzt und was macht ihr dann? Euch wie die

Ratten in eure Löcher verkriechen und auf eure Vernichtung warten.»

«Ach komm, hör auf. Dein Thron wird nie wieder bestiegen werden können, weil er gar nicht existiert. Da kannst du sagen, was du willst.»

«Werde nicht frech, Kleiner! Der Thron existiert und das wisst ihr ganz genau.»

«Er hat existiert. Nur wurde er vernichtet und der Gekrönte verbannt.»

«Ihr habt ihn nicht nur verbannt! Mit einer unerhörten Hinterhältigkeit habt ihr ihn hierher verschleppt, wo er nun ein Leben als Mensch führen muss.»

«Was er auch verdient hat, dein lieber Herr Gemahl. Aber ich kann dich trösten. Damian kann gar nicht dein Mann sein. Er ist nämlich schwul und so wie es bei dir aussieht, bist du eine Frau.»

«Du weisst ganz genau, dass das nur hohles Geschwätz ist. Die Gefühle von Damian sind nur Schein. Sobald der Gekrönte in ihm erwacht, werden diese Gefühle nichts Weiteres als ein schlechter Traum seiner selbst sein.»

Oliver setzte sich wieder auf seinen Stuhl, legte die Rechnung beiseite und starrte aus dem Fenster. Die Frau machte einige Schritte auf ihn zu und schwang ihr langes, schwarzes Haar nach hinten.

«Und vermisst du dein Zuhause? Nach so vielen Jahren hier auf der Erde. Muss ja schrecklich für dich sein.»

«Auf was willst du hinaus? Im Gegensatz zu dir habe ich wenigstens ein Zuhause.»

«Oh ja! Du hast ein Zuhause. Meines habt ihr ja zerstört.»

«Als ob ihr dies nicht verdient habt. Wie viele Zuhause haben denn du und dein so genannter Gekrönter auf dem Gewissen? Hunderte? Tausende? Gezählt hat sie noch niemand. Nicht einmal ich vermag es zu sagen. Der explodierte Wohnblock war jedoch das jüngste Ereignis in dieser Beziehung.»

«Lassen wir dieses Geplänkel und kommen zum eigentlichen Grund meines Besuches.»

«Oh ja, den würde ich auch sehr gerne kennen!»

«Damian und Jason kommen morgen Abend aus Venedig zurück. Ich wollte dir nur raten, die beiden in Ruhe zu lassen.»

«Und wieso sollte ich deinen Ratschlag beachten? Bin ich dir irgendwie zum Gehorsam verpflichtet?»

«Schau es weniger als Befehl an, vielmehr als einen guten Ratschlag.»

Oliver wollte sich umdrehen und der Frau in die Augen schauen, aber sie war schon wieder verschwunden. Ihm lief ein Schauder über den Rücken, auch nach all den Jahren. Sie schaffte es immer wieder, ihm den kalten Schweiss ins Gesicht zu treiben.

Weder sie noch Damian waren besonders dumme
Leute; bei denen hat immer alles einen bestimmten
Sinn. Aber wie weit sieht Damian bereits hinter
diese Geschichte? Dass er nicht der Gekrönte sein
konnte, stand für ihn von Anfang an fest.
Niemand wusste, wo er sich aufhält oder in
welcher Gestalt er momentan über die Erde pilgert.
Dafür hatten sie schon gesorgt, lange bevor er hierherkam, um die Frau und ihre Machenschaften zu
verhindern

*

Es war Abend geworden über der Lagunenstadt.
Ein giftiger Wind wehte vom Meer her in die Stadt
und warf schäumende Wellen an die Wände der
Häuser. Oberhalb der Brandungszone gefror die
Gischt und verlieh einigen Häusern einen selt-
samen Glanz.
Jason war absolut aufgedreht, als wir uns auf den
Weg in den Klub machten. Wir wollten wenigstens
noch einmal so richtig auf den Putz hauen. Bruno
hatte zwar versichert, dass unser Wegbleiben keine
Konsequenzen hat. Ich wusste aber ganz genau,
wie sehr ich mich auf das Wort von anderen
verlassen konnte.
Als wir beim Klub angekommen waren, stand
schon eine beträchtliche Menschenmenge vor dem
Eingang.

«Mensch. Das sind mir zu viele Leute. Da erfrier ich, bis die alle drinnen sind.»

Jason klammerte sich noch mehr an meinen Arm. Ich genoss die Umarmung von ihm und zögerte einen Augenblick, bevor ich die Personen in der Reihe manipulierte.

Ich suggerierte ihnen, dass sie nach Hause gehen sollten. Damit es nicht gleich auffiel, beeinflusste ich das Pärchen, das zuvorderst stand, dann einen aus der Mitte, bis sich die Menge etwa auf die Hälfte verkleinert hatte.

«Was ist plötzlich mit denen?»

«Keine Ahnung, vielleicht hatten sie auch kalt wie du. Oder sie haben eben eine SMS erhalten, dass es drinnen keinen Platz mehr hat.»

«Quatsch, du wirst schon sehen, drinnen wird es noch Platz zum Versauen geben.»

«Woher willst du das wissen?»

«Weil der Typ, der da am Eingang steht, eben grad sechs Personen reingelassen hat und bereits die Ausweise der anderen vor uns kontrolliert hat.»

Als die vor uns an der Reihe waren und der Türsteher ihnen freundlich die Tür aufhielt, zog ich Jason einfach mit rein und bevor er überhaupt noch reagieren konnte, war ich mit ihm schon an einem freien Tisch, der in einer Nische stand. Wir schauten vom Lärm betäubt in das Gewusel, das sich vor uns auf der Tanzfläche abspielte.

«Wieso wollte er unsere Ausweise nicht sehen?»

«Er hat uns vielleicht einfach übersehen oder hatte selber auf einmal kalt.»

Was ja nicht ganz gelogen war. Ich habe ihm die Eingebung gegeben, dass wir gar nicht hier sind, was noch ziemlich praktisch war. Das werde ich sicher noch des Öfteren anwenden.

Ein junges Paar, das sich gerade vor unserem Tisch küsste, weckte Jasons Aufmerksamkeit und bevor ich mich besinnen konnte, fiel Jason über mich her und drückte mich in das Polster der Bank. Er küsste mich so innig wie noch nie. Mir setzte für kurze Zeit der Verstand aus und ich wusste nicht, was mit mir geschah. Mein ganzer Körper fühlte sich wie erigierter Pudding an.

«Hab ich dir eigentlich schon gesagt, wie sehr ich dich liebe?»

Ich packte Jason am Hinterkopf und zog ihn wieder zu mir runter und küsste ihn so lange, bis wir beide Angst hatten zu ersticken, aber keiner von uns wollte aufhören. Bis sich Jason wieder aufrichtete und mich hochzog.

«Ich muss auf die Toilette. Bestellst du für mich auch etwas?»

«Und was?»

«Egal, Hauptsache ich bin heute Abend kanonenvoll, wenn wir zurück ins Hotel gehen.» Jason stand auf und verschwand irgendwo in der Menschenmenge.

«Du solltest ihm einen Wodka pur bestellen. Das trinke ich jedenfalls immer.»

Die Frau sass neben mir am Tisch und wippte mit den Beinen im Takt mit der Musik.

«Du kannst schon nerven! Erst drängst du mich darauf, Jason zu geniessen und jetzt in der tollsten Knutscherei machst du ihn pissen gehen! Was zum Geier willst du hier!?»

Sie hob ihr Glas und antwortete: «Wodka trinken? Ich passe auf, dass du keine Dummheiten machst und im Übrigen befindet sich hier auch ein Herr, der mir ein Dorn im Auge ist.»

«Hurra, jetzt habe ich schon eine Anstandsdame! In unpassenden Situationen präsent zu sein, scheinst du wohl ein Champion zu sein! Nun gut, alles klar. Wie immer?»

«Ja, wie immer, du wirst ihn dann schon erkennen.»

Ich wartete, dass die Meisterin weggeht, aber sie machte keine Anstalten zu gehen.

«Du solltest gehen, falls dich Jason hier sieht.»

«Der kommt nicht so schnell von der Toilette zurück. Ist ein ziemliches Gerangel vor dem Loch.»

«Um deinen Willen durchzusetzen, überlässt du wohl nichts dem Zufall!»

Aus dem ungestörten Tête-à-Tête mit meinem Freund wurde wohl nichts, wenn ich mich nicht fügte.

«Ich werde ihn aber erst töten bevor Jason und ich von hier wieder gehen.»

«Bitte tue dir keinen Zwang an, du musst selber wissen, wann du jemanden umbringen willst. Das hat mit mir nichts zu tun. Ich will einfach, dass es erledigt ist, bevor der Morgen graut. Ich werde mich mal dort hinten hinsetzen.»

Die Meisterin deutete auf einen freien Tisch, von dem aus sie die ganze Bar im Blick hatte.

Nachdem ich die beiden Getränke für Jason und mich bestellt hatte, schaute ich mal in Richtung Toilette. Von einem Gedränge war aber da absolut keine Spur. Ich wurde unsicher und schaute zur Meisterin, diese grinste mich aber nur schief an, prostete mir zu und nahm einen Schluck ihres Drinks.

Jetzt reichte es mir. Ich ging zur Toilette, um Jason zu suchen.

Auf der Toilette war kein Jason zu sehen.

Ich versuchte, ihn mit meinem Gespür ausfindig zu machen, aber er war nicht mehr im Haus. Auf der Strasse war noch immer ein Gedränge trotz der Kälte. Jason hatte sich aus irgendeinem Grund nach draussen verirrt und konnte nun nicht mehr rein, da ich vorher den Türsteher getäuscht hatte.

«Damian, endlich kommst du. Ich habe schon die ganze Zeit versucht, dem riesigen Gorilla klar zu machen, dass ich wieder rein will, aber anscheinend hat der ein sehr kurzlebiges Gedächtnis.»

«Wie um alles in der Welt bist du den hier nach draussen gekommen?»

«Ich suchte die Toilette, habe mich in der Tür geirrt und landete auf der Strasse.»

«Auch egal. Komm.»

Ich packte ihn an der Hand und zog ihn durch den Eingang wieder rein, den Wachmann ein zweites Mal zu täuschen, funktionierte problemlos.

Ich getraute mich nicht so wirklich auf die Tanzfläche, obwohl mich Jason immer wieder dazu aufforderte.

«Ach komm schon.»

«Nein. Ich kann nicht tanzen.»

«Das musst du auch nicht können. Das geht dann ganz von alleine, wirst schon sehen.»

«Okay, aber dafür muss ich mir noch etwas Mut antrinken.»

Jason musste lachen, und füllte mir das Glas randvoll mit Wodka, denn ich hatte gleich die ganze Flasche geordert, nachdem ich mein Glas schon zum dritten Mal leer hatte.

Ich hatte noch nie in meinem Leben getanzt, aber jetzt, hier mit Jason auf der Tanzfläche zu stehen und die überlaute Musik in den Ohren zu haben, setzte die Tatsachen in den Hintergrund, dass wir nicht alleine waren und ich sah nur noch den, um sich selber wirbelnden und im Rhythmus zuckenden Jason vor mir und fühlte mich wie der glücklichste Mensch der Welt.

Aber wie es immer ist, sollte auch dieses Glück nicht lange in meinem Leben anhalten. Um kein Aufsehen zu erregen, musste ich meinen Auftrag bei vollem Hause ausführen. Also machten wir uns vor dem Morgengrauen auf den Rückweg ins Hotel. Auf dem Weg zum Ausgang schob ich Jason vor mir her und wir kamen an dem Typen vorbei, den ich ermorden sollte. Es war ein etwa fünfzigjähriger Mann, etwas kleiner als ich, der wild gestikulierend mit zwei anderen irgendetwas auf Italienisch diskutierte. In dem Moment dachte ich an wenig Licht und an den Techniker, der die Lichtsteuerung bediente. Jason war schon voraus, als das Licht über uns und dem Gedränge erlosch und ich meiner Zielperson auf ihr linkes Schulterblatt tippte.

Dieser drehte sich zu mir um. Ich drängelte mich durch und liess sein Herz stillstehen, während er in der Drehung zusammenfiel wie ein leerer Sack. Was danach auf der Tanzfläche passierte, interessierte mich nicht mehr.

*

Der Zug hielt. Jason stieg zuerst aus. Die beiden duckten sich in der weihnächtlichen Kälte. Ich wartete auf dem Parkplatz vor dem Auto auf die

Jungs; ich habe mir vorgenommen, die beiden so zu begrüssen, als ob sie nur ein paar Tage in den Ferien waren.

«Und, wie war es in Venedig?»

«Schön und wie war es hier?», fragte Jason.

«Es steht Weihnachten vor der Tür. Du kennst ja deine Mutter, sie tickt wieder komplett aus.»

Jason nickte und setzte sich zu Damian auf die Rückbank.

Ich stellte den Rückspiegel so, dass ich die beiden Jungs sehen konnte.

Damian starrte aus dem Fenster in die Dunkelheit hinaus und versuchte so zu tun, als ob ihn das alles nichts angehe.

«Übermorgen beginnen die Weihnachtsferien. Ich habe in der Schule angerufen und mitgeteilt, ihr kommt wieder auf das Ende der Ferien nächstes Jahr.»

Damian nickte abwesend und griff die Hand von Jason. Ich tat so, als ob ich mich auf den Verkehr konzentrieren musste und sie nicht sah. Der Block, der vor rund drei Monaten durch die Explosion zerstört wurde, war abgerissen worden und an dessen Stelle klaffte ein riesiges Loch im Boden. In den nächsten Monaten sollte dort ein neuer Block aufgezogen werden.

Ich hielt vor der Tür und liess Damian aussteigen.

«Soll ich dich noch raufbringen?», fragte ich.

«Ich werde es selber finden.»

Er suchte nochmals Jasons Blick, um sich von ihm zu verabschieden und verschwand im Hauseingang.

Ich und Jason schwiegen bis wir zu Hause in der Einfahrt standen.

«Deine Mutter ist nicht einverstanden, dass du dich weiter mit Damian triffst.»

Jason schaute mich finster an.

«Wenn du oder Mutter auch nur im Traum daran denkt, Damian und mich auseinanderzubringen dann ... ich ...»

Jason kam nicht mehr weiter; die Zornesröte stieg ihm ins Gesicht.

«Wow», dachte ich, gewisse Ereignisse wiederholen sich in den Generationen. Diese Wut kenne ich, eine solche musste mein Vater von mir ebenso ertragen. Interessant! Würde gerne Papa fragen, ob er Grossvater auch so die Stirn bot?

«Ich werde weder dich noch Damian auseinander-treiben, ich habe gar keinen Grund dazu, auch wenn deine Mutter kopfstehen würde. Ich wollte dich lediglich darauf vorbereiten.»

*

Die hell beleuchteten Fenster machten auf Jason mehr einen abweisenden als einen einladenden Eindruck.

Lydia sass am Küchentisch und schaute apathisch zur Tür. Ihre Augen verrieten Jason und Bruno, dass sie vor Kurzem geweint haben musste. Die Situation machte nicht nur Jason Angst, auch ihr war es bei der Sache nicht ganz geheuer. Aber sie musste versuchen, das Familienglück wiederherzustellen und ihre Welt sollte wieder so sein wie früher, ohne Zwischenfälle und unberechenbare Faktoren.

«Hallo Jason.»

Sie winkte ihren Jungen zu sich an den Tisch und gab ihm zu bedeuten, sich zu setzen.

«Ich ziehe es vor zu stehen.»

«Setzt dich. Ich will es.»

«Was du willst, ist mir längstens egal.»

Lydia stand auf.

«Du wagst es, so mit mir zu sprechen! Mit deiner Mutter!? Hat dir das auch dieser Damian angetan?»

«Damian ist mir eine bessere Mutter als du es je gewesen bist!»

Lydia schaute ihren Jungen erschrocken an. Jason ging um den Tisch und baute sich vor seiner schmächtigen Mutter auf. Er war mehr als einen Kopf grösser als sie.

«Wenn du denkst, du kannst dich hier aufführen, wie du willst, dann hast du dich geschnitten, mein Junge.»

Bruno schaute der Szene mit grösstem Unbehagen zu, wagte es nicht, sich einzumischen.

«Mutter, ich sag es dir nur einmal und dann nie mehr. Ich und Damian bleiben zusammen. Da kannst du und Vater machen, was ihr wollt! Habe ich mich klar genug ausgedrückt?»

Aus Lydias Augen sprühte der Zorn auf Damian sprichwörtlich heraus.

«Wie wagst du es, so mit mir zu sprechen! Ist das der Dank!»

Sie holte zu einer Ohrfeige aus. Jason packte ihre Hand im Flug.

«Wage es nicht!»

Er schaute ihr mit stechendem Blick in die Augen und liess ihre Hand los.

Er rannte die Treppe hoch, sperrte sich in seinem Zimmer ein und drehte die Stereoanlage so laut auf, dass die Wände vibrierten.

*

Ich blieb bei Lydia in der Küche am Tisch und versuchte, sie wieder zu beruhigen.

«Du hättest mir ruhig etwas helfen können.»

«Ich habe dir gesagt, dass ich dich bei diesem Unterfangen nicht unterstützen werde. Ich sehe keinen Grund dazu, die beiden auseinanderzubringen, nur weil du nicht bereit bist, einzusehen, dass unser Sohn nun mal schwul ist.»

«Es geht hier nicht nur um Jason, sondern ...»

«Ja, es geht nicht nur um Jason, da hast du recht. Es geht nur um dich! Sein Glück sollte auch unser Glück sein und Enkel zu erwarten ist selbstsüchtig!!! Lydia, ich erkenne dich nicht wieder! Was ist nur aus dir geworden?»

Ich kniete mich nieder und ergriff ihre Hände.

«Was ist aus der Frau geworden, die ich einst geheiratet habe? Wo ist sie geblieben? Wie waren wir von offener Gesinnung und Herzlichkeit! Ich vermisse dich und finde keinen Eingang mehr in deine Welten. In keiner Minute kann ich dir näher-kommen noch du mir, wenn du dich immer mehr in eine seltsame Welt zurückziehst.»

«Es ist keine seltsame Welt. Es ist die Realität», sagte sie leichthin, stand auf und ging an den Herd. «Es ist Zeit zum Kochen, in einer Stunde können wir essen.»

Ich schaute ihr noch zu, war aber unfähig, mich mit dem anzufreunden, was ich vor mir sah. Eine Frau, die sich in der Küche eher wie ein Roboter bewegte als wie eine Frau, die Freude daran hatte, für ihre Familie zu kochen.

«Wie wärs, wenn wir heute wieder Mal auswärts essen gingen? Es würde uns allen guttun.»

Lydia hörte mich nicht und machte in einer eisernen Sturheit weiter, als ob sie gar nichts anderes mehr wahrnahm.

Ich verzog mich in mein Büro; mit der Geräuschkulisse von Jasons Stereoanlage hämmerten sich die Bilder aus der Küche in meinen Geist. Mir kamen unweigerlich wieder die Zigaretten in den Sinn, die ich noch immer in meinem Schreibtisch hatte, konnte dem Drang aber widerstehen.

Ich schaute zur Decke hoch und versuchte, im homogenen Weiss des Raumes irgendeine Antwort auf diese Situation zu finden. Ich kannte Lydia als liberale, aufgeschlossene Frau und nicht als harmoniesüchtiges, erzkonservatives Monster, zu dem sie in den letzten Monaten geworden ist. Sie hatte sich auch immer positiv zum Eingliederungsprojekt geäussert und betonte, dass wir als Familie schon fast eine Pflicht Damian gegenüber hätten, ihn in unserer Mitte aufzunehmen. Wieso jetzt plötzlich dieser Wandel? Ist es wirklich, weil sie das Gefühl hatte, dass Damian uns Jason weggenommen hat.

Ich fand keine Antwort und je mehr ich über diese Situation nachdachte, umso abstruser wurde sie für mich.

In der Schreibtischschublade lag das Zigarettenpäckchen, unberührt, so wie ich es zurückgelassen hatte. Ich schob es in meine Jackentasche, schnappte mir ein Feuerzeug und machte mich auf den Weg zu Jasons Zimmer. Zu meinem Erstaunen war die Tür nicht abgesperrt. Jason lag auf dem Bett und studierte ebenfalls die Zimmerdecke.

«Scheint eine Krankheit zu sein.»

Jason schaute mich an.

«Was denn!??»

«Die Decke zu studieren.»

Er zuckte mit den Schultern.

Ich reichte ihm eine Zigarette.

«Aber draussen, nicht hier drinnen.»

Er schaute mich an, als ob ich von einem anderen Planeten komme.

Er machte die Musik aus und wir begaben uns auf den Balkon seines Zimmers.

Er zündete sich den Sargnagel an und nahm einen tiefen Zug. Die Weihnachtsbeleuchtung unserer Nachbarn tauchte ihren und unseren Garten in ein warmes Licht.

«Ich muss unserem Gärtner noch sagen, er soll die Weihnachtsbeleuchtung installieren.»

«Wieso machst du es nicht selber?»

«Gute Frage, das könnte ich eigentlich! Hilfst du mir dabei?»

«Wenns sein muss.»

Er nahm nochmals einen Zug und schaute in den Garten runter. Wieso hast du eigentlich Mutter nicht geholfen in der Küche? Ich habe immer gedacht, Ehepaare machten so etwas gemeinsam.»

«Ich bin nicht einverstanden, wie sie sich aufführt, weil es nicht normal ist, was Lydia macht.»

«Mama tut mir leid.»

«Wie meinst du das?»

«Sie ist immer alleine zu Hause. Du gehst morgens arbeiten und ich in die Schule. Zum Nacht-essen sind wir wieder bei ihr und was ist in der Zwischenzeit?»

Er hatte seine Zigarette ausgedrückt und nahm eine weitere aus einer Seitentasche seiner Hosen.

«Weisst du noch, als du und Mutter zusammen für ein Wochenende in den Urlaub gefahren sind? Ich war zwar für drei Tage alleine, aber ich kann dir sagen, dieses Haus kann Angst machen, wenn man alleine da drin ist.»

Ich nickte, was sollte ich denn auch sagen? Er hatte mich als Vater an der Stelle getroffen, wo ich schon immer meine Schwäche hatte. Zudem war ich mir bis anhin nicht bewusst, wie alleine Lydia sein musste.

«Was schlägst du denn vor, was ich ... wir machen sollten? Ich kann meinen Job nicht an den Nagel hängen und etwas Besseres habe ich auch grad nicht in Aussicht.»

«Ich würde vorschlagen, wir sprechen mit ihr, was Sache ist. Vor allem müssen wir sie verstärkt in unser Leben miteinbeziehen.»

Er setzte sich auf einen Gartenstuhl, der an der Wand stand und hielt die Füsse auf das Geländer.

«In Anbetracht der Dinge, dass wir in einer guten Woche Weihnachten haben, schlage ich vor, morgen und übermorgen gemeinsam das Haus zu schmücken und uns die Zeit zu nehmen aus dieser

Kulisse wieder ein richtiges Zuhause zu machen für uns alle drei, nicht nur für die Gäste an Weihnachten. Wenn wir etwas verändern wollen, müssen wir erst mal die Grundlage dafür schaffen, dass man etwas verändern kann. Das hast du ja früher schon immer gepredigt.»

Ich musste ab Jason lachen; anscheinend hatte er den Überblick selbst dann noch, wenn ich ihn schon lange verloren habe.

«In dem Fall soll es so sein. Wir werden morgen mal ganz viel Zeit als Familie verbringen.»

«Ich muss morgen einfach noch zu Damian. Er wird an Weihnachten alleine sein und ich will schauen, wie es ihm geht.»

«Wir nehmen ihn doch einfach hierher mit.»

«Nicht. Mutter will ihn nicht mehr hier haben. Das muss ich wohl oder übel akzeptieren.»

Ich staunte nicht schlecht, als ich sah wie erwachsen Jason trotz seiner rebellischen Art sein konnte.

«Aber ich erwarte im Gegenzug von dir, dass du nie mehr versuchst, mich und Damian auseinanderzubringen. Es würde dir eh nicht gelingen», sagte er mit dem grössten Nachdruck, den ein bald Fünfzehnjähriger aufbringen konnte.

*

Weihnachten stand vor der Tür. Man konnte es nicht nur in den Geschäften und auf der Strasse sehen. Überall, wo ich hinkam, redete man von nichts Anderem als vom Fest der Liebe.

Wie ich das hasste. Diese verlogene Einstellung der Leute, anstelle sich direkt zu sagen, was sie voneinander halten, treffen sie sich am Heiligen Abend und kriechen sich gegenseitig in den Arsch. Auf der Heimfahrt im Auto lassen sie sich dann über die anderen Gäste aus.

Ich stand auf dem Balkon meiner Wohnung und rauchte genüsslich eine Zigarette. Ich spürte die Schneeflocken, die mir auf die nackte Haut rieselten und dann langsam schmolzen.

«Fröhliche Weihnachten», sagte ich zu mir und zum Zigarettenstummel, bevor ich ihn auf die tiefe Reise nach unten schickte.

«Du solltest nicht so auf dem Balkon stehen. Da erkältest du dich sonst nur.»

Ich drehte mich um und erblicke Jason im Wohnzimmer.

«Fröhliche Weihnachten», sagte er und legte mir seine Jacke um meine schmächtigen Schultern.

«Sind dir deine Eltern noch böse?»

«Nein. Ich habe mit meinem Vater ein langes Gespräch geführt und ihm gesagt, dass er nie mehr versuchen sollte, sich zwischen uns zu stellen. Meine Mutter ist die einzige, die eine Krise schiebt. Aber das bin ich mir von ihr schon fast gewohnt. Es wäre einfach besser, wenn du dich in nächster Zeit nicht bei uns blicken lässt. Ich werde aber regelmässig zu dir kommen.»

Jason schmiegte sein Gesicht an mein Haar, das mir feucht und strähnig vom Kopf hing. Ich spürte seinen warmen Atem an meinen Hals; erst das gab mir die Gewissheit, dass er bei mir war.

«Ich bin froh, dass ich nicht an euer Fest kommen muss. Ich bin mir solche Feste gar nicht gewohnt.»

Jason schaute mich verwundert an.

«Wieso sagst du so was? Ich hätte mich gefreut, wenn ich dich bei uns zu Hause gehabt hätte; so muss ich diese Familie nun alleine ertragen.»

Ich befreite mich von seiner Umklammerung und ging in das Wohnzimmer, allmählich wurde mir draussen kalt.

«Was machst du denn über Weihnachten?»

Ich deutete auf einen Stapel Schulbücher und Hefte, die auf meinem Tisch lagen.

«Die Schularbeiten der letzten Tage nacharbeiten. Mein Lehrer hat sich bereit erklärt, mir in den Ferien Nachhilfe-unterricht zu geben, so dass ich den verpassten Stoff aufholen und noch einiges dazulernen kann.»

«Wie kann man nur in seiner Freizeit für die Schule arbeiten?»

«Sind halt nicht alle so blitzgescheit wie du.»

«Ich bin nicht besonders klug. Zeigt ja nur schon der Umgang, den ich mit diversen Leute pflege.»

Wir mussten beide lachen.

Jason setzte sich auf das Sofa und schaute nachdenklich auf den schwarzen Bildschirm meines Fernsehers. Ich zog mir einen Pullover über und verschwand in der Küche. Ich wollte mir noch einen Kaffee machen.

«Was denkst du, wie wird das mit uns noch weitergehen?»

Ich begriff seine Frage nicht so ganz.

«Wie meinst du das jetzt?»

«Ich werde heute in einem Jahr in England sein und du wirst hier sein. Wir werden für mehr als ein Jahr getrennt sein. Nur über Internet miteinander verbunden.»

Ich setzte mich neben Jason und roch an meinem Kaffee.

«Sieh es doch als Chance für dich an. Ich kann dich ja in England besuchen kommen.»

Ich wusste genau, dass das nur noch hohles Geschwätz war und Jason sollte es eigentlich auch wissen.

«Ich kann mir ein Leben ohne dich nicht mehr vorstellen. Du hast schon seit Langem einen Platz in meinem Herzen, in das ich noch nie jemanden reingelassen habe und ich habe auf gar keinen Fall vor, dich auch je wieder von dort wegzulassen. Auch wenn ich dich vielleicht für mehr als ein Jahr nicht mehr sehen werde. Du hast mir in dieser kurzen Zeit, seit wir uns kennen, schon viel mehr

gegeben als mir je eine Person sonst gegeben hat, also wird unserer Beziehung sicher nicht durch einen Auslandaufenthalt ein Ende gesetzt.»
Ich nahm Jason in den Arm und vergrub mein Gesicht in seinen Haaren.
«Ich liebe dich zu fest.»
Jason drehte mich auf den Rücken und küsste mich.
«Du bist mir wichtiger als alles Glück dieser Erde. Nichts und niemand kann mich so glücklich machen wie du.»

*

Ich hatte ein wenig ein schlechtes Gewissen Damian gegenüber, aber auf der anderen Seite kann auch keiner erwarten, dass ich meine Arbeit vierundzwanzig Stunden am Tag, sieben Tage die Woche und dreihundertfünfundsechzig Tage im Jahr mache.
Meine Familie bräuchte gerade jetzt in dieser Zeit ruhige Momente, um sich zu erholen. Auch Lydia gegenüber war ich es schuldig.
Ich war ganz gerührt vom Anblick, wie Lydia und Jason zusammen den Baum schmückten und sich dabei gegenseitig Witze erzählten. Ich hörte meine Frau seit Langem wieder einmal lachen.
«Wer kommt eigentlich heute alles zum Essen?»
Lydia stand auf und kam zu mir.

«Ich habe unsere Eltern eingeladen, ob der Rest auch kommt, weiss ich noch nicht. Morgen sind wir bei unseren Nachbarn zu einer Tasse Tee eingeladen und am Abend werden dann deine Geschwister kommen mit ihren Kindern. Danach wollte ich eigentlich mit dir noch ein paar Tage in die Berge fahren. Ich will mal wieder nur mit dir wohin fahren.»

Jason schmückte weiter den Baum, tat so, als hätte er alles nicht gehört. Durchaus war es kein Problem für ihn, dann konnte er wieder mehr Zeit mit Damian verbringen, gleichwohl musste er sich ausgeschlossen fühlen.

«Willst du Jason nicht mit dabeihaben?»

«Nein, ich habe das mit ihm schon abgesprochen. Für ihn ist dies absolut kein Problem.»

«Was meinst du, wohin geht die Reise denn?»

«Ich hätte da an das kleine Hotel gedacht, wo wir uns das erste Mal begegnet sind.»

«Und du denkst, dass es das noch gibt?»

«Ja meine Eltern sind jedes Jahr dort und die würden auch dafür sorgen, dass wir einen guten Preis bekommen.»

«Dann packe ich schon Mal meine Sachen?»

«Du bist ein Schatz.»

Ich verzog mich in mein Büro, plötzlich verspürte ich Magenschmerzen. Was Lydia hier durchzog, fand ich einfach nicht recht und vor allem hatte sie gelogen. Sie hatte das mit Jason nie angeschaut.

Ich hätte das schon viel früher mitbekommen, wenn dies so wäre. Aber scheinbar sollte es so sein. Jason war alt genug, dass er sich selber wehren konnte. Es klopfte an meiner Bürotür, es war Jason.

«Ich habe gedacht, dass ich ihr einen Gefallen mache, wenn ich meine Zeit mit solch idiotischen Dingen wie Baumschmücken opfere. Anscheinend nützt sie nur die Gelegenheit aus, um mir zu demonstrieren, wie sie dich im Griff hat.»

«Also hat sie es nicht mit dir besprochen?»

«Wo denkst du denn hin?»

«Hast du ihr denn gesagt, dass du das nicht gut findest und du damit nicht einverstanden bist?»

«Wieso sollte ich? Ich werde diese Zeit mit Damian verbringen und wenn sie etwas dagegen hat, ist mir das auch egal. Ich lasse mich hier nicht zum Spielball machen.» «Machst du dich ja auch nicht.»

«Eben doch. Ich bin meiner Mutter anscheinend nur

dann noch gut genug, wenn wir Vorzeigefamilie spielen müssen.»

«Bitte rede nicht so.»

«Wieso? Kannst du die Wahrheit nicht hören.»

Er knallte die Türe hinter sich wieder zu und gleich darauf hörte ich von unten wieder das ausgelassene Lachen meiner Frau. Er war ein guter Schauspieler, das musste ich ihm lassen, aber er hatte eigentlich recht. Lydia war schon nicht dabei, als ich mit den beiden Jungs nach Frankreich gefahren bin und das letzte Mal, als wir als Familie in den Urlaub verreisten, ist auch schon eine beträchtliche Zeit her. Ich zündete mir eine Zigarette an, liess es jedoch dieses Mal bleiben, das Fenster zu öffnen.

*

Weihnachten hat auch das Haus und das Wohnzimmer von Jasons Familie erreicht.
Das Wohnzimmer war festlich geschmückt. Bereits eine Stunde vor Festbeginn kamen die ersten Gäste an und nahmen im Wohnzimmer auf dem Sofa und den bereitgestellten Stühlen Platz.
Jason stand schon eine ganze Weile am Fenster und beobachtete von seinem Zimmer aus das Treiben, das sich vor dem Haus abspielte. Nicht nur bei sich zuhause wurde ein Fest gegeben. Die Quartierstrasse war bereits zugeparkt von den umliegenden Familien. Wie verlogen es doch an Weihnachten zu- und hergeht, dachte er sich, rückte sein Hemd zurecht und atmete vor seiner Zimmertür tief ein, bevor er sich nach unten in das Getümmel begab.
Hier eine Tante, die ihn herzen wollte, da einen gleichaltrigen Cousin begrüssen.

«Mein Gott ist der schnucklig», dachte Jason und ging in die Küche zu seiner Mutter.

«Kann ich dir etwas helfen?»

«Ja gerne, hier diesen Teller mit Käsekuchen kannst du rausbringen.»

Sie drückte ihm einen Teller in die Hand und ging gleich wieder zu ihren Pfannen, die auf dem Herd standen. Sein Vater gab in der Zwischenzeit den perfekten Gastgeber und brachte es fertig, bei allen Gästen gleichzeitig zu sein. Jason stellte den Käsekuchenteller auf den Tisch und verschwand so unauffällig, wie es nur ging, wieder in der Küche. Er setzte sich an den Tisch und begann das Gemüse zu rüsten, das seine Mutter ihm bereitgestellt hatte.

«Willst du nicht auch lieber zu den Gästen gehen?»

Jason rüstete weiter das Gemüse und schüttelte den Kopf.

«Ich finde, beim Essen werde ich sie noch genug sehen und ehrlich gesagt kann ich auf die Küsse von Vaters Schwester gut und gerne verzichten.»

Sie mussten beide lachen.

«In dem Fall kannst du nach dem Gemüserüsten den Wein in die Karaffe abfüllen und auf den Tisch stellen.»

«Hallo, ihr beiden Fleissigen!»

In der Tür stand Sandra, die Schwester von Bruno.

Sie hatte schon immer ihre ganz persönliche Freude an Jason und liess auch nie eine Gelegenheit aus, dies zu zeigen.

Jason konnte sich schlecht hinter seinem Gemüse verstecken und so grüsste er nur knapp, wie es eine sehr beschäftigte Person eben machte.

Nachdem Sandra seine Mutter überschwänglich begrüsst hatte, beugte sie sich auch kurz über den Tisch und gab Jason einen Kuss auf die Wange.

«Wie gross du schon wieder geworden bist, ich habe das Gefühl, du hörst nicht auf mit Wachsen. Findet deine Mutter überhaupt noch Kleider für dich?»

Sie mussten beide lachen. Jason lächelte gezwungenemassen auch.

«Es wird schon langsam schwierig, aber heute sind ja fast alle Jugendlichen so gross.»

«Ja ist schon so. Auch meine Nachbarin hat einen Sohn etwa in deinem Alter, der muss bereits schon den Kopf einziehen, wenn er durch die Türrahmen gehen will.»

Wieder lachten die beiden Frauen. Jason konzentrierte sich wieder auf sein Gemüse und begann in Gedanken die Minuten zu zählen, bis er hier weg und zu Damian abhauen konnte.

«Wie sieht es eigentlich mit einer Freundin aus?», wollte Sandra wissen.

Das Gesicht von Lydia erstarrte. Jason schluckte kurz und meinte dann beiläufig:

«Ich habe keine Zeit für eine Beziehung».

«Ach ja ihr Jungen habt nie Zeit für eine Beziehung und wenn ihr dann mal in mein Alter kommt, vermisst ihr es.»

«Wieso? Du bist ja auch verheiratet», gab Jason zurück.

«Sandra!?», rief ihr Mann aus dem Wohnzimmer.

«Oh, ich muss gehen. Bis später.»

Sie rauschte ab und liess die beiden in der Küche zurück.

Das Gesicht von Lydia wirkte wie versteinert.

Jason stand kommentarlos auf, goss den Wein um und brachte ihn ins Wohnzimmer auf den geschmückten Esstisch.

Daraufhin mischte er sich dennoch unter die Gäste und erspähte in einer Ecke seine Cousine. Er hatte zu ihr schon immer einen guten Draht. Sie war zwar zehn Jahre älter

als er, das machte ihm aber wenig aus. Er konnte sich auf ihren Rat immer verlassen.

Er setzte sich neben sie hin.

«Hei Kleiner, hab dich heute noch gar nicht gesehen. Dachte, du wärst bereits in England.»

Sie umarmten sich.

«Gehen wir kurz raus, um eine zu rauchen?»

Sie hielt ihm eine Packung Zigaretten hin.

«Gerne!»

Er führte sie auf den Balkon seines Zimmers, wo sie sich ungestört unterhalten konnten.

«Was macht die Schule?»

Jason zuckte mit den Schultern und nahm einen Zug von seiner Zigarette.

«Es geht so, ich bin langsam schulmüde.»

«Ja, ich kenne das, bei mir im letzten Schuljahr wars auch so.»

«Und was macht die Liebe?»

«Wieso wollt ihr immer wissen, was meine Liebe macht?»

«Du bist nun mal der jüngste Spross dieser Familie und da ist es normal, dass man danach fragt. Vielleicht könnte man dir ja auch helfen.»

Sie musste lachen.

«Du könntest mir wirklich helfen, ich habe nämlich ein Problem.»

«Ja? Bist du schwul?»

«Wie kommst du jetzt da drauf?»

«Dachte ich mir nur so. Ich habe dich noch nie mit einem Mädchen zusammen gesehen.»

Sie nahm einen Zug ihrer Zigarette und schaute Jason erwartungsvoll an. Er sagte nichts und biss auf dem Filter seiner Zigarette rum.

«Also bist du nun schwul oder nicht?»

«Ja ich bin schwul und habe auch einen Freund.»

«Wissen es deine Eltern?»

«Ja, beide.»

«Und wie haben sie reagiert? Bruno ist es schätzungsweise egal. Und Lydia?»

«Vater hat nicht viel gesagt, aber meine Alte macht total Stress, seitdem sie es erfahren hat. Ihre heile Familienwelt ist eben zusammengebrochen.»
«Wer ist es dann?»
«Das neue Pflegekind vom Vater.»
Seiner Cousine blieb der Mund offen und die Zigarette fiel auf den Boden.
«Für deine erste Beziehung hast du dir nicht gerade das Einfachste ausgesucht», sagte sie lachend.
«So, findest du?»
«Ich wüsste jedenfalls nicht, was ich zu meinem Sohn sagen würde, der mit meinem Pflegekind rummacht.»
«Er ist ja auch schon sechzehn.»
«Und du fünfzehn?»
«Ist doch kein grosser Altersunterschied.»
«Aber du bist noch im Schutzalter.»
Jason rauchte seine Zigarette fertig und schnippte sie über das Grundstück hinaus auf die Strasse.
«Um das geht doch nicht. Ich gehe im Sommer für ein Jahr ins Ausland und ich habe Angst, dass er deswegen mit mir Schluss macht. Und ich kann mir nicht vorstellen, so lange von ihm getrennt zu sein.»
«Ist doch heutzutage kein Problem mehr, eine Fernbeziehung zu haben. Machen viele Leute.»
«Ja schon, aber ich liebe ihn und bereits jetzt vermiss ich ihn, obwohl ich nach dem Mittagessen zu ihm gehe.»

«Ihr müsst lernen zu lieben, ohne sich jeden Tag sehen zu können. Auch das wiederholte Telefonieren und Nachrichten schreiben behindert die Seele, mentalen Kontakt zu seinem Geliebten herzustellen. Ist eh nicht gesund, eine Liebe, bei der man sich jeden Tag auf den Füssen steht, vor allem nicht in deinem Alter.»

«Was ist denn mit meinem Alter?»

«Ich weiss noch, als ich in deinem Alter war. Da habe ich auch jeden Freund, den ich gehabt habe, solange bedrängt, bis er sich eingeengt gefühlt hatte und die Beziehung den Bach runterging. In deinem Alter braucht man einfach noch etwas mehr Freiraum. Nicht nur in einer Beziehung, sondern auch sonst ist es wichtig, dass du mit möglichst vielen Leuten Kontakt hast. Sind manchmal auch andere Personen umher, wenn ihr zusammen seid?»

«Nein eigentlich nie. Ich habe aber bis jetzt auch noch niemandem gesagt, dass ich schwul bin.»

«...ausser deinen Eltern.»

«Ja, ausser denen. Aber du weisst ja, wie das ist. Ich gehe auf eine Schule voller Snobs und für die sind Schwule eh Aussenseiter.»

«Okay. Ich würde auch nicht gerade zwingend vor der Klasse verkünden, dass ich schwul bin. Ist vielleicht besser, wenn es erst mal nur deine Kollegen wissen.»

«Meinst du, die würden es akzeptieren?»

«Wenn es Freunde sind, dann sicher.»

«Ich weiss nicht.»

«Versuch es doch einfach mal. Mehr als schief gehen kanns nicht und wenn schon, was wollen sie dir denn anhaben? Du gehst deinen Weg und das ist die Hauptsache. Solange du das machst, kann dir niemand was zuleide tun.»

Jason schaute in den verschneiten Garten. Sie hatte eigentlich recht und ihn ärgerte es auch ein wenig, dass er es nicht auch so sieht.

«Hast du meine Handynummer gespeichert?»

«Ich denke schon.»

«Hör mal. Wir machen es so. In den nächsten Monaten werde ich hier in der Gegend sein und wenn es irgendwelchen Ärger gibt, egal welcher Art, rufst du mich ein-fach an und ich werde vorbeikommen. Aber versprich mir, dass du deinen Weg gehst.»

«Ist lieb von dir.»

Sie gingen wieder runter zu den anderen, die bereits am Tisch versammelt plaudernd auf das Essen warteten.

*

Fünfundzwanzigster Dezember, der Tag an dem sich die Familien treffen. Ich sass vor dem Fernseher und schaute mir irgendwelche billigen Serien an. In meiner Wohnung stank es nach abgestandener Luft. Ich hatte seit Tagen nicht mehr gelüftet. Geschweige denn mich geduscht oder irgendetwas aufgeräumt. Alles lag noch dort, wo ich es zuletzt hingelegt habe. Plastikflaschen, Pizzaschachteln, Zigarettenpackungen und alte Kleidungsstücke. Die Schuhe lagen in der Küche. Mein Bettzeug habe ich auf das Sofa geholt, so dass ich vor dem Fernseher schlafen konnte. Es sah ausser mir ja eh keiner.

Es klingelte. Und keine drei Minuten später stand Jason in meinem kleinen, verwüsteten Reich.

«Vom Familientürk konnte ich mich für eine Weile verabschieden. Ich hatte das Verlangen nach dir.»

Er warf sich ohne ein weiteres Wort mir um den Hals und drückte mich wieder auf die Polster-gruppe zurück. Er vergrub sein Gesicht in mein T-Shirt.

«Uuuh wääähhh! Du stinkst! Wann hast du das letzte Mal eine Dusche von innen gesehen!»

Er war mit einem Satz aufgesprungen und zog mich mit ins Badezimmer. Ich liess es einfach mit mir geschehen. Es törnte mich an, wie er sich um mich kümmerte. Er zog mir das T-Shirt behutsam aus und fuhr mit seiner Hand über meinen Bauch. Ich schloss die Augen und dämmerte weg. Ich hörte, wie Wasser auf meinem Kopf prasselte. Das angenehme warme Wasser wusch allen Schmutz von meiner Haut und Jasons Hände reinigten meine Seele von meinen Schuldgefühlen. Ich küsste ihn ganz sanft auf die Lippen und wünschte mir, dass er nie mehr wegging.

Jason war der erste Mensch, der es fertigbrachte, meine Gefühle für andere Menschen zu erwecken und meine ständige Leere zu füllen. Er gab meinem Leben einen Sinn.

Nach dem Duschen lagen wir auf der Polstergruppe, Jason hatte wieder sein Gesicht in meinen Kleidern vergraben. Ich lauschte seinem langsamen Atem, der mich selber auch beruhigte und ohne dass ich es wollte, passte ich meinen Atemrhythmus seinem an und hatte das Gefühl, dass ich ihm so noch näherkam.

«Du?»

Er hob seinen Kopf und schaute mich mit seinen wunderbar blauen Augen an.

«Wie lange werden wir noch so zusammen sein?» Ich schaute ihn schockiert an.

«Wie kommst du jetzt auf diese Idee? So etwas darfst du nie mehr sagen. Ich wüsste nicht, wie ich ohne dich weiterleben sollte.»

«Es kommt mir immer wie ein Traum vor, wenn ich bei dir bin, und ich frage mich immer, wie ich es ohne dich den ganzen Tag aushalten soll. Ich möchte nie mehr aus diesem Traum erwachen.»

«Gut dass es keiner ist.»

Oder doch? Ich war mir da selber nicht mehr sicher. Ich habe in den letzten Monaten genug erlebt, was meine Weltanschauung auf den Kopf gestellt hatte.

«Ich will dich in Zukunft immer an meiner Seite haben. Ich werde nicht wie geplant ins Ausland gehen. Es sei denn, du würdest mitkommen.»

Ich richtete mich auf und stiess Jason von mir runter.

«Du bist manchmal ein solcher Idiot! Willst du dein Leben nur wegen mir wegwerfen! Ich werde sicher auf dich warten.»

«Aber wenn ich weg bin und du einer Person begegnest, die du noch mehr liebst als mich? Was ist dann? Ich habe solche Angst, dass ich dich verlieren werde, wenn ich nicht bei dir sein kann.»

«Ich verspreche dir, auch wenn du am anderen Ende der Welt bist, werde ich immer auf dich warten und es wird nie vorkommen, dass du mich verlierst. Denn, wenn du mich verlierst, werde ich mich selber verlieren.»

Ich kriegte selber schon fast Angst, als ich Jason so reden hörte, wenn ich so an die letzten Monate zurückdachte. War er es, der mich immer wieder aus meinen Löchern holte. Er gab nicht nur meinem Dasein einen Sinn. Er bewegte mich auch dazu, einen Sinn in meinen täglichen Arbeiten zu finden. Nicht umsonst sind die Noten in der Schule seit dem Herbst immer besser geworden. Bruno und die anderen sind auch voller Zuversicht, dass ich nach den zwei Jahren Schule einen Arbeitsplatz finden werde.

«Du wirst nach England gehen und dort wirst du dich bemühen, dass du der beste deiner Schule wirst und wenn du wieder zurückkommst, werde ich auf dich warten.

Und ich werde dir auch versprechen, dass ich dich sicher besuchen komme. Aber bitte gib dich selber nicht auf. Nur weil du Angst um uns beide hast. Ich stehe in der Pflicht, dir, mir und unserer Liebe gegenüber, dass du trotz all dem deinen Weg gehst. Ich bin stolz auf dich, wenn du Künstler wirst und du deinem Ziel näher kommst.»

Jason küsste mich. Es war ein langer, intensiver Kuss. Ich erwiderte ihn und legte meine ganze Leidenschaft hinein, gab mich Jason ganz hin und lies es zu, dass er mich mit seinem ganzen Wesen dominierte. Er drückte mich tiefer in die Sofapolster, umschlang mich mit seinen Armen, Beinen und der Zunge. Ich hatte das Gefühl, als wollte er meine ganze Lebenskraft aussaugen. Mir blieb der Atem weg. Mir war es egal. Auch wenn ich jetzt gleich hier und jetzt in seinen Armen sterben würde. Ich würde es einfach so hinnehmen. Langsam lösten sich seine Lippen von meinen. Meine Lungen füllten sich wieder mit Luft und er lies mich aus der Umschlingung wieder frei.

«Sag mal...»

Er richtete sich wieder zu mir auf und lehnte mit dem Rücken an mich. Ich schaute ihn an.

«...was waren eigentlich deine Ziele in deinem Leben? Ich meine bevor ...»

Er unterbrach den Satz und starrte die Wand an, an der ich sein Bild aufgehängt habe, welches er mir geschenkt hatte.

«Für mich gab es nie ein bevor. Als meine Mutter mich verlassen hatte, war ich noch zu klein, um Träume zu haben und danach wusste ich, dass, ohne Halt von meiner Familie, das Leben von Tag zu Tag wichtiger war als das Träumen von ferner Zukunft.»

«Aber du hast doch sicher Sachen, die du gerne machst. Hobbys oder so?»

«Nein, nicht dass ich wüsste. Ich habe immer gerne Bücher gelesen. Bücher haben mich von meinem Leben abgelenkt.»

Jason schwieg wieder. Er schien sich schon fast ein schlechtes Gewissen daran zu machen, dass er immer all das hatte, was mir ein Leben lang vergönnt war.

«Jason, ich will nicht, dass du dir Gedanken ob meiner Vergangenheit machst. Die soll nie zwischen uns beide kommen.»

Er nickte und stand auf.

«Ordnung ist das halbe Leben», verkündete er und fing an die leeren Pizzaschachteln, die überall

herumlagen, einzusammeln und in einen
Müllbeutel zu stopfen.

*

Die Festtage gingen vorüber und das neue Jahr
begann. Die Ferien neigten sich dem Ende zu und
Damian war schon froh darüber, wieder in die
Schule zu gehen. So hatte sein Alltag wenigstens
ein wenig Struktur, auch wenn die nicht gerade die
beste war.

Am anderen Morgen in der Schule, draussen war
es noch dunkel und die Schüler wollten alle noch
nicht so recht in die Gänge kommen. Damian stand
am Kaffeeautomaten und schlürfte seinen Morgen-
kaffee. Vor ihm auf dem Tisch lag ein aufge-
schlagenes Buch.

«Oh, Kafka», bemerkte ein schmächtiger Siebt-
klässler. «Ja. Etwas dagegen», entgegnete Damian
gleichgültig und konzentrierte sich wieder auf den
Text. Im Hintergrund nahm der Automat seine
Arbeit auf und spuckte einen weiteren Instant-
kaffee aus.

«Nein, absolut nicht. Mich erstaunt nur, dass du
solche Bücher liest.»

Damian richtete sich auf und betrachtete sein
Gegenüber genauer. Er war etwas kleiner als er.
Seine borstigen schwarzen Haare waren unter eine

Mütze gezwängt und nur die Spitzen standen
hervor. Seine Kleider waren ihm auf eine groteske
Weise – und dies war sicher auch so gewollt –
viel zu gross.

Sein Blick hatte etwas Herausforderndes.

«Hast du eigentlich nichts Besseres zu tun, als
mich hier zu ärgern?»

«Was denn Alter, ich mach doch gar nichts. Ich
wollte nur höflich sein.»

«Dann sei so höflich und versuch es anderswo.
Danke.»

Damian wandte sich wieder dem Buch zu und
nahm einen Schluck Kaffee.

«Hey. Alter! Durftest du diese Nacht wohl nicht
bei deiner Freundin im Bett liegen? Hast
Hormonstau? Geh auf die Klappe und hol dir einen
runter!»

«Ja klar, wenn du mitkommst.»

Jetzt wurde der Junge etwas rot im Gesicht und
verschwand so schnell wie es seine Hosen zu-
liessen.

Damian musste grinsen. Es gab schon Jungs und
Mädchen hier an der Schule, die nicht so viel in
der Birne hatten, wie man es von ihrem Alter wohl
erwarten würde.

Er schaute ihm noch mal nach, um herauszufinden,
in welchem Klassenzimmer die Leuchte in den
Unterricht ging. Es war nicht weit entfernt, also
machbar, ihn während des Unterrichtes einen

gehörigen Schrecken einzujagen. Ihm hat ja
niemand verboten, seine Kräfte auch zu seinem
eigenen Vergnügen einzusetzen.

Der Lehrer wusste natürlich nichts Besseres, als
nach den Ferien eine Sonderstunde zu machen, um
sich an den Geschichten der Weihnachtsferien
seiner Schüler zu ergötzen. Damian sass
desinteressiert im Kreis und hing seinen
eigenen Gedanken nach.

«Wie es wohl Jason geht?»

Sie hatten sich zwar immer wieder mal getroffen,
aber lange nicht mehr so oft wie zu Beginn und das
vermisste er stark.

Damian empfand eine grosse Sehnsucht mit den
Gedanken an seinen geliebten Freund.

Er würde in einigen Monate nach England auf-
brechen und dort sein Auslandsjahr machen. Da
Damian aber erst im Herbst genügend Geld haben
würde, um sich ein Flugticket zu kaufen, müssten
sie, wohl oder übel, solange getrennt leben.

«Und was hast du so gemacht?»

Der Lehrer wandte das Wort an Damian.

Damian zuckte zusammen und suchte nach einem
passenden Satz.

«Nicht viel, zu Hause gesessen und meine Zeit mit
Lernen verbracht.»

«Bist du nicht bei deiner ...»

Der Lehrer brach den Satz ab, als er selber bemerkte, wie er Schulroutine an einem Waisen runterleierte.

«Nein, was sollte ich wo? Ich bin mir Gesellschaft genug über Weihnachten!»

Damians Gesichtsausdruck war beängstigend.

«Soll ich Ihnen ein paar einsame Momente in blumigen Worten schildern?»

Der Lehrer schluckte leer. Einen solch stechenden und bösen Blick hatte er in seiner Laufbahn von einem Jugendlichen noch nie gesehen und die folgenden zwei Worte von Damian trafen hart: «Seelenstriptease gefällig?»

Dem Lehrer traten Schweissperlen auf die Stirn, worauf Damian sagte: «Lieber Schweissperlen als gar keine Diamanten oder!?»

Damian hatte nicht die geringste Lust, hier in der Klasse in irgendeinem exhibitionistischen Wahn-anflug seine Ferien breitzuschlagen.

«Naja, jeder feiert Weihnachten etwas anders», versuchte der Lehrer schwitzend die Situation zu retten.

«Wer hat seine Weihnachten auch auf unge-wöhnliche Weise verbracht?»

Oliver schaute kurz zu Damian, konnte sich jedoch als Klassensprecher keine Unaufmerksamkeit leisten und mimte den Musterschüler seiner Rolle wegen.

«Gut so», dachte Damian. Einige der Klassenkameraden steckten jetzt die Hände nach oben und erzählten von den verschiedensten Traditionen aus ihren Familien. Damian durchdrang mit seiner Gedankenkraft die Wände und versuchte den Sitzplatz des Jungen ausfindig zu machen. Im anderen Klassenzimmer waren rund sieben Schüler.

Die meisten davon Mädchen. Zwei davon waren Jungs und einer von den beiden musste sein Opfer sein.

Das Läuten kündigte die Pause an. Damian konnte sich eine Zigarette gönnen. Er trat in die kalte Winterluft und sog sie genüsslich ein.

«Hey!»

Oliver gesellte sich zu ihm.

«Und waren deine Ferien wirklich so schlimm, wie du behauptet hast?»

«Was geht es dich an. Keine anderen Probleme?» Oliver baute sich vor Damian auf und schaute ihn mit funkelnden Augen an.

«Ich weiss, was du vorhast.»

«So, dann lass mal hören.»

Damian blies ihm Rauch ins Gesicht.

Oliver musste husten, liess sich aber nicht aus der Ruhe bringen.

«Den Jungen lässt du in Ruhe.»

«Geht nicht.»

«Damian, ich warne dich nur einmal. Lass es bleiben.»

Damian wandte sich von ihm ab und ging in Richtung Schulgebäude. Sollte er es doch versuchen, dachte er und ging rein zum Kaffeeautomaten.

Zur gleichen Zeit machten sich Greg und einige seiner Kollegen auf den Weg von ihrem geheimen Sammelplatz hinter dem Container zum Klettergerüst. Greg und seine halbstarken Kollegen waren dafür bekannt, überall, wo sie auftauchten, nichts als Ärger zu machen. Es sei denn, sie sind getrennt gehalten, dann sind alle lammfromme Jugendliche. Greg ging das Treffen mit Damian heute vor der Schule nicht aus dem Kopf. Er hatte noch nie einen Jungen kennengelernt, der eine solche Abneigung ausstrahlte wie dieser und trotzdem fühlte er sich in seinen Bann gezogen. Jedes Mal, wenn er ihn sah.

Greg setzte sich auf eine Bank beim Klettergerüst und beobachtete, wie seine Kollegen die jüngeren Kinder plagten. Er legte den Kopf in den Nacken. So konnte er für einen Moment seinen Kopf freibekommen und sich sammeln. Nach der Pause werden sie Geografie haben und er konnte nicht nur das Fach nicht leiden, sondern auch die Lehrerin, die es unterrichtete. So war es ihm auch ganz recht, dass ihm die Pause heute besonders lang vorkam.

Greg quälte sich ins Schulzimmer zurück und setzte sich an seinen Platz in der vordersten Reihe, wo ihn der Klassen-lehrer verbannt hatte, weil er angeblich in der hintersten Reihe zu viel Unruhe reingebracht hatte.

Als an der Tür Damian vorbeimarschierte hielt er kurz inne und schaute ihm direkt in die Augen. Greg wurde es warm und kalt zugleich. Sein Puls fing an zu rasen. Er wandte seinen Blick an die Tafel und tat so, als hätte er Damian nicht gesehen. Er schüttelte den Kopf und ramschte seine Schulsachen aus der Tasche.

*

Ich begab mich an meinen Platz und schaute mich im Schulzimmer um. Eher zufällig guckte ich beim Sinnieren den Fischen zu, die im Aquarium im Regal gelangweilt ihre Runden zogen. Mir kam die grosse Erleuchtung.

Ich wartete noch einige Minuten, bis der Unterricht angefangen hatte und alle an ihren Tischen sassen und sich auf die Arbeiten konzentrierten. Ich liess die Gestellhalter brechen und das Aquarium krachte mit grossem Getöse auf den Boden und ergoss seinen Inhalt ins Schulzimmer.

Es dauerte einige Sekunden, bis die gesamte Klasse begriff, was geschehen war. Alle eilten auf Kommando den zappelten Fischen zu Hilfe.

Ich nutzte die Ablenkung, blieb ruhig sitzen und konzentrierte mich sofort auf Greg. Aus dem Augenwinkel bemerkte ich, dass Oliver sich ebenfalls den Fischen widmete und mich nicht beachtete. Ich schloss die Augen und konzentrierte mich sogleich auf den Puls von Greg. Er ging unregelmässig und ich brauchte einige Sekunden, bis ich mich auf ihn einstellen konnte. Greg fasste sich an die Brust und begann nach Luft zu schnappen.

Er hatte ein erstaunlich starkes Herz. Immer wieder schaffte es der Muskel, sich meiner Umklammerung zu entziehen.

Auf einmal hatte ich Olivers Stimme in meinem Unterbewusstsein.

«Lass es!»

«Halt dich da raus! Er hatte heute Morgen seinen Spass und ich jetzt.»

«Hör auf oder es wird dir leidtun.»

Ich verdrängte Oliver und zog zum letzten Mal das imaginäre Band um das Herz von Greg zu. Auf einmal bemerkte ich, es war eine andere Person, die ich hier in meinen Fängen hatte, eine, die ich sehr gut kannte. Ich merkte, dass ich Jason ans Leder ging. Blitzschnell liess ich los und zog mich zurück. Es war noch gerade rechtzeitig genug. Ich sah wie Jason ohnmächtig zu Boden stürzte.

Ich schaute Oliver erschrocken an.

«Ich habe es dir gesagt!»

«Wie kannst du es wa …», weiter kam ich nicht
mehr.

Die Fische waren gerettet und der Lehrer wollte
wieder weitermachen. Ich versuchte es noch ein
zweites Mal, diesmal ohne Ablenkungsmanöver.
Zu meinem Glück war der Lehrer so in sein
Referat vertieft, dass er mich nicht beachtete.

Jedes Mal, wenn ich zu Greg vordringen wollte,
landete ich bei Jason.

Oliver hatte irgendeinen Bannkreis um Greg
gelegt, den ich nicht durchdringen konnte. Ich liess
es für den Rest des Tages darauf beruhen.

Vielmehr machte ich mir Sorgen um Jason.

*

Ich ackerte mich mit Papierkrieg ab, als mich das
Telefon von der Schule von Jason erreichte.

«Ja, bitte?»

Ich malte mir alle möglichen Szenarien aus, was
mein Sohn wieder angestellt haben könnte, als sich
am anderen Ende der Klassenlehrer von Jason
meldete.

«Guten Tag. Ihr Sohn Jason hat heute im Turnen
einen kleinen Schwächeanfall gehabt und ist
unglücklich gestürzt. Es wäre vielleicht gut, wenn
sie kurz in die Schule kommen könnten.»

«Selbstverständlich, werde mich gleich auf den
Weg machen.»

Ich packte mein Zeugs und stieg ins Auto. Ich schaute kurz an die Garagenwand und versuchte mir bewusst zu machen, was ich jetzt gerade vorhatte. Aber ich konnte nichts Schlechtes daran finden und machte mich unverzüglich auf den Weg in Damians Schule.

Es war eh kurz vor Mittag und ob ich ihn drei Minuten früher aus dem Unterricht nehmen würde oder nicht, spielte eigentlich auch keine Rolle und im Übrigen war es sein gutes Recht, mitzukommen, wenn Jason schon etwas fehlte. Sie werden sich in mehr als fünf Monaten nicht mehr sehen können und konnten so wenigstens noch etwas mehr voneinander haben.

Herr Steinmaurer, der Schulpsychologe von Damian, hat die Beziehung sowieso befürwortet und er hatte auch beobachtet, wie sich Damian viel mehr und besser in der Schule konzentrierte, seit die beiden zusammen waren und das soll schliesslich auch noch was wert sein.

Ich hatte zum guten Glück eine Kopie von seinem Stundenplan dabei. So war es mir möglich, ihn schnell aus einem der Schulzimmer zu holen. Damian wurde sehr nervös als ich ihm offenbarte, dass wir Jason in der Schule abholen gehen, da er einen Unfall hatte. Damian hatte die Angewohnheit, seine Nervosität so zu äussern, indem er anfing, mit seinem Feuerzeug zu spielen.

«Hör schon auf! Es ist ihm ja nichts Schlimmes passiert. Er hat nur einen Schwächeanfall gehabt, das ist normal bei Jugendlichen in seinem Alter.» Er schluckte und versuchte sich zu entspannen.

Ich war erstaunt, dass unter einer so harten Schale, wie Damian sie besass, auch ein weicher Kern sein konnte.

«Ich habe mir gedacht, da du sowieso heute Nachmittag frei hast, könnte ich dich abholen. Dann könnt ihr heute noch etwas zusammen unternehmen. Er fliegt ja bereits in fünf Monaten.» Damian schluckte. Anscheinend war er sich dieser Tatsache gar nicht mehr bewusst gewesen.

Wir kamen bei der Schule von Jason an, einem Prunkbau aus der Industrialisierung, der mehr an ein mittelalterliches Schloss erinnerte als an eine Schule. Der Unterricht war bereits zu Ende und die Schülerfluten ergossen sich aus dem Schlund des Schulhauses und verteilten sich in der Stadt. Wir hatten Mühe, gegen diesen Schüleransturm in das Schulgebäude zu gelangen. Drinnen war es wie auf Kommando auf einmal ruhig und nur noch vereinzelt standen Schüler und Lehrer auf dem Gang oder rannten die Treppen rauf und runter.

Ich dirigierte Damian zielsicher durch die düsteren Gänge zum Krankenzimmer, wo Jason auf einer Liege lag, immer noch in den Turnkleidern. Ich bemerkte den lüsternen Blick von Damian, als er sah, dass Jason sein T-Shirt ausgezogen hatte.

Ich stiess ihn mehr freundschaftlich in die Seite und musste grinsen.

Sofort setzte sich Jason auf und legte den nassen Lappen beiseite, den er sich an die Stirn gehalten hatte. Die Krankenschwester hatte ihm mit drei Heftpflastern einen kleinen Riss über seinem rechten Auge verarztet. Damian schloss Jason in die Arme und betrachtete ihn besorgt. Ich liess die beiden alleine und ging in das benachbarte Büro, um mit der Krankenschwester zu besprechen, was genau vorgefallen war.

Sie meinte nur trocken, dass Jugendliche in seinem Alter stark im Nehmen seien und ihm, abgesehen von der kleinen Delle an seinem Kopf, nichts Schlimmeres fehlte.

Sie begleitete mich wieder zu den beiden Jungs: «… ich empfehle, dass Jason es sich heute noch gemütlich macht und in den nächsten Tagen Magnesium zu sich nimmt und etwas besser auf seine Ernährung achtet. In seinem Alter ist es besonders wichtig, dass man genug isst. Es sei nicht zu unterschätzen, wie viel Energie ein Körper im Wachstum brauche.»

«Ich danke Ihnen für Ihr gutes Umsorgen und werde mich mit seinem Hausarzt besprechen, ob wir seine Ernährung besser unter Kontrolle haben sollten.»

Die Krankenschwester lächelte milde, reichte Jason seine Schulsachen und seine Kleider.

«Du wirst eine kleine Narbe behalten, aber das ist ja nicht das Schlimmste.»

Ich ging mit ihr und Damian nach draussen, damit er sich in aller Ruhe umziehen konnte.

*

Natürlich machte sich Damian ein Gewissen. Er war ja verantwortlich für den Unfall von Jason. Er hatte das Leben der Person in Gefahr gebracht die er am meisten liebte.

Bruno hatte die beiden bei einem Café in der Innenstadt abgeladen und liess sie alleine.

«Was ist denn genau passiert?»

Damian strich ihm durch das Haar und wischte ihm einige Strähnen aus dem Gesicht.

«Ich weiss es auch nicht so genau. Wir hatten Turnunterricht und übten Trampolinspringen. Als ich an die Reihe kam, bekam ich auf einmal keine Luft mehr und ich hatte das Gefühl, mein Herz steht für einige Sekunden still, dann wachte ich erst in der Krankenstation wieder auf.»

Jason verschwieg, dass er im Moment des Unfalls den Eindruck hatte, Damian würde neben ihm stehen und ihn berühren.

Er konnte es selber nicht genau einordnen, was dies zu bedeuten hatte.

Jason nahm einen Schluck von seiner Schokolade und schaute seinem Freund in die tiefschwarzen Augen.

«Ich liebe dich und ich wüsste nicht, was ich machte, wenn ich dich nicht mehr haben würde», gestand ihm Damian.

«Wieso nicht mehr? Ich hatte ja nur einen Schwächeanfall, du Dummerchen.»

Er lehnte sich an Jason und beobachtete mit melancholischen Augen das Treiben auf der Strasse.

Der Winter liess die Menschen und die Natur langsam aber sicher aus seiner eisigen Um-klammerung. Die ersten wärmenden Sonnen-strahlen kündeten den nahenden Frühling an und mit ihm auch die Abreise von Jason. Dieser Tag war wie ein Damoklesschwert über ihrer Be-ziehung. Das merkten beide ganz genau und sie bemühten sich, nicht über diesen Tag zu sprechen.

*

Damian genoss es im Park. Es waren nur wenige Leute unterwegs und die meisten der ver-schlungenen Wege waren noch mit Schnee be-deckt; eigentlich war es eher nicht so seine Sache in einen Stadtpark zu gehen. Ihm hatte es dort immer zu viele Liebespaare, die ihr Zusammensein nach seinem Empfinden zu offensichtlich ge-

nossen. Und jetzt gehörten er und Jason genauso
zu der Sorte von Liebespaaren, die masslos über-
trieb.

Er musste lächeln über diesen Gedanken.

«Was lachst du?»

«Nichts, nur so. Ich geniesse einfach den Tag mit
dir zusammen. Ich fühle mich richtig frei und
wohl.»

«Ich muss dir etwas zeigen.»

«Was denn?»

Bevor Damian reagieren konnte, riss ihn Jason mit.
Quer durch den Schnee und über den zugefrorenen
Teich zu einem abseitsstehenden Gewächshaus.

«Das hier ist mein Lieblingsort, hier komme ich
immer hin, wenn ich Ruhe suche.»

Jason öffnete die Tür und sie betraten einen
kleinen Dschungel. Drinnen herrschte ein
feuchtwarmes Klima. Damian musste seinen
Mantel öffnen und die Mütze abziehen. Sein
langes Haar war unter der Mütze etwas zer-
knautscht worden und stand ihm jetzt in allen
Richtungen vom Kopf ab.

Jason lachte und versuchte das widerspenstige
Haar wieder in seine eigentliche Lage zurück-
zubringen. Dabei kam er Damian sehr nahe. Sein
Gesicht war kaum eine Handbreite von seinem
entfernt. Er schaute in die tiefen dunklen Augen,
die alles zu verschlingen drohten, was sie er-
blickten.

Jason war hypnotisiert von Damians Augen. Er konnte nicht mehr von ihnen ablassen. Jason begriff, dass er der einzige Mensch auf der Welt war, der hinter diesen Blick sehen und die wahre Schönheit erkennen konnte. Er küsste Damian lange. Zu lange für Damian. Er bekam für einen kurzen Augenblick keine Luft mehr und strauchelte mit Jason nach hinten, zwischen die komplett verwilderten Sträucher in die warme, feuchte Erde. Das Blattwerk verschluckte die beiden komplett und sie waren absolut abgeschieden. Keiner konnte sie sehen.

Jason legte seinen Kopf auf die Brust von Damian und schloss die Augen. Er roch den schweren Duft der feuchten Pflanzen und der Erde und spürte den langsamen, beruhigenden Herzschlag von Damian.

«Das Grösste, was ich in England vermissen werde, sind diese Momente mit dir.»

Damian schaute Jason an.

«...und das Einzige, was ich vermissen werde, wenn du weg bist, ist dein Schwanz.»

Jason öffnete schlagartig die Augen.

«Musste das sein?»

«Was?»

«Das gerade von vorhin?»

Jason setzte sich auf Damian.

«Du hast doch damit angefangen.»

«Ja. Aber ich habe es ernst gemeint.»

Damian richtete sich auf und schob Jason auf seine Beine und packte ihn an seinen Schultern.

«Weisst du eigentlich, wie sehr mich das jedes Mal schmerzt? Seit den Weihnachtsferien, wenn wir beide zusammen sind, sprechen wir von nichts anderem mehr, als von deiner Englandreise. Anstatt die Zeit zu geniessen, die wir beide noch haben, jammern wir uns gegenseitig immer wieder von Neuem vor, wie wir uns vermissen werden. Dass ich dich liebe, weisst du und auch diese Englandreise ändert nichts an dieser Tatsache.» Damian atmete kurz durch und zog Jason zu sich zurück auf die Erde und umarmte ihn.

«Ich weiss, dass du nur mich hast und ich nur dich. Aber bitte. Nur wenigstens für heute lass uns vergessen, was sonst noch ist. Heute gilt nur dieser Moment.»

Jason gab sich damit einverstanden.

Sie blieben noch einige Momente zusammen so liegen. Bevor sich Jason aus den Armen von Damian befreite und aus den Büschen krabbelte. Damian blieb liegen und schaute Jason nach, wie er zwischen den Pflanzen verschwand.

«Jason? Wohin gehst du?»

Er bekam keine Antwort.

«Jason?»

Immer noch nichts. Jetzt stand auch Damian auf und ging zur Tür.

«Jason? Komm, hör auf mit diesem Scheiss. Ich bin zu alt zum Verstecken spielen.»
Damian bekam noch immer keine Antwort.
Ganz hinten im Gewächshaus sah er eine Bewegung in den Büschen. Er ging nach hinten. Konnte jedoch nichts mehr sehen, ausser undurchdringliches Blattgrün.
Jason steckte auf einmal seinen Kopf aus dem Laub und grinste Damian an.
«Komm mit.»
Damian folgte ihm eher mit Widerwillen durch die Büsche hindurch. Nach wenigen Schritten tat sich das Blattwerk auf und zwischen zwei Büschen und einigen Topfpflanzen, denen die Töpfe schon lange zu klein waren und deren Wurzelwerk begonnen hat, die Keramik zu sprengen, öffnete sich eine kleine Lichtung auf der einige alte Wolldecken lagen. Am Rand wuchsen violette Blumen, die Damian nicht kannte.
«Hast du das hier eingerichtet?»
«Ja. Als ich noch jünger war, arbeitete hier noch ein alter Gärtner, der mir erlaubt hatte, mich hier etwas einzurichten, solange ich ihm die Pflanzen in Ruhe liesse.»
«Aha, und was ist jetzt mit diesem Gärtner? Er hat allem Anschein nach seiner Arbeit etwas vernachlässigt.»
«Er ist vor zwei oder drei Jahren gestorben und seither schaut hier keiner mehr so richtig dazu. Die

Gemeinde giesst die Pflanzen zwar noch. Aber auch nur noch mehr schlecht als recht. Ich will meinen Vater fragen, ob er mir das Gewächshaus kauft, dann könnte ich mir hier drinnen mein Atelier einrichten.»

Damian zog die Augenbrauen hoch.

«Du meinst, dein Vater würde das für dich machen?»

Jason grinste nur und drückte ihn auf die Decken runter, die von der Sonne schön warm waren.

«Ich weiss es nicht. Aber ich denke, wenn er weiss, was ich hier drinnen mit dir mache, dann wird er es sich sicher gleich anders überlegen.»

Er küsste Damians Mund, zog sein Sweatshirt hoch und legte seine Hand auf den Bauch von Damian.

«Was …», weiter kam er nicht.

Jason gab ihm einfach einen Kuss. Er wanderte mit seinem Mund weiter den Hals runter über die Brust zum Bauch, er sog den Geruch von Damian ein und versuchte, ihn tief in sich einzuprägen.

Damian schloss die Augen und genoss es einfach. Er spürte die weichen Lippen von Jason auf jedem Zentimeter seiner Haut.

Damian unterbrach ihn und zog mit einem gekonnten Griff Jason die Jacke mitsamt Pullover und T-Shirt über den Kopf und drehte ihn auf den Rücken. Seine Hand wanderte langsam über den Brustkasten und den Bauch runter zum Hosenbund. Ihre Zungen suchten sich gegenseitig und spielten miteinander. Jasons Atem ging von Sekunde zu Sekunde schneller, auch Damian konnte seine Erregung nicht mehr länger verborgen halten und zog Jason noch näher zu sich ran. Damian zog sein Sweatshirt aus und legte es Jason als Kissen unter den Kopf. Er konnte diesem Jungen nicht mehr länger widerstehen, öffnete mit einer Hand gekonnt dessen Hose und suchte die warme Mitte zwischen seinen Beinen. Damian konnte Jasons Erregung durch den dünnen Stoff der Boxershorts spüren.

Jason schloss die Augen, versank in den Decken und spürte nur noch Damians Hand. Noch nie war Jason so von Sinnen wie in diesen Sekunden. Sein ganzes Blut schien nur noch um den Mittelpunkt seines Körpers zu strömen. Voller Verlangen wanderte seine Hand zu Damians Hosenbund und öffnete seine Hose. Er zog sie ihm so weit runter, wie es ging, befreite sich von Damians Hand und legte ihn mit sanftem Nachdruck auf den Rücken. Gleichzeitig zog er die Hose endgültig runter, dabei leerten sich die Taschen und der Inhalt fiel auf die Wolldecken, was die beiden im Moment wenig kümmerte.

Damian befreite Jason endgültig von seinen Kleidern und die beiden vergruben sich tief in den Decken. Sie versanken in ihrer Lust und für die nächsten Minuten und Stunden wurde Damians

Wunsch wahr; es gab nur noch sie zwei. Das Gewächshaus war ihr Planet. Es war den beiden endlich möglich, die Welt und ihre Sorgen zu vergessen.

*

Ich hatte die Zeit komplett vergessen, als ich wieder aufwachte. Die letzten Minuten kamen mir wie ein ferner Traum vor. Ich schaute mich um und entdeckte Jason neben mir. Er hatte sich an meiner Seite völlig eingegraben und nur noch sein Kopf schaute aus den Decken heraus, seine Augen waren geschlossen und der Atem ging langsam. Ich wälzte mich aus den Decken und zog mich wieder an. Die Sonne stand schon tief und es wurde kalt.

Jason öffnete die Augen und blinzelte mich an.

«Willst du schon gehen?»

«Ja, es wird kalt und dunkel. Du kannst ja noch zu mir nach Hause kommen, wenn du willst.»

«Ich habe nichts dagegen. Muss aber zuerst noch heim zu mir.»

Jason stand auf und zog sich ebenfalls an. Wir traten nach draussen und die Kälte erinnerte uns daran, dass noch immer Winter war; die wohlige Wärme war verschwunden und blieb im Gewächshaus zurück.

«Treffen wir uns also bei dir zu Hause?», wollte sich Jason nochmals versichern.

Ich nickte und Jason verschwand in der Dämmerung. Ich blieb noch einen Moment vor dem Gewächshaus stehen und zündete mir eine Zigarette an. Ich war mit mir und der Welt im Reinen.

Es waren nur noch vereinzelte Arbeiter unterwegs, die auf dem Nachhauseweg waren, oder Jugendliche, denen die Kälte während ihres Aufenthalts im Park in die Glieder gekrochen war. Auch sie verliessen den Park und hinterliessen nur noch ihre Spuren.

Ich bog auf einen der vielen Wege ein und schlenderte vor mir her, da ich nicht pressieren musste, um nach Hause zu kommen.

«Ah, Damian. So spät noch unterwegs?»

Ich drehte mich um. Es war Oliver. Er hatte Greg im Schlepptau. Für den Bruchteil einer Sekunde erhöhte sich mein Puls. Ich zwang mich jedoch, nach aussen hin ruhig zu bleiben.

«Oh, Oliver! Was für eine Überraschung. Hast du kein Zuhause?»

«Greg und ich wollten noch etwas an die frische Luft. Weisst du, ihm ging es heute nicht besonders gut in der Schule.»

«Aha. Ja, da ist frische Luft immer gut.»

Für mich war das Gespräch hiermit vorbei und ich ging bewusst in eine andere Richtung als die beiden, auch wenn das für mich ein Umweg war. Ich spürte Gregs Blick in meinem Rücken.

«Hey Alter!»

Ich biss die Zähne aufeinander. Ich konnte seine Stimme nicht ausstehen.

«Nenn mich nicht immer Alter, Idiot.»

«Kein Grund, ausfällig zu werden. Hast du mir eine Zigarette?»

«Denkst du nicht, dass Mami da keine Freude hat, wenn ihr Baby raucht.»

Ich ballte die Faust und war versucht, ihm sein Babyface zu polieren.

Oliver schüttelte den Kopf.

«Immer freundlich bleiben, Damian! Ich habe es dir schon mal gesagt.»

Ich entspannte mich wieder und warf ihm mein Pack zu.

«Behalt es.»

Ich wollte die beiden jetzt wirklich nicht mehr sehen und beeilte mich, aus ihren Blicken zu verschwinden. Dieser Greg nervte mich bis aufs Blut. Und dass er mit Oliver herumspazierte, förderte seine Beliebtheit bei mir nicht gerade.

*

Ausnahmsweise war ich es, der die Türe hinter sich ins Schloss krachen liess und nicht Jason. Ich stapfte durch den Schnee in unserem Vorgarten auf die Strasse. Ich wollte nur noch weg.

Lydia empfand ich von Tag zu Tag unerträglicher und zweifelte plötzlich an mir, wie verliebt ich einmal in diese Frau war. Gleichzeitig kamen Erinnerungen unserer gemeinsamen Blütezeit hoch und ich empfand eine enorme Sehnsucht nach meiner damaligen Braut.

Ich dachte zwar, dass sie ihre Krise an Weihnachten über-wunden hätte, zumal sich das Leben von Jason wieder normalisiert hatte. Er war wieder wie gewohnt zu Hause und nur noch ein bis zwei Mal in der Woche bei Damian. Davor blieb er öfters wochenweise weg.

Aber Lydia war das noch nicht genug. Seit Kurzem wollte sie, dass wir in eine andere Stadt umziehen und alles hier hinter uns lassen würden. Gestern war sie sogar drauf und dran, Jason den England-aufenthalt zu verbieten und ihn stattdessen hier in eine Lehre zu schicken.

Ich konnte einen Streit zwischen den beiden nur mit Mühe verhindern und jetzt hat sie mir offenbart, dass sie hier weg wolle mit mir. Ob mit oder ohne Jason, sei ihr egal.

Ich begriff diese Frau von Tag zu Tag weniger. Sie hatte alles, was sie sich schon immer wünschte. Aber seit Damian aufgetaucht war, drehte sie immer mehr im roten Bereich. Ich konnte nicht einmal Damian richtig die Schuld geben, wie auch? Er hatte noch nie etwas gemacht, was direkt ihr schadete.

Ich zündete demonstrativ eine Zigarette an. Auch wenn ich wusste, dass Lydia keine Raucher in der Familie wollte.

Mir war das jetzt egal. Ich setzte mich in meinen Wagen und fuhr die Strasse entlang. Ich wusste nicht recht, wo ich hinwollte, jedenfalls weg von ihr. Mir war es zu viel.

Auf halber Strecke begegnete ich Jason, der die Strasse entlangkam. Ich hielt neben ihm an und hielt ihm die Beifahrertür auf.

«Steig ein.»

Er zog erstaunt die Augenbrauen hoch, gehorchte und stieg zu mir in den Wagen.

«Wir müssen reden.»

«Was denn?»

«Ich ertrage deine Mutter nicht mehr.»

Jason schaute mich erstaunt an.

«Was soll das heissen?»

«Ich weiss es noch nicht. Aber ich will ehrlich zu dir sein. Sie will weg von hier mit oder ohne uns. Das ist ihr egal.»

Jetzt begriff auch Jason, worum es hier ging.

«Also gehen wir hier weg?»

«Ich kann hier nicht weg.»

«Demnach trennt ihr euch?»

Ich schwieg. Jason verdrehte die Augen.

Ich machte noch eine Ehrenrunde durch das Quartier.

Ich hatte den Wagen noch nicht richtig in die Einfahrt gestellte, stieg Jason schon aus und stapfte zur Eingangstür. Er drehte sich zu mir um.

«Wenn du nicht einmal mehr ehrlich zu dir selber sein kannst, was machst du dann noch hier!?»

«Jason …!»

Er war so schnell verschwunden, dass ich nicht mehr nachkam. Jason knallte die Tür zu. Ich blieb noch draussen und wollte meine Zigarette fertig rauchen. Bevor ich ins Haus kam, war der Streit zwischen Lydia und Jason schon voll entbrannt. Ich konnte die beiden bis hier auf die Strasse hören.

«…du bist doch krank! Wärst du nur eine halb so gute Mutter, wie du immer behauptest!»

«Jason! Ich dulde keinen solchen Ton in meinem Haus!»

«In dem Fall ist ja gut, dass du bald ausziehst, so brauchst du ihn auch nicht mehr zu hören!»

Ich ging ins Wohnzimmer. Lydia sass in Tränen aufgelöst am Tisch und Jason stütze sich mit beiden Armen auf den Tisch ab und schaute seine Mutter so wütend an, dass selbst mich das kalte Grauen überkam.

«Jason! Hör auf!»

Ich knallte die Wohnzimmertür zu. Er schaute jetzt mich an.

«Wag es nicht so mit mir zu reden!»

Er hieb die Faust so hart auf die Glastischplatte, dass diese einen Riss bekam.

«Wer hat sich denn hier nicht mehr unter Kontrolle! Ist nur gut, dass ich nur noch drei Jahre in diesem Haushalt sein muss! Ich würde weder dich noch sonst jemanden von hier länger ertragen.»

«Sei es, wie es sei.»

Lydia stand auf.

«Du wirst auf jeden Fall mit mir mitkommen, damit du endlich aus diesem Umfeld hier raus kommst.»

Jason schaute sie schockiert an. Er hatte alle Mühe, sich so weit zu beherrschen, dass er Lydia nicht gleich an die Gurgel springen würde. Ich brachte mich schon Mal in Position, um nötigenfalls einzugreifen.

Jason war seiner Mutter nicht nur körperlich um einiges überlegen. Er war auch mehr als einen Kopf grösser als sie.

«Was hast du da gesagt!?»

Lydia wich einen Schritt zurück.

«Jason. Sie …», Er blickte mich warnend an.

«Was hast du da gesagt! Habe ich es nicht klar gesagt? Ich liebe Damian. Ich bin schwul. Wenn du das nicht kapierst, dann ist es nicht mein Problem. Aber eins, das lass dir gesagt sein. Ich werde ihn auch noch lieben, wenn ich mit dir ans andere Ende der Welt ziehen müsste und wenn ich

bedauerlicherweise Damian nicht mehr habe, gibt
es noch eine Welt voller Männer für mich! Kein
Problem!»

«Aber Jason. Das ist doch nur eine Phase und
sonst kann man es sicher therapieren lassen …»
Eine schallende Ohrfeige hallte durch den Raum.
Ich starrte wie gebannt auf das Bild, welches sich
mir bot. Lydia hielt sich die Wange und Jason
holte zum nächsten Schlag aus. Er spürte sich nicht
mehr. Ich sprang nach vorne, konnte jedoch den
Schlag nicht mehr verhindern. Lydia musste sich
am Tisch festhalten, um nicht zu stürzen.

«Bist du übergeschnappt?»
Ich wollte Jasons Arm festhalten, der jedoch
schüttelte mich ab und drehte sich zur Tür um.

«Wer braucht hier Therapie???
Ich will diese Frau nie mehr in meinem Leben
sehen! Du bist nicht mehr meine Mutter!»
Er nahm das Hochzeitsfoto, welches im Eingang
an der Wand hing und schleuderte es in meine und
Lydias Richtung. Ich konnte sie gerade noch im
rechten Moment zur Seite ziehen und schon zer-
splitterte das Bild an der Wand in vielen Scherben
zu Boden.

Ich blieb noch einen Moment mit Lydia stehen und
horchte in die plötzliche Stille hinein. Jason war
weg. Womöglich zu Damian, aber das war mir
jetzt egal. Ich musste mich erst mal um meine Frau
kümmern. Sie schaute mich aus grossen Augen an.

Ihre Hände waren eiskalt und ihr Gesicht ganz weiss. Sie stand offensichtlich unter Schock. Ihre rechte Wange war blau verfärbt und auf der linken prangte ein roter Händeabdruck. Jason musste ziemlich stark zugeschlagen haben.

Ich setzte sie auf das Sofa und holte in der Küche etwas Eis, um ihre Wange zu kühlen.

«Das hättest du wirklich nicht sagen dürfen.»

«Wenn ich es nicht mache, wer dann? Du auf jeden Fall nicht! Dir scheint es egal zu sein, wie unser Sohn aufwächst.»

«Nein, das nicht. Aber ich weiss, ab welchem Zeitpunkt wir als Eltern nicht mehr intervenieren dürfen. Für die Gefühle und Vorlieben unserer Kinder haben wir kein Recht auf ein Urteil! So ist es und muss es sein! Da kann und darf weder du noch ich etwas unternehmen.»

Ich gab ihr den Eisbeutel und fing an, die Unordnung aufzuräumen.

«Was denkst du nun zu machen?»

Ich schaute sie an.

«Nichts.»

«Aber der Junge muss doch bestraft werden.»

«Was?!»

«Der Junge muss bestraft werden, er hat mich geschlagen.»

«So??? Dann hast du hoffentlich bemerkt, wie Jason sich in seinen Grenzen enorm bedrängt fühlte. Bedenke deine Reaktion, wenn dir dein

Alter die Liebe zu deinem Schulschatz verboten hätte ...!»

«Dein Verhalten gegenüber Jason war offensichtlich! Jetzt bleibt dir auszusuchen, was du haben willst. Die Wahl wird hart sein! Es bleibt dir eine Entschuldigung an unseren Sohn oder die Erfüllung deiner Welten. Angst schützte den Urmenschen vor Gefahren, in unserer Gesellschaft hat sie das Potenzial, in Listen für mannigfaltige Krankheiten aufgenommen zu werden! Deine Angst, keine Enkel zu haben, kann ich nicht unterstützen oder auch nur mittragen.»

«Du wirfst mich also raus?»

«Ja, Du wolltest ja sowieso gehen und nach dem, was du jetzt hier geboten hast, werfe ich dich aus dem Haus.»

In diesem Moment fiel mir ein grosser Stein vom Herzen.

Lydia schaute mich erstaunt an. Ich erwiderte ihren Blick und wiederholte nochmals ganz kühl.

«Die Entscheidung liegt bei dir.»

Ich liess sie im Wohnzimmer zurück und verkroch mich in meinem Büro. Ich hatte an meiner Entscheidung zwar selber grosse Zweifel, aber feststand, mich mit einem solchen Verhalten nicht mehr weiter auseinandersetzen zu wollen. Auch Jason musste sich beherrschen, denn nichts und niemand gab ihm das Recht zu solchen Aktionen und Ausrastern.

*

Damian sass bei sich zu Hause und starrte die
Decke an. Seit einer guten Stunde verharrte er
schon in dieser Stellung. Er wusste nur allzu gut,
dass nach einem solchen Hoch auch bald wieder
ein Tief kommen würde. Er konnte es nicht ver-
leugnen, dass ihm die Abreise von Jason in gut
fünf Monaten schwer auf dem Magen lag.
Ausgerechnet an seinem letzten Schultag. Also,
wenn die grossen Sommerferien beginnen, wird er
abreisen. Wie mochte dieser Sommer wohl werden
und vor allem das darauffolgende Jahr, bis dass
Jason wieder zurückkommen würde.
Aus seinem Leben war Jason nicht mehr
wegzudenken. Dass es Damian in diesem Jahr
langweilig sein würde, daran zweifelte er nicht.
Zumal dieser Greg immer wie lästiger wurde.
Greg stellte Damian in der Schule immer zu nach.
Beim Kaffeeautomaten, in der Pause auf dem
Schulhof. Und nicht zuletzt auf dem Schulweg.
Damian ignorierte ihn meistens und tat so, als
würde er es nicht merken. Im Grunde genommen
nervte es ihn aber gewaltig. Er hatte auch schon
Oliver darauf angesprochen und ihm gesagt, dass
er sein Schosshündchen zurückpfeifen soll. Oliver
hat behauptet, dass er damit nichts zu tun hat.

Es klingelte. Das ist Jason. Er ging zum
Wohnungseingang, drückte den Entriegelungs-
knopf und öffnete die Haustüre. Unten im
Treppenhaus hörte er die Tür zu--schlagen und
Schritte die Treppe hochkommen.
Er lehnte sich ans Treppengeländer und wartete
auf Jason.
«Hey! Du hast dir aber Zeit gelassen.»
Er gab mir als Antwort einen Kuss und ver-
schwand in meiner Wohnung.
«Ist etwas nicht in Ordnung?»
Jason setzte sich auf den Küchentisch und schaute
ihn aus leeren Augen an.
«Hey Kleiner, was hast du? Du siehst ja aus, als
hättest du einen Geist gesehen.»
«Meine … meine Mutter. Ich habe sie ge-
schlagen.»
Er brach in Tränen aus.
«Du hast? Aber …? Was ist denn passiert?»
Jason war nicht mehr imstande, etwas zu sagen. Er
legte den Kopf in Damians Arme und konnte nur
noch weinen. Er war mit der ganzen Situation
überfordert.
Nachdem sich Jason wieder beruhigt hatte, erzählte er Damian die ganze Geschichte. Dieser
hörte ihm ruhig zu. Unterbrach ihn nicht und liess
ihn alles erzählen.
«Und jetzt? Werden sich Bruno und Lydia
scheiden lassen?»

«Ich weiss es nicht. Das Beste wäre es. Aber was ist denn mit mir? Mit uns? Wenn das Sorgerecht meiner Mutter zugesprochen wird, werde ich weiss wo hinziehen müssen.»

«Jetzt mal ganz ruhig. Erstens wird das Sorgerecht in deinem Alter nicht einfach zugeteilt. Du würdest gefragt werden. Zweitens: Kannst du denn jetzt noch nach Hause?»

«Heute will ich keinesfalls mehr dort hin. Ich werde erst wieder hingehen, wenn sich meine Mutter von dort verzogen hat. Ich will diese Frau nie mehr sehen.»

Damian ging ins Wohnzimmer und suchte sein Mobiltelefon.

«Ich schreibe Bruno, dass du bei mir bist, damit er sich keine Sorgen macht.»

Jason setzte sich vor den Fernseher und wählte sich planlos durch das Programm. Damian legte sein Telefon zur Seite und setzte sich neben ihn. Er betrachtete Jason im Profil. Er konnte sich nicht satt sehen an diesem Anblick.

Er stellte sich vor, dass sie beide mit der Schule fertig sind. Beide haben Arbeit und ein erfolgreiches Leben. Sie leben zusammen und waren glücklich. Keine Sorgen mehr, einfach nur noch glücklich.

*

Der Wecker riss mich aus meinem Schlaf. Als ich mich im Bett umdrehen wollte, stiess ich auf Jason, der auf dem Bauch lag. Er suchte grummelnd mit einer Hand nach der Decke, die ich von ihm runtergezogen hatte.

«Aufstehen!»

Ich rüttelte ihn unsanft an der Schulter, keine Reaktion. Ich liess den Wecker weiter seine Kakofonie von sich geben und setzte mich auf die Bettkante. Jason versuchte, mich wieder zu sich ins Bett zu ziehen. Ich wehrte ihn ab. Am Morgen früh habe ich absolut keine Nerven für solche Sachen.

Ich quälte mich unter die Dusche. Als ich wieder ins Zimmer zurückkam, lag Jason auf dem Rücken nur in seinen Shorts. Ich konnte diesem Anblick nicht widerstehen und legte mich neben ihn ins Bett und strich mit meinen nassen Harre über seinen Bauch. Er drehte sich reflexartig auf den Bauch.

«Hör auf, das ist widerlich», beschwerte er sich.

«Ich denk nicht daran!»

Ich lachte und legte ihm mein nasses Badetuch, das ich mir um die Hüfte gebunden hatte, auf den Rücken.

Jason zog das Tuch von sich runter und setzte sich auf. Er schaute mir zu, wie ich nackt die Kleider in meinem Zimmer zusammensuchte und mich anzog.

«Was hast du?», fragte ich ihn, als ich bemerkte, dass er mich beobachtete.

«Hast du mich noch nie nackt gesehen?»

«Ich kann nie genug von diesem Anblick bekommen. Also zieh dich nicht so schnell an, bitte.»

Jason schnappe meine Hosen und warf sie durch die Tür ins Wohnzimmer.

«Mann! Du bist unmöglich. Ich muss zur Schule», beschwerte ich mich.

Es brachte nichts. Als ich ins Wohnzimmer wollte, schnappe sich Jason meine Shorts und zog sie mir runter. Ich drehte mich um und packte ihn an der Hüfte und hob ihn hoch. Er lachte auf.

«Hör auf, ich bin kitzlig.»

Ich warf ihn aufs Bett und liess mich auf ihn fallen.

«Wenn ich es mir richtig überlege, habe ich noch einige Minuten Zeit, bis dass ich gehen muss.»

Es kommt selten vor, dass ich mit guter Laune in die Schule gehe. Heute war so ein seltener Tag. Jason ist bei mir zu Hause und vermittelt mir das Gefühl, dass ich nicht verloren bin. Ich begab mich wie immer zum Kaffeeautomaten und lies mir einen raus. Erstaunlicherweise war Greg nicht auch schon da. Ich hatte die leise Hoffnung, dass er seine lästige Stalking-Aktion aufgegeben hat oder sich ein neues Opfer gesucht hat. Herr Steinmaurer hätte sicher seine Freude an Greg gehabt. Vielleicht werde ich beim nächsten Besuch von ihm erzählen. Dann hätte der alte Herr auch mal eine Beschäftigung, womit er der Allgemeinheit einen Gefallen machen könnte. Weit gefehlt. Greg hatte sich nicht ein neues Opfer gesucht. Ganz im Gegenteil. Der Automat war immer noch an der Arbeit, die Scheusslichkeit zuzubereiten, die er als Kaffee verkauft. Ich sah ihn das Gebäude betreten. Ich fluchte innerlich und war versucht, meine Kräfte anzuwenden. Wie immer hatte er aber wieder Oliver im Schlepptau. Nein! Das geht nicht, ohne dass ich wieder Jason in Gefahr bringe. Also flüchtete ich mich auf die Toilette und lies den Kaffee sein. Vielleicht habe ich das Glück und mein Manöver gelingt mir. Ich stellte mich ans Pissoir und wartete einige Sekunden, bis ich das Gefühl hatte, dass Greg beim Automaten vorbei war und in seinem Klassenzimmer. Ich wusch mir die Hände und wollte den Raum verlassen, als unvermittelt Greg vor mir stand.

«Hey Alter. Hier bist du.»

«Wo sollte ich sonst sein, Bubi.»

Ich wollte mich an ihm vorbeidrängen und streifte mit meiner Hand dabei seine Hüfte. Sofort merkte ich, wie Greg aus seiner Rolle flog und wie auf Kommando unsicher wurde. Ich stutzte, wenn das so einfach ist. Wieso hatte ich nicht früher daran gedacht.

Ich liess die Tür wieder los und drehte mich zu ihm um. Greg bekam Schweissausbrüche. Ich konnte seinen Puls spüren, wie er schlagartig anstieg. Ich dränte Greg zu den Pissoirs an der Wand. Meine Hand wanderte über seinen Bauch zu seinem Hosenbund. Ich musste feststellen, dass dieser weiter unten war, als dass es mir lieb war. Ich gab ihm einen tiefen, heftigen Kuss. Greg stockte der Atem, er zerfloss sprichwörtlich unter meinen Händen. Ich liess erst von ihm ab, als ich die Tür hörte.

«Das ist es doch, was du von mir willst», hauchte ich ihm ins Ohr und ging hinaus. Die beiden anderen Jungs, die die Toilette gerade betreten hatten, musterten die Szene mit offensichtlichem Interesse. Dass das wieder Gerüchte geben würde, war mir scheissegal. Nicht mein Problem.

Ich schnappte mir den Kaffee und verlies das Gebäude. Ich hatte noch einige Minuten Zeit, bis der Unterricht anfing.

Jason hatte mir eine Nachricht geschickt, in der er sich bedankte, dass er bei mir schlafen konnte und dass er mich liebte. Ich machte mir schon Hoffnung, dass er heute wieder bei mir schlafen würde. Von Greg sah ich den ganzen Vormittag nichts mehr. Offensichtlich hatte ich ihn nachhaltig vertrieben, so machte es jedenfalls den Anschein, bis zur Mittagspause. Ich hörte seine Stimme durch den ganzen Flur: «Damian! Warte!»

Ich blieb stehen und verdrehte die Augen. Er eilte zu mir.

«Was willst du von mir?», wollte ich wissen.

«Was sollte das auf der Toilette heute Morgen? Die ganze Schule spricht jetzt darüber! Du bist ein Arsch!»

«So», stellte ich trocken fest und wollte schon weitergehen.

«Damian! Das ist nicht witzig.»

«Wem sagst du das. Ich hatte dich die ganze Zeit an meinen Fersen gehabt.»

Ich wollte die Treppe runter und aus dem Schulhaus gehen. Für mich war hier alles gesagt, was gesagt werden musste. Und mit dem Rest muss er selber fertigwerden.

Greg packte mich an der Schulter und zwang mich dazu, mich auf dem zweiten Treppenabsatz umzudrehen.

«War es dir wenigstens ernst mit dem Kuss?», wollte er von mir wissen.

«Was denkst du denn?»

«Es hat sich ernst angefüllt.»

«Kann es das?»

«Für mich schon. Ja!»

«Bubi, ich muss dich enttäuschen. Ich bin bereits vergeben. Und auch wenn es nicht so wäre. Ich würde mir eher die Hand abhacken, als etwas mit dir anzufangen.»

Es geschah etwas, das mich erstaunte:

Die Zeit verlangsamte sich um mich. Ich konnte in den Augen von Greg sehen, wie etwas in ihm in die Brüche ging.

Er liess meine Schultern mit einem Ruck nach hinten los. Ich verlor das Gleichgewicht. Fand mit meinen Händen keinen Halt und ruderte noch zweimal mit den Armen, bevor ich nach hinten abkippte und über meine eigenen Füsse fiel. Bevor ich auch nur im Ansatz die Möglichkeit hatte, die Zeit anzuhalten, um meinen Sturz zu stoppen, spürte ich, wie mein Hinterkopf an die Wand schlug und mir das Licht ausging.

*

Oliver war am Mittag immer alleine zu Hause. Seine Eltern arbeiteten beide den ganzen Tag. Ihn störte dieser Umstand nicht gross. Er hat gerne Ruhe über den Mittag.

«Ich wünsche einen guten Appetit.»

«Was willst du denn hier?»

Die Frau setzte sich an den Küchentisch gegenüber von Oliver.

«Dir beim Essen zusehen.»

Oliver verdrehte die Augen.

«Soll ich dir das glauben? Geht es um dein neues Spielzeug?»

«Damian hat versagt», bemerkte sie trocken und klaute Oliver eine Nudel vom Teller.

«Pech für dich und für ihn.»

«Einigen wir uns auf Unentschieden?»

Oliver legte die Gabel auf den Tisch und wischte sich den Mund ab. Er nahm einen Schluck Wasser.

«Seit wann gibst du auf?»

Die Frau verzog den Mund. «Ich habe nicht gesagt, dass ich aufgebe. Ich mache dir den Vorschlag, dass wir es in dieser Runde auf sich beruhen lassen.»

«Versprichst du mir dafür, dass du Damian und den Rest in Ruhe lässt? Oder endet es wieder so wie beim letzten Mal?»

«Es endet wie es enden muss. Das kann ich nicht beeinflussen.»

Oliver räumte den Tisch ab. Er lehnte sich an die Küchenkombination und schaute sein Gegenüber durchdringend an.

«Du nimmst Damian seine Kräfte und verschwindest von hier?»

«Ist schon geschehen. Damian ist wieder nur Damian.»

«Und du lässt ihn wirklich in Ruhe?»

«Ich werde keinen Kontakt mehr zu ihm haben.»

«Gut. Ich akzeptiere hiermit ein Unentschieden…»

«Für diese Runde», unterbrach ihn die Frau.

«Es wird weitergehen.»

«Was denkst du? Wir sind erst fertig, wenn einer von uns gewonnen hat. Und sei mal ehrlich, was würdest du machen, wenn ich mich zurückziehen werde?»

Oliver schnaubte durch die Nase.

«Meinen Frieden finden!»

Die Frau legte ihm eine Hand auf die Schulter. Wir werden uns wiedersehen. Versprochen.»

«Ich hoffe, für eine ganz lange Zeit nicht mehr.»

«Wir werden sehen.»

Die Frau verschwand und lies Oliver alleine in der Küche zurück. Er streckte sich durch und schaute aus dem Fenster. Die Sonne schien durch die Wolken und tauchte den Garten in ein diffuses Licht.

«Ich werde auf dich warten.»

*

Ich war wie in einem Nebel gefangen, nur einzelne Wortfetzen erreichten mein Gehirn. Aber jedes Mal, wenn ich antworten wollte oder etwas sagen, drängte sich jemand anderes an meine Stelle. Es kam mir vor, als hätte ich zwei Persönlichkeiten in mir. Ich selber und noch jemand anderes, den ich noch nie in meinem Leben gesehen habe.

Ich bekam Angst, dass ich jetzt zu allem drauf noch schizophren werde und flüchtete mich in eine dunkle Ecke meines Bewusstseins. Hier fühlte ich mich wohl. Niemand konnte mir hier etwas anhaben.

Weit, weit weg konnte ich schwache Umrisse von einem Menschen sehen. Ich hoffte zuerst, dass es Jason wäre, der gekommen ist, um mich aus diesem Loch herauszuholen.

Als die Gestalt näherkam, merkte ich erst, dass es die Frau war. Wer denn sonst? In meinen Kopf kann nur sie eindringen und meine Gedanken und Empfindungen in so ein Durcheinander bringen.

«So! Du hast es also bemerkt?», begann sie das Gespräch.

«Was soll ich bemerkt haben?»

«Dass du nicht alleine hier bist.»

«Wer oder was ist das?»

«Ich sage es einmal so: Das ist dein Alter Ego. Mehr brauchst du nicht zu wissen. Aber es hat mir gezeigt, dass ich bei dir richtig gelegen bin.»

Die Frau beugte sich zu mir vor und tippte mir mit ihrem Zeigefinger an die Stirn.

«Das bedeutet aber auch, dass unsere Reise hier zu Ende sein muss. Es ist noch nicht Zeit, dass er vollends erwacht.»

«Wer ist er?», wollte ich wissen.

«Das spielt für dich keine Rolle mehr. Ich kann dir versichern, dass du ihn nie wieder wahrnehmen wirst.»

«Ich kapiere nicht, was du hier von dir gibst.»

Die Frau fuhr mir mit der Hand durchs Haar. Die Berührung war schon fast zärtlich.

«Du bist für mich nicht mehr weiter von Bedeutung, Damian. Du bist aus deinem Dienst entlassen.»

Ich schaute sie erstaunt an.

«Wieso denn das? Was habe ich falsch gemacht? Stoss mich nicht zurück. Oder ist es, weil ich Jason liebe?»

Die Frau lachte auf.

«Denkst du wirklich, dass so etwas wie Liebe hier eine Rolle spielt. Mein lieber Junge. Das hier ist eine Liga, in der du mit deinem Erbsenverstand nicht im Geringsten mithalten kannst. Du begreifst nicht im Ansatz, was hier gespielt wird. Das brauchst du auch nicht mehr. Ich werde dir deine Kräfte wieder nehmen. Du wirst, wenn du aufwachst, wieder ein ganz normaler Junge sein, der sein normales Leben führen wird.»

«Werde ich mich an das, was war, erinnern?»

«Ja, das wirst du. Es ist ein Teil von dir. Und wird es auch bleiben. Aber darüber sprechen wirst du nie. Und nun leb wohl.»

Die Frau gab mir einen leichten Stoss nach hinten. Ich konnte den Fall nicht aufhalten. Meine Füsse verloren den Halt und ich tauchte in eine unbeschreibliche Dunkelheit ab.

Als ich die Augen aufschlug, sass Jason bei mir am Bett und hielt meine Hand.

«Hey! Hast du die ganze Zeit hier gesessen?»
Ich zog in näher zu mir.

«Klar... Du hast mir und Vater einen Schrecken eingejagt. Wie kommt man nur auf eine solche bescheuerte Idee, einen Streit anzufangen? Zum Glück hast du einen solchen Dickschädel.»

«Das habe ich doch gar nicht. Wie kommst du denn auf eine solch absurde Idee? Dieser Idiot hat mir die ganze Woche nachgestellt. Weisst du wie das ist?»

Jason strich mir durchs Haar. Auf die gleiche Weise, wie die Frau es gemacht hatte. Ich hörte in mich hinein. Aber es blieb still. Da, wo früher immer eine Präsenz von ihr war und wo ich meine Kräfte hatte, war nichts. Ich fühlte mich nackt und verlassen.

«Damian? Was hast du? Ist dir nicht gut?»

Jason beugte sich über mich.

«Muss ich Hilfe holen?»

Er stand auf.

«Nein, lass nur. Ich... Es geht gleich wieder. Ich habe Kopfschmerzen, mehr nicht.»

Die Leere breitete sich in mir aus. Ich fühlte mich immer einsamer. Nicht einmal Jason konnte mir diese Einsamkeit nehmen.

Bruno betrat das Zimmer.

«Ich werde jetzt ein Zimmer hier mieten. Wenn nicht du hier liegst, dann mein Sohnemann.

Sie wollen dich noch über die Nacht hier behalten. Wegen deinem Kopf. Sicher ist sicher. Und ab übermorgen kannst du dann wieder in die Schule. Wenn du nicht gleich wieder Streit vom Zaun brichst.»

«Das habe ich nicht!», protestierte ich.

«Unschuldig bist du auf jeden Fall auch nicht. Mir wurde schon zu Ohren getragen, was vorgefallen war. Aber das steht hier nicht zur Diskussion. Wir gehen nach Hause. Du kannst morgen nach der Schule wieder zu ihm.»

Als die beiden weg waren, kam die Leere wieder zurück. Sie war unerträglich. Ich fühlte mich verlassen. Ich versuchte an Jason zu denken, brachte aber nicht viel. Die Leere verschlang all meine Gefühle.

*

Als ich mit Jason zu Hause angekommen war, hielt ich ihn im Wagen zurück.

«Bevor, dass du aussteigst, muss ich dir noch etwas sagen.»

Ich machte eine kurze Pause. Jason schaute mich erwartungsvoll an.

«Lydia, deine Mutter, wird heute ausziehen. Sie geht in unsere Zweitwohnung. Wir werden uns trennen.»

Jason schaute mich nur kurz an und stieg ohne ein Wort zu sagen aus dem Wagen aus.

«Hey, warte!»

Ich versuchte ihn am Arm festzuhalten. Er schüttelte ihn ab.

«Hast du denn nichts dazu zu sagen?»

Jason schaute auf seine Schuhe.

«Was willst du von mir hören? Glückwunsch!»

«Jason. Bitte! Lydia ist krank. Das hast du ja sicher auch gemerkt. Und sie hat vor geraumer Zeit ihre Therapie abgebrochen.»

«Super! Und jetzt willst du sie verlassen? Das macht es jetzt so viel besser.»

«Ich weiss, dass das für dich nicht einfach sein wird. Aber es ist nun mal so. Ich und Lydia haben uns darauf geeinigt.»

«Und wo bleibe ich dabei? Es ist immer noch auch meine Familie. Und du hast mich gelernt, dass wir immer alles gemeinsam lösen. Als Familie!»

Jason stürmte ins Haus und knallte die Haustür vor meiner Nase zu.

Ich setzte mich auf die Eingangsstufen. Das wird ein hartes Stück Arbeit. Ich und Lydia haben Jason immer in unsere Entscheidungen miteinbezogen. So banal, wie sie auch immer waren, waren wir doch davon überzeugt, dass auch Jason ein An-recht auf Mitbestimmung hat. Und jetzt? Ich hatte diese ewigen Hochs und Tiefs von meiner Frau satt. Aber gab mir das das Recht dazu, einfach so die Familie zerfallen zu lassen?

Aus dem Haus krachte das Schlagzeuggewitter von Jason. Zumindest reagierte er sich am Schlagzeug ab. Das ist schon mal ein gutes Zeichen.

*

Lydia stellte ihren Koffer und noch einen zweiten in den Hausflur.

Bruno sass am Esszimmertisch und hatte ein Glas Rotwein vor sich.

«Brauchst du wirklich zwei Koffer? Du kannst jeder Zeit wieder hierher zurückkommen und etwas holen, wenn du es brauchst. Ich werfe dich nicht raus.»

«Der zweite ist für Jason», entgegnete sie Bruno.

«Das haben wir aber nicht so vereinbart. Jason bleibt hier, nur schon wegen der Schule. Er soll nicht darunter leiden.»

«Glaubst du wirklich, dass ich Jason bei dir lasse? Ich nehme ihn mit. Er kann mit dem Zug in die Schule, das ist kein Problem.»

Bruno stand vom Tisch auf und stellte sich zwischen Lydia und die Haustür.

«Das kann doch nicht dein Ernst sein? Hast du das mit ihm denn wenigstens besprochen?»

«Wieso sollte ich das mit ihm besprechen? Er ist noch ein Kind. Er kann solche Dinge noch nicht beurteilen.»

In dem Moment kam Jason die Treppe runter.

«Mama? Hast du meine Schulsachen gesehen? Ich muss noch Aufgaben machen.»

«Na schön! Jetzt kannst du ihm ja gleich von deinem super Plan erzählen.»

Bruno verschränkte die Arme und machte keine Anstalten, die Türe freizugeben.

«Ich habe sie eingepackt. Wir zwei werden heute deinen Vater verlassen und fürs erste weggehen.»

«Hast du einen Schuss in der Birne? Ich werde nirgends hingehen!»

Jason entdeckte seinen Koffer im Flur. Er packte ihn und wollte mit ihm wieder in sein Zimmer gehen. Lydia hielt ihn am Arm fest.

«Es ist besser, wenn du jetzt mit mir kommst, das hier ist kein Platz mehr für dich.»

Jason schaute seine Mutter verständnislos an.

«Hey, spinnst du jetzt endgültig? Das kann doch nicht dein Ernst sein? Ich bleibe hier!»

«Sicher nicht! Ich bringe dich weg von Bruno und diesem Damian. Es ist Zeit, dass du diese Spielereien hinter dich bringst und eine richtige Beziehung mit einem Mädchen anfängst.»

Jason riss sich von Lydias Hand los und gab ihr eine Ohrfeige. Sie fiel nach hinten in die Arme des fassungslosen Brunos. Jason schleuderte den

Koffer auf den Boden und kam mit zwei schnellen Schritten auf Lydia zu und holte zu einem zweiten Schlag aus.

«Dir werde ich zeigen, was eine richtige Beziehung ist!»

Bruno konnte die Hand von Jason noch im letzten Moment aufhalten.

«Es reicht! Geh nach oben!»

Bruno stiess Jason zurück zur Treppe.

«Mach mir einen Gefallen und wirf diese Kuh raus! Du bist nicht mehr meine Mutter! Fahr zur Hölle, du falsche Schlange!»

Jason rannte die Treppe nach oben und verschwand in seinem Zimmer.

Bruno ging zu seiner Frau zurück, die auf dem Boden sass und sich ihre Wange hielt. Lydia weinte leise. Bruno half ihr auf die Beine.

«Ich bitte dich. Geh einfach jetzt und dann fängst du deine Therapie wieder an. Ich verspreche dir, es wird dann alles wieder gut. Ich werde mit Jason sprechen.»

«Du hast nicht nur deine Familie kaputt gemacht. Jetzt machst du auch noch deinen Sohn kaputt. Dein Vater hatte schon recht, als er sagte, dass du ein Taugenichts bist!»

Mit diesen Worten verlies Lydia das Haus.

Bruno atmete tief durch und holte sich sein Weinglas auf den Tisch und überlegte sich, ob er nicht besser die ganze Flasche nehmen sollte. Er kippte den Inhalt des Glases mit einem Schluck runter und machte sich auf den Weg zu seinem Sohn.

*

Ich hatte noch eine gehörige Beule am Hinterkopf, die mich beim Schlafen störte. Ich war aber froh, dass ich wieder zur Schule gehen konnte. Da Jason zu seinen Grosseltern gezogen war und ich ihn jetzt nicht mehr so viel sehen konnte, war mir vielfach langweilig zu Hause. Die Frau hat Wort gehalten und ich habe sie seit fast einer Woche nicht mehr gesehen. Meine Kräfte vermisste ich immer mal wieder. Ich hatte mich daran gewöhnt, Personen, die mir lästig waren, zu manipulieren oder sie zu ermorden
An der Aussenwand von der Turnhalle hatten einige Personen Grabkerzen und Blumen hingelegt für die beiden Jungs, die ich ermordet hatte. Ich hatte mich nicht darum gekümmert, was bei den Untersuchungen, die die Polizei angestellt hatte, herausgekommen war. Die Lehrerschaft und der Direktor hatten auch nie ein Wort darüber ver- loren. Es interessierte mich auch nicht gross. Es war vorbei. Ich bin wieder ein ganz normaler Junge, der zur Schule geht.
Der Direktor passte mir an der Eingangstüre zum Schulgebäude ab.

«Damian. Kommst du bitte noch kurz zu mir?»
Ich folgte ihm in sein Büro.
«Ich will mit dir und Greg noch über das sprechen,
was auf der Treppe vorgefallen war.»
Mir gefiel nicht, dass er nochmals darüber
sprechen wollte. Sicher wird wieder alles so
hingestellt, dass ich an der Sache schuld bin.
Es klopfte an der Tür. Der Direktor öffnete sie und
Greg trat ein. Er war noch nervöser als ich. Ihm
war es sehr unangenehm, mich zu sehen. Das
gefiel mir. Ich machte absichtlich einige Schritte
auf ihn zu und reichte ihm die Hand. Er zuckte
zusammen und sein Blick fiel auf den Boden.
«Was soll das?», wollte er wissen.
Ich zuckte mit den Schultern.
«Was wohl? Ich will Frieden zwischen uns.»
«Nun gut.»
Der Direktor dirigierte uns an den Tisch und setzte
sich uns gegenüber hin.
«Mit einem einfachen Friedensangebot ist das hier
nicht erledigt. Greg du hast Damian die Treppe
runtergestossen. Er hätte sich bei dem Fall auch
das Genick brechen
können…»
«Das ist ein Missverständnis!», unterbrach ich den
Direktor.
«Was? Wie soll ich das verstehen?»

«Das ist ein Missverständnis. Ich bin über meine Füsse gefallen und Greg wollte mich noch festhalten.»

Greg schaute mich erstaunt an.

«Greg. Stimmt das?»

Der Direktor schaute Greg an. Der Arme geriet jetzt ganz aus der Fassung und konnte kein Wort mehr sagen. Was auch besser war. Er war zwar nicht so klug, begriff jedoch, was ich vorhatte.

«Aber einige Schüler hatten ganz klar gesagt, dass sie gesehen hätten, wie Greg dich stiess», beharrte der Direktor.

«Dann haben sie es falsch interpretiert. Wir hatten uns auf der Toilette gestritten…»

Das hätte ich jetzt besser nicht gesagt. Der Direktor schaute mich stirnrunzelnd an.

«Wegen Musik», bemerkte Greg mit belegter Stimme.

«Ja genau, wegen Musik. Und danach haben wir uns vor der Treppe weiter gestritten und dabei hatte ich nicht aufgepasst, was ich mit meinen Füssen machte und bin rückwärts gefallen. Und Greg wollte mich auffangen.»

Der Direktor verschränkte die Arme vor der Brust.

«Wenn ihr beiden bei dieser Aussage bleibt, werde ich das als dummer Unfall abtun und es wird keine Konsequenzen haben.»

Der Direktor schaute zuerst mich an. Ich blickte direkt in seine Augen.

«Wieso sollte ich Sie anlügen?»
Danach schaute er Greg an. Dieser sagte gar
nichts. Er nickte nur mit dem Kopf. Der Direktor
entliess uns in den Unterricht.

*

Damian sass auf seinem Stammplatz in der Pause.
Er las in einem Buch, das er sich in der Bibliothek
ausgeliehen hatte. Die Frühlingssonne war schon
so intensiv, dass er seine Jacke und den Pulli
auszog.
«So sexy ist dein Oberkörper auch nicht, dass du
dich gleich ausziehen solltest.»
Oliver deutete auf das braune T-Shirt, das Damian
anhatte. Da er sehr schmale Schultern hatte und
sein Oberkörper lang war, konnte er nur XL
tragen. Geschuldet der viel zu weiten Grösse und
seine schulterlangen Haare, sah er aus wie eine
ausgehungerte Vogelscheuche.
«Oliver. Was willst du?»
Damian legte genervt sein Buch auf die Seite.
«Greg hat mir erzählt, dass du ihn beim Direktor
rausgehauen hast. Das hätte ich von dir nicht
erwartet.»
«Er soll mich in Zukunft einfach in Ruhe lassen.
Und du mich auch. Die Frau hat mich aus ihrem
Dienst entlassen. Hiermit brauchst du dich nicht

mehr um mich zu kümmern und ich auch nicht
mehr um dich.»

«Ich weiss.»

Oliver setzte sich ungefragt neben Damian.

«Was willst denn du noch hier? Kannst du deine
Alle-sind-lieb-und-eine-Gemeinschaft-Marotte
irgendwo anders ausleben?»

«Ich will dir nur noch eines sagen. Danach bist du
mich für immer los. Die Leere, die du in dir
spürst…»

«Ich weiss nicht, von was du sprichst.» Damian
stand auf und packte seine Sachen zusammen.

«Doch, du weisst es genau. Die Leere wird immer
schlimmer und du wirst sie nie mehr los. Sie wird
dich verzehren, bis du nur noch einen Schatten von
dir selbst bist.»

«Verpiss dich!»

Damian marschierte mit seinen sieben Sachen
unter dem Arm davon. Er wollte sich dieses Geschwafel nicht mehr anhören. Wie konnte Oliver
wissen, was in ihm vorging.

«Damian jetzt warte!»

Oliver packte ihn an der Schulter. Damian spürte
wie die Leere in ihm aufstieg und ihm die Sinne
raubte.

Ein kaltes Gefühl breitete sich in seinen Ohren aus,
vor seinen Augen wurde es schwarz. Das Buch
und seine anderen Sachen rutschten ihm aus den
Händen und fielen auf den Boden.

«Du hast dein Leben verwirkt, Damian! Du bist
kaputt, du wirst nie mehr Gefühle wie Glück,
Liebe und sogar Wut oder Trauer erleben können.
Das ist der Preis, den du für deine Gräueltaten
bezahlen wirst.

Aber ich habe einen Trost für dich. Ich nehme
diese Last von dir. Dafür gebe ich dir ein
Gewissen. Du wirst die schrecklichen Bilder
deiner Gräueltaten jedes einzelne vor dir haben.
Und du wirst dich fragen müssen, wie viel Leid
und Elend du über dich und die Hinterbliebenen
gebracht hast. Das ist die Strafe, die du wirklich
verdient hast. Dein Leben ist verwirkt, Grosser.»

Damian fiel auf die Knie. Er hatte Mühe zu atmen.
Die Bilder von den beiden Jungs in der Turnhalle
waren vor seinem geistigen Auge so real, als
würde er die letzten Sekunden ihres Lebens
nochmals durchmachen. Die Hanteln, die über
ihnen schwebten. Das Blut, das die Fenster
runtertropfte. Der junge Mann im Kaffee. Sein
Pflegevater. Sein Vorgänger. Alles war ihm
präsent und brannte sich wie ein glühendes Eisen
in sein Gehirn ein.

Oliver half ihm auf die Beine, reichte ihm seine
Kleider und sein Buch.

«Und nun verschwinde und sprich mit mir nie
mehr ein Wort. Ich will mit dir nie mehr was zu
schaffen haben. Vielleicht schaffst du es trotzdem,
ein erfülltes Leben zu haben. Was ich bezweifle.»

Oliver schlug seine Hand auf Damians Schulter und lies ihn auf dem Pausenhof stehen.

Damian setzte sich wieder auf seine Bank und rieb sich die Schläfen. Jason. Wo ist Jason. Damian versuchte, das Bild von ihm und Jason, wie sie in Venedig im Bett lagen, vor sein inneres Auge zu rufen. Aber es waren immer wieder dieselben Bilder. Die Bilder von Tod, Elend und Tränen. Es kostete ihm alle Kraft, sich auf Jason zu konzentrieren. Langsam verblassten die Bilder.

Aus der Ferne hörte er die Schulglocke, die wieder zum Unterricht läutete

*

Als ich mit dem Wagen in die Einfahrt einbog, die zum Anwesen meiner Familie führte, wollte ich am liebsten wieder rückwärts hinausfahren. Ich war schon lange nicht mehr hier. Lege auch gar nicht Wert darauf, viel mehr hierher zu kommen. Jason sass auf dem Beifahrersitz und spielte mit seinem Mobiltelefon. Er ging meistens alleine zu meinen Eltern auf Besuch. Er hatte, im Gegensatz zu mir, ein sehr inniges Verhältnis zu meinem Vater.

Als wir ausstiegen und die monströse Fassade der Villa sahen, musste ich mich innerlich überwinden, die Hausglocke zu betätigen. Eine ganze Weile geschah nichts.

Jason ergriff die Initiative und öffnete die schwere
Eichentür und trat ein. Meine Mutter kam die
grosse Haupttreppe runter. Ihre Absatzschuhe
klackerten auf dem blank polierten Marmorboden.
«Jason mein Schatz!»
Sie umarmte zuerst ihn und begrüsste danach
mich.
«Bruno. Komm rein.»
Sie blieb auf Distanz.
«Geht durch ins Wohnzimmer. Ich komme gerade
mit Getränken zu euch.»
Jason ging voran. Ich wollte zuerst die Einladung
ausschlagen und mich gleich wieder auf den
Rückweg machen. Folgte aber Jason dann ins
Wohnzimmer.
Vom Kamin über die Bilder an der Wand bis hin
zu den Fenstern war alles monströs. Ich hatte mich
hier noch nie besonders wohlgefühlt und werde es
auch nie.
«Ist Vater nicht hier?», wollte ich wissen, als
meine Mutter mit den Getränken auf einem Tablett
zurückkam.
«Er ist im Garten. Er lässt dich herzlich grüssen.»
Das glaubte ich meiner Mutter sofort.
Seit meiner Jugend verstehe ich mich mit meinem
Vater nicht mehr. Wir hatten in die vergangenen
Jahre kaum noch ein Wort miteinander
gesprochen.

«Jason, du brauchst nicht hier zu sein, wenn es dich langweilt. Wir haben in deinem Zimmer alles für dich vorbereitet.»

Jason nahm die Aufforderung meiner Mutter dankend an und verschwand mit seinem Glas.

Als meine Mutter sicher war, dass Jason uns nicht mehr hören, konnte, legte sie los.

«Hast du und Lydia auch daran gedacht, dass ihr gemein-sam einen Sohn habt, bevor ihr ange-fangen habt, euch zu streiten?»

«Mutter. Ich bitte dich. Lydia hat angefangen.»

«Bruno. Du sprichst hier über eine Ehe und nicht über eine Sandkasten-Streiterei. Ihr hättet wenigstens warten können, bis Jason in England ist. Ist das immer noch aktuell?» Meine Mutter hatte das Talent dazu, das Thema zu wechseln, wann und wo es ihr gerade beliebte.

«Ja, es ist immer noch aktuell.»

«Gut. Dein Vater hätte sich nämlich sonst wieder nur aufgeregt ob dir. Er hat für Jason einiges in die Wege geleitet in England.»

«Um das habe ich ihn aber nicht gebeten. Ich und Lydia haben mit Jason zusammen alles besprochen und geplant.»

«Ja, und wie ihr das habt. Er kann doch nicht in einem Wohnheim wohnen! Wir haben ihm eine Firmenwohnung bereitgestellt und eine Bezugs-person, die auf ihn acht gibt.»

«Ihr habt was?! Und mich zu fragen war wohl nicht angesagt!»

«Du hättest es sowieso nur ausgeschlagen.»

«Klar hätte ich das! Ich will sicher nicht, dass Jason in einer Blase aufwächst. Er soll lernen, mit anderen Menschen auszukommen.»

«Aber Bruno. Doch bitte nicht so. Er wird in einer fremden Stadt, in einem fremden Land sein. Er braucht doch etwas Begleitung. Er ist erst fünfzehn.»

«Die hat er doch auch. Im Wohnheim ist ein Betreuer. Und wenn alle Stricke reissen, kann ich mit dem Flieger innert dreier Stunden bei ihm sein. Also! Ich bitte dich. Macht dieses Arrangement wieder rückgängig.»

«Wir fragen Jason, was er will.»

Meine Mutter beendete das Gespräch. Sie stand auf und gab mir mit ihrer Haltung zu verstehen, dass ich hier nicht mehr willkommen sei.

«Den Stundenplan von Jason hast du?», wollte ich beim Hinausgehen von ihr noch wissen.

«Wir haben alle nötigen Informationen erhalten. Und, wie gesagt, Jason ist kein Kind mehr.»

Sie blieb in der Eingangstür stehen und schaute zu, wie ich mich von dannen machte.

Als ich ausser Sichtweite war, hielt ich an und legte meinen Kopf auf das Steuerrad. Dieser Besuch hatte mehr Nerven gekostet, als ich mir gedacht hatte. Sie werden auf Jason acht geben.

Das stand ausser Frage. Aber die beiden werden sich auch in alles einmischen. Sich wie Ungeziefer breitmachen. Damit musste ich wohl im Moment leben. Es wird sicher ein halbes Jahr, wenn nicht länger, gehen bis ich und Lydia getrennt sind und das Sorgerecht für Jason geklärt ist. Und so lange wird Jason bei meinen Eltern wohnen.

*

«Ich vermisse dich.»
«Ich dich auch.»
«Was macht die Schule?»
«Wie immer.»
«Wann sehen wir uns wieder?»
«Weiss nicht. Sag du?»
«Morgen. Wo immer?»
«Gut. Zeit?»
«Nach der Schule?»
«Passt. Bis dann.»
Jason legte sein Mobiltelefon neben sich auf das Bett. Er starrte an die Decke.
Das Schlafzimmer bei seinen Grosseltern liess keine Wünsche übrig: Fernseher, grosses Bett und ein eigenes Badezimmer. Und zur Krönung hatte sein Grossvater ihm sogar ein Schlagzeug gekauft. Ein elektronisches, mit Kopfhörer. So konnte er spielen, ohne den ganzen Haushalt zu belästigen.

Aber all das ersetzte Damian nicht. Jason sehnte sich
nach ihm. Jetzt mehr denn je. Seine Eltern lassen sich scheiden, und bis sich alles geklärt hat, ist er sicher schon in England.

Er verliess das Haus und machte sich im weitläufigen Garten auf die Suche nach seinem Grossvater.

Dass er und sein Vater sich nicht besonders verstehen, ist kein Geheimnis. Aber das hatte keinen Einfluss auf ihre Beziehung. Seit er sich erinnern konnte, war er immer sehr herzlich und innig mit ihm umgegangen.

Er fand ihn beim Teich. Sein Grossvater war dabei, grosse Plastikkisten mit Seerosen zu versenken und stand aus diesem Grund bis zu den Hüften im Wasser.

«Hey, Jason. Wie geht es dir? Reich mir bitte mal die Hacke dort.»

Jason gab sie ihm.

«Du hättest besser Fischerstiefel angezogen. Das Wasser ist doch sicher eiskalt.»

Sein Grossvater lachte.

«Das härtet ab. Und ich bin jetzt gleich fertig, dann gehe ich rein und kann mich bei einer warmen Dusche wieder aufwärmen.»

Jason half ihn aus dem Teich. Sein Grossvater setzte sich auf eine Steinbank, die am Teich stand und leerte das Wasser aus seinen Stiefeln.

«Ist Bruno weg?»

«Ja, er ist wieder gegangen.»

«Er hätte wenigstens noch bei mir vorbeischauen können.»

Jason lies diese Aussage unkommentiert. Er wollte auf keinen Fall zwischen die Fronten geraten.

«Wir gehen besser durch den Keller in das Haus zurück. Wenn deine Grossmutter sieht, dass ich nass bin, bekommt sie einen Anfall.»

Er legte Jason gönnerhaft den Arm auf die Schulter.

Sie gingen beim Kellereingang, der unter der Terrasse war, hinein.

Der Keller war weitläufig und beherbergte, abgesehen von etlichen Vorratsräumen, auch eine komplette Wohnung für Dienstpersonal. Seine Grosseltern hatten jedoch keines. Sie vertrauten diesem nicht und hatten Angst, dass sie beklaut würden.

Jason wartete im Wohnzimmer der Dienstwohnung auf seinen Grossvater, der sich ins Bad verzogen hatte.

Die Möbel waren alle mit Tüchern abgedeckt. Es war wohl schon lange niemand mehr hier gewesen.

Jason setzte sich auf die Polstergruppe und starrte an die Decke.

Er hörte die Dusche rauschen.

Was machte jetzt Damian, fragte er sich selber. Er sehnte sich so sehr nach ihm und nach seiner Nähe.

Jason konnte seinen Körpergeruch riechen, den Kaffeegeruch am Morgen, die Silhouette des grossen Mannes neben sich im Bett und spürte das wohlige Gefühl, wenn er sich an ihn schmiegte. Den ruhigen Herzschlag und die feine Haut unter seinen Fingern.

«Triffst du dich immer noch mit diesem Damian?» Jason schreckte aus seinen Träumen hoch. Er hatte nicht gemerkt, dass sein Grossvater mit Duschen fertig war und zu ihm ins Wohnzimmer kam.

«Ja. Wieso?»

Der Grossvater setzte sich neben ihn auf die Polstergruppe. Eine kleine Staubwolke wirbelte auf.

«Hör zu. Ich komme aus einer anderen Zeit als du. Und heute mag das alles vielleicht auch in Ordnung sein, so wie es ist. Aber ich finde, du solltest dir gut überlegen, was du machst. Schliesslich gehört dieses Haus, die Firma und unser Vermögen eines Tages alles dir. Und wenn es soweit ist, musst du vorbereitet sein. Dann erwarten gewisse Leute gewisse Sachen von dir. Ein Damian wird dabei kein Platz finden. Mehr will ich dazu nicht sagen.»

Bevor, dass Jason ein Widerwort sagen konnte, stand er auf und verlies den Keller.

Jason blieb noch eine Zeit sitzen. Das war schlimmer als eine Ohrfeige. Und er konnte jetzt verstehen, wieso sein Vater keinen Kontakt mehr

zu ihm hatte. Er entschloss sich, nicht weiter
darauf einzugehen.
Bis zu diesem Zeitpunkt wird es noch eine ganze
Weile gehen.

*

Es war jeden Morgen das gleiche Spiel. Der
Wecker riss mich aus einer Serie von Albträumen
mit wachen Phasen, in denen ich einfach nur im
Bett liege und mit Sehnsucht an Jason denke. Und
wie schön es wäre, ihn jetzt bei mir zu haben.
Manchmal nahm ich mein Kopfkissen und
umschlang es mit meinen Armen und stellte mir
vor, dass es Jason wäre.
Seit er bei seinen Grosseltern ist, treffen wir uns
nur noch in der Mittagspause in der Stadt.
Die Trennung von seinen Eltern machte er nie zum
Thema zwischen uns. Ich hatte ihn auch nie
danach gefragt.
Ich schleppte mich unter die Dusche und lies das
warme Wasser auf meinen Kopf prasseln.
Ich rieb mir den verspannten Nacken. Das warme
Wasser half mir zu entspannen. Nach der Dusche
fühlte ich mich etwas besser.
Ich hatte vor der ersten Lektion meine wöchent-
liche Sitzung bei Herrn Steinmaurer. Ich war froh
darum. So konnte ich einen anderen Eingang ins

Schulgebäude nehmen und musste nicht mit meinen Mitschülern durch den Haupteingang.

Seit dem Vorfall mit Oliver auf dem Pausenplatz mied ich meine Klassenkameraden und vor allem Oliver. Greg nahm zwar hie und da wieder einen Anlauf, mit mir zu sprechen. Aber meistens wechselten wir nicht mehr als höfliche Worte.

Als ich an der Umkleidekabine der Turnhalle vorbeikam, wurde mir übel. Ich sah wieder die Gesichter der beiden Jungs. Ich schüttelte den Kopf und ging weiter. Irgendwann wird auch diese Phase vorbei sein. Und die Erinnerung wird verblassen. Egal, was Oliver mir sagte.

Herr Steinmaurer kam mich persönlich vor seinem Zimmer abholen. Wie immer hatte er eine schon fast groteske Maske an Freundlichkeit aufgesetzt.

«Damian. Schön dich zu sehen…»

Klar, ist auch ein Zufall, dass wir uns heute sehen, dachte ich für mich, als ich ihm die Hand reichte. Ich konnte seinen viel zu laschen Händedruck nicht ausstehen. Es juckte mich in den Fingern, einfach mal richtig zuzudrücken.

«Ich möchte mit dir über den Sommer sprechen», begann er das Gespräch, als wir uns setzten. Er auf den Bürostuhl neben seinem Schreibtisch und ich in einem mehr oder weniger angenehmen Sessel vor dem.

«Ich auch. Ich will die Schule wechseln!», liess ich die Bombe platzten.

Herr Steinmaurer schaute mich im ersten Moment erstaunt an.

«Nun gut. Genau das wollte ich mit dir besprechen. Ich weiss, dass du dein soziales Umfeld in der Zwischenzeit hier hast. Aber ich möchte dir nahelegen, in eine Schule zu wechseln, in der man besser auf Personen wie dich ausgerichtet ist. Sie ist auf dem Lande. Kein Internat. Du kannst also deine Wohnung hier in der Stadt behalten und jeden Tag mit dem Bus dorthin fahren. Das ist absolut kein Problem.»

Herr Steinmaurer spielte mit seiner Brille. Er schaute mich die ganze Zeit an, während er mit mir sprach. Ich hörte ihm zu, ohne eine Miene zu verziehen. Auch wenn ich ausnahmsweise gut fand, was er mir vorschlug, wollte ich es ihm nicht zeigen. Er sollte nur im Ungewissen sein, wie es in mir aussah.

Soviel Ehre hatte ich auch noch, dass ich nicht jeden an mich ranliess. Schon gar nicht jemanden, der im Grunde genommen das Rückgrat einer Amöbe hat.

*

Es ist drei Monate her, seit Damian gesagt hat, dass er die Schule wechseln wollte.

Für mich, Herr Steinmaurer und der Direktor kam es durchaus gelegen. Wir hatten schon länger im

Sinne gehabt, Damian von einem Wechsel zu überzeugen. Und als sein Betreuer wäre diese zweifelhafte Aufgabe mir zugefallen. Ich war Damian dankbar, dass er diesen Kelch an mir vorübergehen lies.

Ich sass mit den beiden in einem Besprechungsraum in der Schule und versuchte, das widerliche Gebräu, das der Direktor mir und Herrn Steinmaurer hingestellte hatte, zu trinken.

«Wenn ich diesen Kaffee so betrachte, verstehe ich, dass Damian die Schule wechseln will», versuchte ich einen Scherz.

Es musste niemand lachen.

Ich konnte nur schlecht Witze machen.

«Können wir bitte wieder zum Thema zurückkommen?», mahnte mich der Direktor.

«Damian ist es einfach wichtig, dass er seine Beziehung weiterpflegen kann. Und das kann er nur, wenn er die Stadt nicht verlassen muss», gab ich zu bedenken.

«In dieser Hinsicht kann ich dich beruhigen. Die neue Schule ist zwar auf dem Land, aber mit dem Bus gut zu erreichen.»

Herr Steinmaurer nahm die Brille von seiner Nase und legte diese auf die Akte von Damian, die vor ihm lag.

«Darf ich wissen, mit wem er eine Beziehung hat? Und wie lange schon? Mir hat er nie etwas dergleichen erwähnt.»

Der Psychologe schaute mich erwartungsvoll an. «Wenn er es dir nicht gesagt hat, ist es auch nicht wichtig. Ich werde mich zu diesem Thema nicht äussern.»

Das hätte er wohl gerne. Mir hat Damian schon lange gesagt, dass er kein grosses Vertrauen zu Herrn Steinmaurer besitzt und ich ebenfalls nicht.

«Es wäre eminent wichtig, es zu wissen. Schliesslich ist eine Beziehung für Damian sehr herausfordernd. Und sie könnte sich schnell schlecht in Leistungen ausdrücken.»

«Ach komm. Mach hier keinen Wirbel. Damian ist nicht der Einzige auf der Welt, der verliebt ist. Und wir sind das alle in seinem Alter auch gewesen. Und wir sind auch alle über die Liebe gestolpert. Hat es uns geschadet? Nicht wirklich.»

«Du verkennst, dass Damian nicht objektiv über seine Gefühle urteilen kann.»

«Welcher Jugendliche zwischen sechzehn und zwanzig kann das schon?»

«Meine Herren bitte!»

Der Direktor wirkte ungehalten.

«Können wir uns jetzt um das Wesentliche kümmern. Ich habe Damian bei der neuen Schule angemeldet. Das einzige was du, Bruno, noch machen musst, ist, mit ihm nächste Woche zu dieser Schule zu fahren, damit er dort einen Einstufungstest machen kann und sie ihn noch etwas besser kennenlernen können.»

Ich blätterte in meiner Agenda. Ich hatte nächste Woche viel zu tun: Gerichtsverhandlung, Termine mit dem Anwalt. Lydia hielt mich auf Trab. Ich überlegte mir kurz, ob ich nicht absagen sollte, liess es dann aber bleiben. Steinmaurer braucht nicht zu wissen, dass ich und Lydia uns trennten.

*

Tag null, hat meine Grossmutter diesen Tag immer genannt. Sie war auch nach England gegangen, als sie in meinem Alter war, deshalb fühlte sie sich für mich und meine Reise besonders verantwortlich. Sie erstellte mir eine Packliste, die ich ganz penibel abarbeiten musste. Mein Grossvater ermahnte mich immer wieder, dass ich mich bei der Niederlassung von seiner Firma melden sollte, sobald ich in England gelandet bin, dass jemand von dort mich abholen kommt und mich in meine persönliche Wohnung bringt.

Ganz zum Missmut meines Vaters, war ich froh darum, dass ich nicht in eine WG oder in eine Wohngruppe musste. So kann ich es vielleicht einrichten, dass mich Damian besuchen kommt.

Es klopfte an der Zimmertür, sie wurde ein Spalt weit geöffnet und meine Grossmutter steckte den Kopf herein: «Darf ich reinkommen?»

«Ja, komm rein.»

«Hast du deine Sachen gepackt?»

Ich zeigte auf die Taschen, die mitten in meinem Zimmer standen.

«Bruno kommt in gut zwei Stunden. Das reicht noch, um dich etwas frisch zu machen und etwas zu essen.»

„Kommt ihr nicht mit an den Flughafen?»

«Nein. Ich dachte, wenn dich dein Vater hinbringt, reicht dies durchaus. Zu viele Leute am Flughafen stressen dich nur unnötig».

Sie lies mich wieder alleine.

Vater half mir, das ganze Gepäck in sein Auto zu packen. Grossmutter und Grossvater standen auf dem obersten Treppenabsatz und winkten mir und Bruno hinterher, bis wir das Grundstück verlassen hatten und in die Strasse einbogen.

«Hast du dich von Damian verabschiedet?» Es war das erste, das er sprach, seit er mich abholte.

«Ich hatte ihn seit gut zwei Monaten nicht mehr richtig gesehen. Ich glaube er hat Stress.»

«Kann sein. Er hat heute den letzten Schultag vor den Sommerferien. Danach wird er an eine andere Schule wechseln. Aber bis du wieder hier bist, wird er aus der Schule sein.»

Mir wurde erst jetzt bewusst, wie lange ein Jahr sein kann und wie viel sich ändern kann.

«Er kann mich ja besuchen kommen. Ich habe ja jetzt meine eigene Wohnung.»

Bruno schwieg.

«Ich meine ja nur. In einer WG wäre das nicht gegangen.»

«Findest du es gut, dass sich mein Vater so in dein Leben einmischt?», wollte Bruno wissen. Ich wusste, dass es ihm absolut nicht passte.

«Solange, dass ich dabei einen Vorteil habe, sehe ich nicht ein, wieso nicht. Er meint es auf seine Weise nur gut.»

«Jason, du bist für diese Welt einfach zu gut. Wenn du denkst, dass er es gut meint. bevor du dich versiehst…»

Er schwieg auf einmal.

«Nein, weisst du was? Lassen wir das. Ich will mich da nicht einmischen. Du musst selber wissen, was du mit seiner Hilfe anfangen willst.»

Der Rest der Fahrt verbrachten wir schweigend. Meine Grossmutter hatte recht. Nur schon die Anwesenheit meines Vaters stresste mich. Das Flughafengebäude hatte auf mich einen bedrohlichen Eindruck. Es strahlte irgendetwas Endgültiges aus.

Als er mir sagte, dass ab jetzt ein neuer Abschnitt beginnt, hielt ich immer wieder Ausschau nach Damian. So sehr wünschte ich mir jetzt seine Anwesenheit und verfluchte mich selber für meine Nachlässigkeit in unserer Beziehung. Lange hattc ich nicht mehr telefoniert und das rächte sich jetzt. Sich dessen zu besinnen, kam zu spät und ich würde ihn sicher, wenn ich von England zurückkomme, schon lange vergessen haben. Das Leben würde weitergehen, als hätte ich ihn nie getroffen. Aber noch bei diesen Gedanken durchbohrte etwas mein Herz und ich hatte auf einmal Mühe, aufrecht zu stehen.

«Ich muss mich kurz hinsetzen.»

«Was hast du?»

«Nichts Grosses. Nur etwas Reisefieber.»

«Das ist normal. Ich bringe dir etwas zu trinken. Wir haben noch Zeit, bis du dein Gepäck abgeben kannst. Ich komme gleich wieder.»

Ich schloss die Augen und atmete zwei-, dreimal durch. Ich griff nach meinem Telefon und wählte ohne zu zögern die Nummer von Damian. Wenn einer dafür sorgen kann, dass es mir wieder besser-gehen würde, dann er. Es kam nur der Anruf-beantworter. Enttäuscht legte ich wieder auf. Er hatte Schule. Ich schaute auf die Uhr, es war zehn Uhr morgens. Er hatte sicher noch bis am Mittag Schule.

«Da.»

Mein Vater hielt mir einen Becher Kaffee unter die Nase. Ich nahm dankend an und schüttete das heisse Getränk in mich hinein. Schleppend lief ich zum Check-in-Schalter meiner Fluggesellschaft und gab dort mein Gepäck ab.

«Jetzt wird es ernst», meinte mein Vater trocken und schaute auf der Anzeigetafel, auf welcher das Gate für meinen Flieger stand.

«Bis zum Zoll komme ich noch mit, dann musst du alleine schauen. Aber du schaffst das schon und sonst rufst du mich an. Ich bleibe sicher hier, bis die Maschine abfliegt.»

*

Die Abschlussfeier zog sich elend lange dahin. Ich schaute immer wieder auf die Uhr. Bruno hatte mir gesagt, wann Jasons Flieger abfliegt und ich wollte ihn noch einmal sehen.

Mitten in der Feier stand ich auf und verliess den Saal. Mir wurde es zu bunt. Dieses dumme und halbsenile Getue, nur weil ein Schuljahr vorbei war. Was ging das mich an.

Im nächsten Jahr kommen wieder neue Schüler und die Lehrer fangen wieder mit allem bei Null an.

Ich wollte nicht, dass Jason einfach so verschwindet. Nach fast zwei Monaten Funkstille schon gar nicht. Es war auch meine Schuld, dass wir uns nicht mehr gesehen haben.

Er war mit seinen Abschlussprüfungen beschäftigt und nicht zuletzt mit seiner Familie.

So, wie er mir erzählt hat, ist seine Mutter vor Gericht gegangen und will gegen seinen Willen das alleinige Sorgerecht erstreiten.

Mit der Metro habe ich von meiner Schule aus bis zum Flughafen gute fünfundvierzig Minuten. Der

Flieger startet um drei Uhr. Das hatte mir Bruno
gestern noch geschrieben.

Die Metro fuhr mit mächtiger Verspätung beim
Flughafen ein und ich hatte nur noch eine Stunde
Zeit, bis der Flieger abheben würde. Ich rannte
durch die Abfertigungshalle zum Zoll, wo ich ihn
und Bruno noch gerade in der Schlange erwischte.

«Jason!»

Meinen Sprint war vom Sicherheitspersonal nicht
unbemerkt geblieben. Aus dem Augenwinkel sah
ich, wie sich drei von den Uniformierten bereit
machten, mich zu stoppen, wenn ich ihnen nur
Grund dazu geben würde.

«Damian!?»

Jason löste sich aus der Schlange und kam zu mir.

«Was machst du hier?»

Ich konnte die Freude in seinen Augen sehen.

«Ich wollte …», weiter kam ich nicht mehr. Ich
war zu fest aufgewühlt.

«I … ich wollte dir nur sagen..», nahm ich
nochmals einen Anlauf.

«Dass ich dich immer liebe und nie aufhören
werde, dich zu lieben. Egal, auf welchem
Kontinent du gerade bist.»

«Damian…», mehr brachte er nicht heraus.

«Ich werde auf dich warten und jetzt geh. Dein
Flieger wartet nicht.»

Ich drehte mich um und wollte wieder gehen.

«Damian!»

Jason hielt mich an der Schulter fest und drehte mich zu sich um. Er gab mir vor allen Leuten einen Kuss und umarmte mich so fest, dass ich fast keine Luft bekam. Ich erwiderte den Kuss so lange bis uns Bruno sanft trennte.

«Jason muss jetzt gehen. Du kannst ihn in den Herbstferien sicher besuchen.»

Bruno schob Jason wieder zurück in die Schlange. Ich ging weg, ohne mich noch einmal umzudrehen. Zum ersten Mal in meinem Leben kamen mir die Tränen. Jason und Bruno waren mit der Zoll-abfertigung beschäftigt und achteten nicht auf mich. Mir wäre es peinlich gewesen, wenn sie gesehen hätten, wie ich weinte.

In der Metrostation waren nur wenig Leute, so konnte ich mich in einer Ecke verstecken, in aller Ruhe meine Tränen abwischen und mich wieder soweit sammeln, dass ich nicht wie ein heulender Schwächling unter die Leute musste.

*

Nachdem Damian weg war und ich mit Jason wieder in der Schlange stand, war er sichtlich ruhiger.

Ich wollte eigentlich Damian sagen, dass er mit mir nach Hause fahren könnte, wenn er wollte. Aber er war so schnell, wie er gekommen war, wieder verschwunden.

«Deine Mutter lässt dich noch grüssen. Sie wollte eigentlich heute auch kommen. Aber ihr ist etwas dazwischengekommen.»

«Ist besser, dass sie nicht hier ist. Ich will sie im Moment nicht mehr sehen.»

«Jason. Sie ist noch immer deine Mutter. Auch wenn ich mit ihr jetzt Streit habe, heisst das noch lange nicht, dass es du mit ihr auch so haben musst.»

Vor uns ging es nicht mehr weiter. Ein Passagier musste seine Dokumente suchen und war nicht gewillt, die Schlange an ihm vorbei zu lassen.

«Aber ich denke, dass sie dich sicher auch besuchen kommt.»

«Sie hat etwas gegen Damian und mich. Ich will, dass sie es akzeptiert, dass wir zusammen sind. Und wenn sie das nicht will, dann braucht sie auch keinen Kontakt mehr zu mir.»

Ich konnte Jason verstehen. Wollte aber nicht, dass er mit seiner Mutter Streit hat. Es reicht, dass ich mich mit meinen Eltern nicht verstehe. Ich wollte nicht, dass das eine Familientradition wird.

«Was denkst du davon, wenn ich Lydia sage, dass du nur willst, dass sie dich besuchen kommt, wenn sie die Therapie wieder anfängt?»

«Das glaubt sie dir nicht. Das muss ich ihr schon selber schreiben.»

«Dann mach das. Es wäre wirklich gut für sie und
für uns auch, wenn wir wieder eine Familie sein
könnten.»
Mir war auch bewusst, dass es eine Illusion ist,
wenn Lydia die Therapie wieder anfängt, alles
wieder gut wäre. Es ist zu viel vorgefallen. Und
ich kannte auch ihr Wertesystem. Sie wird nie
akzeptieren, dass Jason schwul ist.

*

Jason liess den Zoll, Bruno und Damian hinter
sich. Und sein altes Leben.
Aber seine Schritte wurden immer schwerer und
anstrengender. Der Gang, der vor ihm lag, wurde
länger und länger.
Er blieb stehen und schaute aus dem Fenster auf
das Rollfeld.
«Ich glaub es nicht! Was mache ich hier?», sagte
er zu sich selber. Ohne auch nur noch einmal zu
zögern, machte er kehrt und quetschte sich am Zoll
durch die Menschen-schlange. Die Zöllner pro-
testierten zwar. Er reagierte aber nicht und rannte
in Richtung U-Bahn-Station. Wenn er Glück hat,
ist Damian noch unten und er könnte ihn wieder in
den Arm nehmen.
Auf dem Bahnsteig war ein Gewirr. Er schaute auf
die elektronische Anzeige und sah, dass alle Züge
storniert waren.

Jason fragte eine Frau in gelber Weste auf dem
Bahnsteig:
«Verzeihen Sie, ich sollte in die Innenstadt.»
«Tut mir leid junger Mann, wegen einer
technischen Störung an einem Fahrzeug ist zurzeit
die ganze Strecke gesperrt. Sie müssen sich
gedulden oder ein Taxi nehmen.»
Jason rannte die Rolltreppe hoch und nahm das
erstbeste Taxi.
Durch den dichten Verkehr musste er eine halbe
Stunde rechnen, welche sich plötzlich in Stunden
auszudehnen schien.

*

Die U-Bahn schoss aus dem Tunnel auf die
Hochstecke, die über den Fluss führte.
Die Frau stand an der Brüstung und schaute der
Bahn nach.
«Ich dachte, dass du wegwillst?»
Oliver trat neben sie.
«Ja, das wollte ich eigentlich auch. Aber wir
wurden nach Hause gerufen.»
«Ja, ich weiss.»
Oliver setzte sich auf das Geländer neben sie.
«Das erklärt aber immer noch nicht, wieso du noch
hier bist. Ich hatte nicht gedacht, dass ich dich so
schnell wieder sehe.»

«Ich habe mir gedacht, dass wir zusammen gehen könnten. Oder hält dich noch etwas hier?»

Oliver zuckte mit den Schultern.

«Ich war schon an schlimmeren Orten zuhause. Und mal wieder in die Schule zu gehen, ist eine schöne Abwechslung.»

«Ist es dieser Greg? Hast du einen Narren an ihm gefressen?»

«Nicht so, wie du denkst.»

«Du weisst, dass wir nicht in das Schicksal Unbeteiligter eingreifen sollten.»

«Was siehst du in seiner Zukunft?»

«Nicht mehr und nicht weniger als du.»

Die Frau drehte sich zu Oliver um.

«Das musst gerade du sagen.»

«Ich habe nur meine Aufgabe erledigt. Und es waren weder Damian noch die anderen unbeteiligt. Ich kann es dir beweisen.»

Oliver winkte ab.

«Mich interessiert das nicht. Ich bin es leid.»

«Danach fragt niemand. Du weisst, dass wir unsere Aufgabe erledigen müssen. Nach unserem Empfinden fragt niemand.»

«Ich mag nicht mehr. Ich will frei sein. So wie alle anderen auch.»

«Das ist nicht unsere Aufgabe.»

Die Frau atmete tief ein und legte die Hand auf Olivers Schultern.

«Also! Auf was warten wir noch? Machen wir dass wir hier weg kommen.»

Oliver schob die Hand weg.

«Geh du, wenn du willst. Ich bleibe hier.»

«Spinnst du! Du kommst mit.»

«Ich bleibe hier», beharrte Oliver auf seinem Standpunkt.

«Wie du willst. Du musst das selber entscheiden. Ich bin nicht deine Mama.»

Die Frau ging weg.

«Weisst du, wieso du gescheitert bist?»

Die Frau drehte sich wieder zu Oliver um.

«Du warst es auf jeden Fall nicht.»

«Nein. Ich war es nicht. Es war auch nicht so, dass Damian der Falsche war.»

Oliver sprang vom Geländer und ging zur Frau rüber.

«Du hattest recht mit Damian. Er war der Richtige. Oder ist es immer noch.»

«Was willst du? Wir haben uns auf ein Unentschieden geeinigt. Und ich habe Damian freigegeben.»

«Es geht nicht darum. Wir können vieles machen. Und im Vergleich zu den Menschen um uns, sind wir so viel weiter. Aber etwas können wir nicht.»

Die Frau ging zu einer Imbissbude, die auf dem Vorplatz vor dem Flughafengebäude stand.

«Was soll jetzt dieses Geschwafel?»

«Du hast es nicht begriffen. Oder?»

«Doch habe ich. Damian und den anderen ist eine Gabe gegeben, die wir nicht haben...»

Sie bestellte zwei Flaschen Wasser und warf eine Oliver zu, der sich auf eine Bank, die in der Nähe stand, setzte. Die Frau gesellte sich zu ihm und setzte sich.

Auf dem Platz war ein ständiges Kommen und Gehen von Personen mit Koffern und Taschen.

«Bist du bereit?», frage die Frau.

«Bereit für was?» wollte Oliver wissen.

«Bereit loszulassen. Ich habe es gemacht. Wie ich es dir versprochen habe. Aber etwas sagt mir, dass du es noch nicht gemacht hast.»

«Ich habe Damian schon lange freigegeben. Der Rest wird er dank Jason schaffen.»

«Also gehen wir.»

Die Frau trank das Wasser aus und stand auf. Oliver folgte ihr.

Sie betraten das Flughafengebäude, durchquerten die Eingangshalle und verschwanden in der Menschenmenge.

*

Ich setzte mich in mein Auto.

Was jetzt? Jason ist auf den Weg nach England. Lydia sitzt in unserer Zweitwohnung und überlegt sich, wie sie mein Leben weiter zur Hölle machen kann. Und Damian wird seinen Weg schon finden.

Vor allem, wenn er im Sommer auf eine neue Schule gehen kann.

Ich kannte diese Schule. Es war eine Privatschule, in der mit kleinen Klassen gearbeitet wird, so dass der Lehrer genug Zeit hat für jeden Schüler.

Ich fuhr nach Hause. In der Stadt war ein grosses Verkehrsaufkommen. Ich fuhr von der einen Blechkolonne in die nächste.

Ich nahm mein Mobiltelefon und wählte die Nummer von Lydia. Ich hatte zum Glück eine Freisprechanlage im Auto. Diesen Luxus hatte ich mir beim Kauf gegönnt.

«Ja, hallo?»

Die Stimme von Lydia war brüchig.

«Hallo…», weiter kam ich nicht. Die restlichen Worte blieben mir im Hals stecken.

Wir waren schon seit mehr als zwanzig Jahren zusammen. Und davon seit siebzehn Jahren verheiratet. Dies kam mir jetzt alles hoch. Und es schmerzte mich, meine Frau, die bis vor Kurzem so aufgeweckt und voller Tatendrang war, zu hören.

«Ich… ich wollte dir nur sagen, dass ich Jason auf den Flughafen gebracht habe.»

«So?!»

Lydia wirkte abwesend.

«Und ich…» Ich musste schlucken.

«Lydia! Ich will, dass du nach Hause kommst.»

Es war still am anderen Ende. Ich hörte, wie sie schluchzte.

«Komm einfach nach Hause. Wir werden eine Lösung für alles finden.»

«Bruno. Ich liebe dich. Glaub es mir. Aber solange unser Sohn auf einer so schiefen Bahn ist, kann und will ich nicht nach Hause kommen.»

Ich schlug mit der Hand auf das Lenkrad.

«Lydia! Jason ist nicht auf der schiefen Bahn. Er liebt Damian. Ja er ist schwul. Aber wegen dem ist er noch immer unser Sohn! Und verdammt, es geht doch nur um Liebe. Das tut weder dir noch mir weh. Soll er doch lieben, wen er will!»

Lydia sagte nichts.

«Also! Kommst du jetzt nach Hause? Ich werde dich auch nicht zwingen, in eine Therapie zu gehen. Wir werden diese Zeit gemeinsam überstehen. So wie wir alle anderen Krisen auch gemeinsam überstanden haben.»

«Und was ist mit Enkelkinder?»

«Komm, hör auf! Das kann ja nicht dein Ernst sein.»

Dass sie stur ist, das wusste ich. Aber dass sie irrational ist, das war mir neu und zeigte mir, wie nötig es war, dass sie wieder mit ihrer Therapie anfing.

Seit dem Unfall vor einigen Jahren bei welchem Jason noch ein Kleinkind war, braucht sie Medikamente und therapeutische Betreuung. Ich hatte mich daran gewöhnt. Und konnte mich kaum an die alte Lydia erinnern.

Noch vor zehn Jahre war sie eine energiegeladene Frau, die unternehmungslustig war und mit beiden Füsse im Berufsleben stand. Seit diesem Unfall, bei dem Jason fast gestorben war und sie sich die Schuld daran gab, war es vor-bei. Sie beschränkte sich auf den Haushalt und die Rolle der fürsorglichen Mutter.

Dies ging lange gut, bis Jason in das Alter kam, in welchem er sich von ihr abnabelte. Da brach für Lydia eine Welt zusammen. Sie brach die Therapie ab.

Ich wollte schon das Telefonat beenden.

«Also ich komme nach Hause.»

Ich war überglücklich.

«Aber wir werden uns, wenn ich komme, auch nicht mehr scheiden lassen. Bruno ich liebe dich und Jason zu sehr, als dass ich unsere Familie zerbrechen lassen will.»

Das war meine Lydia!

«Ich habe mit Jason besprochen, dass du ihn im Herbst, wenn er sich dort eingelebt hat, besuchen gehst.»

«Das klingt gut, aber ich gehe nur, wenn du mitkommst.»

«Das können wir dann heute Abend besprechen. Ich werde einen Tisch in unserem

Lieblingsrestaurant reservieren. Wir werden deine Heimkehr gross feiern!»

«Oh, Bruno!»

Lydia fing wieder an zu weinen. Aber diesmal vor Glück.

*

Ich öffnete meine Wohnungstür und trat ein. Mir kam alles trist und unbedeutend vor. Jason war weg. Und ich? Ich war wieder ganz alleine. Alleine mit meinen Gedanken, meinen Sorgen und Ängsten.

In meiner Wohnung herrschte wie immer ein heilloses Chaos. Ich ging in die Küche und setzte mir einen Kaffee auf. Danach begutachtete ich das schmutzige Geschirr, den noch schmutzigeren Boden und die Kleiderberge, die im Wohnzimmer und im Schlafzimmer waren.

Ich sammelte die Wäsche zusammen. Sortierte, so gut ich konnte, die schmutzige Wäsche aus. Auf der Polstergruppe fand ich noch ein T-Shirt von Jason. Ich roch daran. Es roch noch immer nach ihm. Im Gegensatz zur Wohnung. Die roch nach kaltem Zigarettenrauch, Kaffee und abge-standener Luft.

Ich öffnete die Balkontür und lies frische Luft in die Wohnung. Danach nahm ich den Staubsauger und reinigte meine Wohnung gründlich. Stopfte

die Wäsche in die Waschmaschine, brachte mein
Bett in Ordnung und schrubbte das Bad.
Auch die Fenster blieben von meiner Putzwut
nicht verschont. Und die hatten es bitter nötig. Der
letzte, der sie reinigte, war Jason im vergangenem
Herbst. Ich habe es nicht mit Putzen und Auf-
räumen, für das hatte ich immer Jason. Etwas
mehr, dass ich ihn vermissen werde.
Ich setzte mich auf die Polstergruppe und starrte an
die Decke. Ich vermisste ihn so sehr. Er war der
einzige, der meinem Leben einen Sinn gab. Ich
roch nochmal am T-Shirt, das noch eben auf der
Polstergruppe lag, bevor ich es in meinem Kleiderschrank verstaute.
Ich war heute Morgen so schnell aus der Schule
abgehauen, dass ich nicht einmal meine Zeugnisse
und die Schulsachen mit nach Hause genommen
habe. Das war mir egal. Das Zeugs kommt schon
irgendwie zu mir.
Bruno hatte für nächste Woche einen Termin in
der neuen Schule abgemacht. Die hatten noch eine
Woche mehr Schule als ich. Ich wusste nicht, ob
ich mich fürchten oder freuen sollte über die neue
Schule.
Sicher, ein neuer Anfang ist nicht schlecht.
Vielleicht lenkt mich das von Jason ab. Und wenn
ich Glück habe, kann ich ihn sogar in England
besuchen gehen. Auch wenn ich das Land noch
immer nicht verlassen darf, bis meine Strafe fertig

ist. Und für das muss ich die Schule fertigmachen und eine Anschlusslösung haben. Ich habe für das noch ein Jahr Zeit, ich muss mich also nicht beeilen.

Die Hausglocke riss mich aus meiner Träumerei. Ich trat auf den Balkon, um zu schauen, wer unten stand, konnte jedoch niemanden sehen. Ich ging davon aus, dass es Bruno war.

Also legte ich mich wieder auf das Sofa. Er würde den Weg in meine Wohnung auch ohne mich finden.

Die Wohnungstür wurde geöffnet und jemand trat ein. Ich blieb mit geschlossenen Augen auf dem Sofa liegen.

Er kam ins Wohnzimmer und beugte sich über mich. Ein bekannter Duft stieg in meine Nase. Ich zog ihn tief ein und schmunzelte.

«Ich liebe dich. Ob es dir passt oder nicht.»